カール・ハイアセン/著
田口俊樹/訳

幸運は誰に？（上）

Lucky You

扶桑社ミステリー
1021

百万人にただひとりのローリーンに

本作品はフィクションである。名前も登場人物もすべて創作されたもので、架空のものとして使われている。ブルー・クラブとクロコンドルの無節操な食習慣はありのまま描いたつもりだが、パール・キーも想像上の場所だ。また、ＷＤ‐40という商品を歯に使用することは認められていない。

幸運は誰に？（上）

登場人物

ジョレイン・ラックス――――――――動物病院の看護師
トム・クローム――――――――――新聞記者
ボード(ボディーン)・ギャザー――――白人優越論者
チャブ―――――――――――――――その相棒
ケイティ・バトゥンキル――――――――トムの愛人
アート(アーサー)・バトゥンキル―――ケイティの夫。裁判官
メアリー・アンドレア・フィンリー―――トムの妻。舞台女優
シンクレア――――――――――――――トムの上司
ディック・ターンクウィスト―――――トムの離婚弁護士
ディメンシオ―――――――――――――奇跡の聖母像の所有者
トリッシュ(トリシア)――――――――その妻
ドミニク・アマドー―――――――――偽の聖痕を持つ男
シャイナー――――――――――――――コンビニ店員
アンバー―――――――――――――――〈フーターズ〉のウェイトレス
バーナード・スカイアーズ――――――犯罪組織の資金洗浄係
リチャード・ターボーン―――――――犯罪界の大物。通称"アイスピック"
クララ・マーカム―――――――――――不動産仲買業者
モフィット――――――――――――――ジョレインの友人

1

ジョレイン・ラックスという名の女が、フロリダ州グレンジのコンビニエンス・ストア〈グラブ&ゴー〉まで車を走らせ、スペアミント味のサーツとワックスなしのデンタルフロス、それに州発行のロト宝くじを一枚買ったのは、十一月二十五日午後のことだった。

彼女は毎週土曜日、同じ番号のくじをここ五年買いつづけていた。17・19・22・24・27・30。

この数字には意味があった——それぞれが煩わしい男どもに見切りをつけたときの彼女の年齢なのだ。十七歳、ポンティアックの機械工リック。十九歳、リックの兄のロバート。二十二歳、ジョレインの倍の歳のコラヴィートという名の株のブローカー。約束をひとつも守らなかった男だ。二十四歳、警察官、名前はこれもロバート。交通違反を見逃すかわりに女の違反者にセックスを強要して問題を起こした男。二十七歳、脊柱《せきちゅう》指圧療法師のニール。根は善人ながら、耐えがたいほど自立心のない男。

そして、三十歳でジョレインはローレンスを捨てた。ただひとり、彼女の夫となった男で、弁護士だった。が、ジョレインと結婚してちょうど一週間後に弁護士資格を剝奪されてしまう。それでも、ジョレインはそれから一年近く彼のもとにとどまった。彼のことが好きだったし、フロリダ州の法曹界vs彼のいざこざのもととなった、複数の詐欺訴訟の有罪判決を必死に否定する彼を信じたい気持ちもあったからだ。ローレンスは上訴手続きをしながら、ビーライン高速道路の料金所の係員という仕事を見つけ、その勇気ある再出発で、ほとんどジョレインの心をつかみかける。が、ある夜、料金所に保管されていた金を目方で十五キロばかり、袋に詰めて持ち逃げしようとしたところを捕まってしまう。袋に詰められていたのはほとんどが二十五セント玉と十セント玉だった。ジョレインは彼が保釈金を払うまえに、エルメスの高価なネクタイも含めて彼の持ちものをほとんど全部救世軍に送って、離婚訴訟を起こした。

それから五年が経って、なんとも喜ばしいことに、とうとうフロリダ州の宝くじが当たったのだが、ジョレインはいまだ独身、恋人もいなかった。当選番号の発表を聞いたのは午後十一時、彼女は七面鳥料理の残りものを食べながら、テレビのまえに坐っていた。

気絶はしなかった。奇声を発したり、家の中を踊りまわったりすることもなかった。ただ、ひとりほくそ笑み、過去に捨て去った六人の男たちのことを思った。自らの意志とは関わりなく、最後には何かになってくれた男たちのことを。

正確に言えば、二千八百万ドルになってくれた男たちのことを。


トラックが一台、彼女の家から五百キロほど離れたフロリダ・シティのコンビニエンス・ストアの駐車場に乗り入れたのは、それより一時間前のことだ。トラックはキャンディのような真っ赤なダッジ・ラムで、ふたりの男が降り立った。地元ではボードという名で通っているボディーン・ギャザーと、自分には苗字がないと言い張っている相棒のチャブ。ふたりが停めたのは身体障害者専用駐車スペースだったが、ふたりとも肉体的にはどこにも障害はなかった。

ボード・ギャザーは身長百六十五センチの短躯で、そのことについてはいまだに親を赦していなかった。踵が八センチもある蛇革のカウボーイ・ブーツを履いて、ふんぞり返って歩くさまは、逞しいというより痔に悩まされている人のように見えた。チャブのほうは、ビール腹で、身長百八十八センチ、潤んだ眼をしており、髪をポニーテールに結び、無精ひげを生やしていた。弾丸《たま》が込められた銃を常に持ち歩いている、ボード・ギャザーの唯一無二の親友だった。

ふたりが知り合ったのはふた月まえのことで、ボード・ギャザーがチャブのところへ、障害者ステッカーの偽造品を買いにいったのがきっかけだった。そのステッカーがあれば、保護観察局にしろ、そのほか時折出頭を求められる州の役所にしろ、どこでも駐車スペースの一番いい場所に車を停められた。

ボードが訪ねたチャブのトレーラー・ハウスは、そこのむさ苦しい住人同様、湿気てかび臭い異臭を放っていた。チャブは偽ステッカーを新たに一束印刷したばかりで、それをキッチンのカウンターの上に、ポーカー用トランプのように広げていた。彼の紋章づくりの腕前は（トレーラー・ハウスの雰囲気とはまったく対照的なことに）非のうちどころがなく、ネイヴィー・ブルーの地に、全米共通の車椅子の図柄がくっきりと描かれていて、世界じゅうの交通巡査の誰ひとり疑いそうにない代物だった。

どんなタイプのものがいいのか、とチャブはボード・ギャザーに尋ねた。バンパーに貼るステッカーか、バックミラーに下げるタグか、ダッシュボードにつけるプラカードか。窓につけるシンプルなタグがいい、とボードは答えた。

「二百ドルだ」チャブはそう言って、サラダ用の木のフォークで頭を掻いた。

「持ち金が足りないな。あんた、ロブスターは好きか？」

「嫌いなやつがどこにいる?」

そこでふたりは取引きをした。偽物の障害者用駐車許可タグと引き替えに、新鮮なフロリダ産ロブスターを四・五キロ。そのロブスターは、ボード・ギャザーがキー・ラーゴ沖に違法の罠を仕掛けて獲ったものだった。この密漁者と偽造者がすぐに意気投合し、政府や税金やホモセクシュアルや移民、少数民族、銃器取締法、独善的な女、それに堅気の仕事などに対する侮蔑の念を互いに吐露し合うようになったのは、いわば自然のなりゆきだった。

チャブのほうは、ボード・ギャザーに会うまでは、政治問題など考えたこともない男だった。が、ボードの助力を得て、チャブのありあまる憎しみは、ひとつの危険な哲学となり、彼はボード・ギャザーのことをこれまでに出会った中で一番頭のいい男だと思った。だから、その新しい仲間から義勇軍をつくろうと持ちかけられたときには、小躍りして喜んだ。

「ネブラスカで郡庁舎を吹っ飛ばすみたいなやつか?」

「ネブラスカじゃない。オクラホマだ」とボード・ギャザーはぴしゃりと言った。「それに、あれは連邦政府の仕業だ。あの白人の坊やふたりははめられたんだよ。そうじゃない。おれが言ってるのは義勇軍だ。武装し、訓練され、統制の取れたやつだ。修正第二条（州軍維持の権利を保証した憲法の条項）に書かれてるみたいなやつだ」

チャブはダニに食われた首すじを掻いた。「それじゃ訊くが、統制は誰が取るんだ？」

「おまえ＆おれ、それにスミス＆ウエッソン」

「そんなことが許されるのか？」

「くそ憲法には許されるって書いてある」

「なら、いい」とチャブは言った。

ボード・ギャザーはさらに、アメリカ合衆国が〝新世界裁定委員会〟に乗っ取られそうになっていると言った。そのためＮＡＴＯの外人部隊がその兵力となって、メキシコ国境とバハマ諸島の秘密基地に集結している、と。

チャブは不安そうに水平線を見やった。「バハマ諸島？」ふたりはボードのいとこの全長六メートルの船外モーター付きボートに乗って、ロドリゲス・キー沖に仕掛けた罠にかかった獲物を取り上げているところだった。

ボード・ギャザーは答えた。「バハマには七百も島があるんだぜ、相棒。そして、そのほとんどが無人島だ」

チャブはボードの言わんとするところを即座に理解した。「なんてこったい」そして、なぜか急に慌てたようにロブスターの壺を引き上げはじめた。

義勇軍を指揮するには金が要る。しかし、チャブもボードも無一文。ボードの財産はすべて新しいダッジのトラックに注ぎ込まれ、チャブの財産はといえば、違法の印刷店と武器だけだった。ふたりが州の宝くじを買いはじめたのはそのためだ。ボードに言わせれば、宝くじはフロリダ州政府が住民のためにしたことでただひとつ、なかなか気前のいい事業ということになる。

で、毎週土曜日の夜には、ふたりはどこにいようと、最寄りのコンビニエンス・ストアの青い障害者専用駐車スペースに堂々と車を停め、店にはいり、宝くじを五枚買うようになったのだが、特別な数字を選んだりはしなかった。酔っていることもしばしばだったので、クイック・ピック（番号を機械に選ばせる買い方）を利用して、頭脳労働はコンピューターに任せた。

十一月二十五日の夜も、ふたりはフロリダ・シティのセブンイレブンで宝くじ五枚とビールの半ダース・パックを三つ買った。が、その一時間後、当選番号が発表されたときには、ふたりともテレビの近くにはいなかった。

ターキー・ポイント原子炉から数マイルのところにある、木材用樹木育成場の砂利道に車を停めていた。ボード・ギャザーはダッジのピックアップ・トラックのボンネットに腰かけ、チャブのルガーのライフルで、ホームステッドの街角から持ってきたアメリカ政府の郵便ポストを狙って撃っていた。こういうのを革命的な抵抗運動と言うんだ、と言いながら。ボストン茶会事件みたいな。

郵便ポストはトラックのヘッドライトで照らされていた。ボードとチャブは弾丸《たま》とバドワイザーがなくなるまで、交代でルガーを撃った。それから、現金か小切手でもはいっていないかと期待して郵便物を物色したが、どれもみなくずばかりだった。ふたりはトラックの荷台で寝て、夜明けを少し過ぎた頃、大柄なヒスパニックの二人組に叩き起こされた。明らかに樹木育成場の作業員らしいその男たちは、ルガーを奪い取ると、敷地内からふたりを追い出した。

そんなふたりが、並々ならぬ自らの幸運を知ったのは、それからしばらくのち、チャブのトレーラーに帰り着いてからのことだ。ボード・ギャザーは便器に腰かけていて、チャブのほうはテレビのまえのソファ・ベッドに寝そべっていたのだが、可愛いブロンドのニュースキャスターが前夜の宝くじの当選番号を読み上げると、チャブは最近受け取った立ち退き勧告書の裏にそれを走り書きした。

そのあとややあって、叫び声があがる。ボードがジーンズとボクサーショーツを膝のところでだんごにしたまま、よろめきながらバスルームから飛び出したときには、チャブは宝くじのチケットをはためかせ、火がついたように飛んだり跳ねたりして奇声を発していた。

ボディーン・ギャザーは言った。「おい、ふざけた真似はするなよ」

「やったぜ、相棒! やった、やった!」

「こら、よこせ!」ボードはチケットに手を伸ばした。が、うまくかわされてしまった。

ボードの手が空を切り、性器がぶらぶらと滑稽に揺れた。

チャブは笑って言った。「頼むから、ズボンを上げろよ」そう言って、ボードにチケットを手渡した。ボードはナンバーを大きな声で読み上げた。

「ほんとにまちがいないのか?」彼はまだ疑っていた。

「ちゃんと書いたからな、ボード、ああ、まちがいない」

「なんてこった、ええ、ええ、ええ! 二千八百万ドルだぞ!」

「いや、そうじゃない。当選は二枚出たって言ってた」

ボード・ギャザーの眼がすがめられ、ひどいやぶにらみになる。「そんな馬鹿な!」

「二枚当たったんだ。それでも、千四百万ドルだ。おまえ、信じられるか?」

ボードはいぼガエルみたいにずんぐりした汚らしい舌を口の端から突き出し、唾を吐きそうな顔をした。「もう一枚の当たり券を買ったのは誰なんだ? そのくそ当たり券を買ったのは？」

「テレビでは言ってなかった」

「どうすれば見つかる？」

チャブは言った。「なあ、なんでそんなことを気にする？　千四百万ドルが手にはいるんだぜ。たとえ、もう一枚の当たり券を持ってるのがくそジャクソン牧師であっても、おれは全然かまわない」

ボードは、無精ひげの生えた頬を引き攣《つ》らせ、宝くじのチケットを指で弄《もてあそ》びながら言った。「見つけだす方法はきっとあるはずだ。そうは思わないか？　もう一枚のチケットを持ってるクソを探し出すんだ。必ず方法はあるはずだ」

「どうして？」とチャブは尋ねた。彼にはすぐにはその答えがわからなかった。

日曜日の朝、トム・クロームは教会行きを断わった。昨夜ベッドをともにした女――赤みがかったブロンドで、肩にそばかすのあるケイティという名の女に、ふたりで教会に行って、自分たちのした行為の赦しを乞うべきだと言われたのだが。

「おれたちのした行為のどの部分の赦しを乞うんだ？」とトム・クロームは訊き返した。

「わかってるくせに」

クロームは枕で顔を覆った。ケイティはパンティ・ストッキングを穿きながら続けた。

「悪いんだけど、トミー、わたしってそういうふうにできてるのよ。それぐらいあなたにももうわかってもいい頃だと思うけど」

「きみはこれが悪いことだと思ってるのか？」

「え？」

クロームは枕の下から顔をのぞかせた。「きみはおれたちが悪いことをしてると思ってるのか？」

「いいえ。でも、神さまは認めてくれないかもしれない」

「だったら、用心のためってことか、教会に行くのは？」

ケイティは鏡に向かって髪を束ねながら言った。「来るの？　来ないの？　わたしの恰好、どうかしら？」

「処女《チェイスト》みたいだ」

電話が鳴った。

「言い寄られた？　いいえ、ダーリン、それはゆうべのことよ。ねえ、電話に出て」

ケイティはハイヒールを履くと、ほっそりとした優雅な脚でコウノトリのようにバランスを取った。「ほんとうに行かないのね？　教会へは。トム、そういうのって、わたし、信じられないんだけど」

「ああ、おれは不信心なくそったれでね」クロームは受話器を取り上げた。

ケイティは寝室の戸口で腕組みをして待った。

クロームは送話口を手で覆って言った。「シンクレアからだ」

「日曜の朝に？」

「残念ながら」クロームはがっかりした声音を装った。が、内心ではこう思っていた。神はおわします、と。

〈レジスター〉社におけるシンクレアの正式な役職は、特集記事及びファッション部門の編集局次長補佐というもので、実際にはなんの意味もない肩書きだったが、新聞業界以外の人間にはきっとわかるまい、と本人は思っていた。小さな新聞社ではいたって気楽で、めだたないポストだ。が、これ以上の幸運はないと彼は思っていた。部下である記者も編集者もそのほとんどが若く、雇ってもらえたことをただひたすら感謝しており、シンクレアの言うことならなんでも聞いてくれたからだ。

そんな彼の最大の悩みの種がトム・クロームだった。クロームは部内随一優秀な記者なのだ。これまでもっぱら硬派の記事を書いてきた途方もない皮肉屋。それがクロームで、権威というものを端《はな》から信用していなかった。シンクレアはそんなクロームを恐れており、それにはクロームにまつわるいろいろな噂を耳にしているせいもあった。また、三十五歳のクロームはシンクレアよりふたつ年上で、経験の上でも年齢の上でも勝《まさ》っていた。だから、どんな形であれ、クロームがシンクレアに敬意を払っている可能性など万にひとつもなく、シンクレア自身そのことをよく承知していた。

シンクレアのその恐怖——正確には、特集記事及びファッション部門編集局次長補佐として何より深刻な心配は、クロームがいつかスタッフのまえで自分に大恥をかかせるのではないかということだった。たとえば、マリーやジャクリーンといった部下のまえで、それこそ大事な一物《いちもつ》を切り落とされるような目にあわせられたらどうするか。そんなことには耐えられない。だから、彼は、できるかぎりクロームを新聞社のオフィスから遠ざけておくことを常に心がけていた。そのため、出張しなければならない事件の担当は、わずかな旅費予算の九十五パーセントもつかって、すべてクロームに任せていた。それでだいたいうまくいっていた。クロームのほうは、遠くに遣られることにことさら不満はないようだったから。それで、シンクレアはオフィスでくつろいで過ごすことができていた。

シンクレアがこなさなければならない職務で最も骨の折れるのが、内容的に貧弱な記事を誰に割り振るかという仕事だったが、トム・クロームの自宅に電話をするというのも、それに負けず劣らず疲れる仕事だった。きちんと話を伝えるためには背後に聞こえるロックの大音響や女の声に負けじと声を張り上げなくてはならなかったからだ。クロームの暮らしぶりはそれだけで容易に想像できた。

日曜日に電話をしたのは、さすがにシンクレアも初めてで、何度も謝った。

「そんなに気にしないでくれ」

シンクレアは力づけられて言った。「あまりぐずぐずしてはいられない事件だと思ったもんでね」

シンクレアにそんなふうに言われても、クロームが興奮することはなかった。シンクレアがなんと呼ぼうと、特ダネなどではありえない。まずまちがいなく取るに足りないちっぽけな事件だ。断じて特ダネなどではありえない。彼はケイティには投げキスをして手を振り、教会へ送り出した。

「内々の情報がはいったんだ」とシンクレアは言った。

「内々の情報ね」

「今朝方、義理の弟が電話をかけてきた。義弟はグレンジに住んでる」

クロームは思った――やれやれ。また工芸品の展示即売会だ。おれにそんなものの取材をまたさせようというのか。そんなにおれに殺されたがってるということか、こいつは。

が、シンクレアはこう言った。「あんたは宝くじを買ったりするか、トム?」

「賞金が四千万になったらね。それ以下は雀の涙だ」

シンクレアはそのことばを聞き流し、熱心に続けた。「ゆうべ当選者がふたり出たんだ。ひとりはデイド郡、もうひとりはグレンジ在住で、おれの義理の弟がその女性を知ってるんだよ。名前は――聞いて驚くなよ。ラックス（幸運）だ」

トム・クロームは心の中でうめいた。まさにシンクレアの真髄が発揮されそうな見出しだ。〝レディ・ラックス大当たり《レディ・ラックス・ウインズ・ザ・ロット》!（〝レディ・ラック〟は〝幸運の女神〟の意）〟。

おまえなりにアイロニーもないではない、とクロームは思った。おまえなりに頭韻も踏んではいる。

しかし、浅薄で、すぐに忘れられてしまう特集記事にちがいはない。そういう記事をシンクレアは夢を与える記事と呼んでいる。それこそ、新聞のそのほかの紙面で眼にする、胸が悪くなるような記事すべてを読者に忘れさせるために自分たちの部署が担っている使命だと信じているのだ。読者には自らの人生や宗教、家族や隣人、さらに世界についても夢を抱いてもらいたい。それが彼の願いなのだ。

一度、シンクレアは特集記事に関する彼の哲学を前面に打ち出した覚え書きを壁に貼ったことがあった。すると、誰かがネズミの死骸をその脇に釘で打ち付けた。シンクレアはトム・クロームの仕業だと今でも思っている。

「その女性はいくら手に入れたんだ？」とクロームは尋ねた。

「賞金は二千八百万ドル。その女性にはその半分がはいる。どう思う、トム？」

「場合によるな」

「その女性は獣医のところで働いていて、ロディによると、動物好きだそうだ」

「それはけっこうなことだ」

「おまけに黒人だ」

「ほう」とクロームは言った。新聞社を経営している白人経営者たちはみな、少数派に関する前向きな話題が大好きなのだ。明らかに、シンクレアは年末賞与のにおいを嗅ぎつけている。

「ちょっと変わり者だともロディは言ってたが」

クロームは言った。「つまり、ロディというのがあんたの義理の弟なのか？」そいつが情報提供者というわけか。

「そうだ。彼の話によると、このジョレイン・ラックスっていうのは相当な変わり者らしい」シンクレアの頭の中ではもうすでに見出しが踊っていた――〝幸運《ラックス・ビー》はやはり女神《ア・レディ》に！（フランク・シナトラの歌『ラック・ビー・ア・レディ』のもじり）〟。

トム・クロームは言った。「そのロディとやらがあんたの妹の旦那なんだ」

「ああ、私の妹のジョーンのね。そうだ」とシンクレアはぴりぴりして答えた。

「そもそもあんたの妹はグレンジくんだりで何をしてるんだ？」

グレンジは、観光バスのサーヴィス・エリアまである、奇跡、聖痕、降霊、涙を流す聖母像などで知られた、キリスト教徒定番の巡礼地だった。

シンクレアは言った。「ジョーンは教師で、ロディは州の仕事をしてる」彼としては、妹夫婦は変わり者でもなんでもない、まっとうな市民だということをはっきり伝えておきたかった。トム・クロームなどとこんなに長いこと話していると、どうしても手のひらが汗ばんでくる。

「このレディ・ラックスというのは」クロームは避けがたい見出しに対する侮蔑の念もあらわに言った。「キリスト・フリークなのか？　悪いけど、おれとしてはあんまり説教をされたいような気分じゃないんだがね」

「そんなこと、どうして私にわかる？」

「このラッキー・ナンバーをわたしに与えてくれたのはイエスさまなの、と彼女は言い、それでおしまい。おれは家に帰る。わかるだろ？」

シンクレアは言った。「ロディはそんなことは何も言ってなかった」

クロームはもっともらしく奥の手を出した。「送られてくる投書を考えてもみろよ」

「どういう意味だ？」シンクレアは電話とほとんど同じくらい投書を嫌っていた。最高の記事というのは、よくも悪くも読者からいかなる反応も惹き起こさない記事、というのが彼の信念だった。「どんな投書が来るって言うんだね？」と彼は尋ねた。

「まあ、相当な量、来るだろうな」とクロームは言った。「おれたちがこぞって、イエス・キリストはギャンブルの予想屋だ、なんて言おうものなら。わかるだろ？まず、ラルフ・リード（政治コンサルタント。九〇年代にキリスト教連合の理事を務める）あたりが直接苦情を言ってくるだろう。で、お次はキリスト教徒がこぞっておれたちの広告主の製品の不買運動を起こすというわけだ」

シンクレアは固い口調で言った。「だったら、そういう線で行くのはやめればいい。そんなのは論外だ」そこでしばらく黙り込んでから、彼は言った。「もしかしたら、これはあまりいい記事にはならないかもしれないね」

トム・クロームは電話線の反対側でにやりとした。「とりあえず、今日の午後、グレンジまで車で行ってみるよ。で、確認してから、あんたに連絡する」

「わかった」とシンクレアは言った。「確認してきてくれ。妹の電話番号は要るか?」

「その必要はない」とクロームは言った。

シンクレアはほんの少しほっとした。


ディメンシオがグラスファイバーの聖母像の中身を詰め替えていると、妻のトリッシュが帰ってきて言った、どうやら町の誰かが宝くじに当たったらしい、と。

「でも、それはおれたちじゃない」とディメンシオは答えた。

「噂じゃジョレイン・ラックスだって話よ」

「なるほどね」

ディメンシオは聖母像のてっぺんをはずして、像の内側に手を入れ、以前は一九八九年型シヴィック・ハッチバックのワイパー液がはいっていたプラスティック容器を取り出した。今その容器に入れられているのは、香水でうっすらと香りをつけたただの水道水だった。

トリッシュが言った。「そろそろチャーリー（レヴロン社の香水）が切れちゃう」

ディメンシオは苛立たしげにうなずいた。そうなったら問題だ。この商売、敬虔な信者が誰も気づかないような香りを使うことが肝心なのだ。そういうところをちゃんとしないと、よけいな疑念を生じさせることになる。一度レディ・ステットソン（コティ社の香水）を試して、危うく騒動になりかけたことがあった。列に並んでいた三人目の巡礼者――ハンツヴィルからやってきた、意地の悪そうな銀行の窓口係――が鋭敏に嗅ぎつけたのだ。「あら、聖母マリアさまがコティの涙を流してる！」すぐにそっと祭壇のまえからその女を連れ出して、どうにか大騒ぎにならずにすんだものの、ディメンシオとしては、もっと注意深くやらなければ、とつくづく肝に命じたものだ。しかし、マドンナの涙に軽く香水をつけるというアイディアそのものは、今でもすばらしい考えだと思っていた。暑いフロリダの太陽の下で長いあいだ待たされた信心深い人々には、指先に触れる塩辛い水の一滴などより、もっとすばらしいものを授かる資格が充分にある。なんと言っても、この像はイエスの母親ではないか。そんな人の涙なのだ。特別なにおいがして当然ではないか。

トリッシュにプラスティック容器を押さえさせ、ディメンシオはチャーリーの香水の残りを全部注ぎ込んだ。トリッシュは夫の浅黒い手を見て、なんて小さいのだろう、まるで子供の手のようだと改めて思った。そして、とても器用な手だ。チャンスさえあったら、彼は一流の外科医にもなれただろう。彼がフロリダ州のヒーリーなどではなく、たとえば、マサチューセッツ州のボストンあたりに生まれてさえいたら。

ディメンシオのその器用な手で聖母像の中に収められたプラスティック容器の蓋から細い透明のチューブが上に伸びていて、像のまぶたの内側につながっていた。ディメンシオはそこに針の先端ほどの穴をいくつかあけていた。チューブはもう一本、透明のものより太くて黒いやつが像の内部から下に伸びて、右足の踵にあけられた穴から出ていた。その黒い空気チューブは、小さなゴムのバルブにつながっており、そのバルブは手か足で開閉できるようになっている。バルブを閉めれば容器から偽の涙が押し上げられ、二本のチューブを通って聖母の眼まで運ばれるという仕組みだった。

芸術と言えなくもない。ディメンシオは、そういう仕事にかけては自分は超一流だと思っていた。涙はわからないくらい少しずつ、いくらか間隔をあけて出すようにしていた。見物客が長時間とどまればとどまるほど、飲みものもエンゼルケーキもTシャツも聖書も聖なる蠟燭も日焼け止めもよく売れるのだから。

言うまでもなく、ディメンシオの店で。

グレンジの住人はほぼ全員が彼の手口を知っていたが、そのことをとやかく言う者はひとりもいなかった。自分のペテンに忙しい者もいるわけで、所詮、旅行者は旅行者であり、彼らとしては、心の奥底のモラルに照らしても、ミッキーマウスとグラスファイバーの聖母のあいだに大したちがいはなかった。

だから、トリッシュはむしろこんなことをよく言った。「あたしたちが売っているのは希望よ」

ディメンシオの好きな台詞はこれだ。「おれとしちゃ宗教を売るほうがずっといい。いんちきなネズミ野郎なんか売るより」

ふたりにはまずまずの稼ぎはあった。と言って、金持ちというわけではなく、このさき大金持ちになる見込みもなかった。ミス・ジョレイン・ラックスのようには決してなれない。そのラックスに舞い込んだ、分不相応な、とんでもない幸運のことを思って、ディメンシオは妻に尋ねた。

「いくら当たったんだって?」

「もしほんとうなら、千四百万ドル」

「なんだ、わかってないのか?」

「彼女は何も言ってないもの」

ディメンシオは鼻を鳴らした。ほかのやつなら町じゅうを走りまわって、叫びまわるんじゃないだろうか。千四百万ドルだぞ! と。

トリッシュが言った。「みんなが言ってたのは、当たり券が二枚出たってことだけよ。一枚はホームステッドあたりで、もう一枚はグレンジで出たって」

「〈グラブ&ゴー〉か？」

「そう。でも、誰が当たり券を買ったのかどうしてわかったのかって言うと、先週末その店で宝くじを買ったのは二十二人で、そのうち二十一人まで当たってないことがわかったからなのよ。ジョレインが最後に残ったひとりだったってわけ」

ディメンシオはグラスファイバーの聖母をもとに戻した。「彼女はこれからどうするんだろう？」

近所の人の話じゃ——とトリッシュは説明した——ジョレイン・ラックスは朝から家にこもりきりで、電話にも出ないんだって。

「だったら、留守にしてるんだろうよ」とディメンシオは言って、聖母像を家の中に運び込んだ。トリッシュもあとに続いた。ディメンシオは部屋の隅のゴルフバッグの横に像を置くと言った。

「彼女に会いにいこう」

「なんで？」トリッシュは夫が何を考えているのかすぐにはわからず訊き返した。ふたりともジョレイン・ラックスとはただ挨拶《あいさつ》を交わす程度の仲だった。

「エンゼルケーキを持っていってやるのさ」とディメンシオは言った。「隣近所なら、日曜の朝にはそれぐらいして当然だろうが。ちがうか、ええ?」

2

トリッシュとディメンシオを自宅の玄関ポーチで出迎えるなどというのは、ジョレイン・ラックスにとって思いもよらないことだった。ディメンシオのほうも、ジョレインの脚をこれほどたっぷり見せつけられるとは思ってもみなかった。玄関に出てきた彼女の恰好は、ピーチ色のジョギング用ブラジャーにスカイブルーのパンティというものだった。

「まだ人さまに会えるような状態じゃないんだけど」と彼女は眠そうな声で言った。

トリッシュが言った。「だったら、また出直すわ」

「何を持ってきたの？」

ディメンシオが答えた。「ケーキだ」

彼の眼は見事に引きしまったジョレインのふくらはぎに釘づけになっていた。どうやったらこんな脚になるのか。彼は彼女がランニングをしてるところをこれまでまだ一度も見たことがなかった。

「はいって」とジョレインは言った。ディメンシオは妻につかまれた腕を振りほどいて中にはいった。

ジョレイン・ラックスはジーンズを穿きに別室にさがった。そのあいだ、ふたりはケーキの皿の両端をそれぞれが持って待った。よく整理された小さな家のどこにも宝くじの当選を祝った形跡は見あたらず、トリッシュは居間に置かれた立派なピアノに気づいた。ディメンシオは子ガメが何匹も飼われている水槽に眼をとめた。全部で五十匹はいそうな子ガメがゴーグルをつけたような眼をして、水槽のへりを全力で泳いでいた。

ディメンシオはトリッシュに尋ねた。「いったいあれはなんだ?」

「しいっ。ただのペットでしょ」

ジョレインは野球帽に髪をしまい込んで戻ってきた。ディメンシオはそれを魅力的でセクシーだと思った。その姿のみならず物腰も。ジョレインはトリッシュに、おいしそうなケーキね、と言った。

「エンゼルケーキよ」とトリッシュは言った。「わたしのお祖母ちゃんのレシピなの。母方の」

「かけてちょうだい」ジョレインはそう言って、ケーキの皿をキッチン・カウンターのところへ持っていった。トリッシュとディメンシオはぎこちなくアンティークの桜材のラヴシートに坐った。ディメンシオが言った。

「あれはあんたのカメなのかい？」

ジョレイン・ラックスは輝くような笑みを浮かべて訊き返した。「一匹欲しい？」

ディメンシオは首を振った。トリッシュが弁解するように言った。「うちにはやきもちやきの年寄りのオス猫がいるから」

ジョレインはケーキのラップを剝がして指先で大きな塊をつまむと、落ち着き払って口に放り込んだ。「で、わざわざお越しいただいたのは？　どういう風の吹きまわし？」

トリッシュに視線を向けられ、ラヴシートの上でもじもじしながら、ディメンシオが答えた。「いや、何……あんたが出会った幸運のことをちょっと耳にしたもんでね。で、その……」

ジョレインは助け舟を出したりしなかった。ただエンゼルケーキを食べつづけた。

ディメンシオは続けて言った。「要するに、宝くじのことだ」

ジョレインは口をもぐもぐさせたまま、細い茶色の眉の片方を吊り上げた。ディメンシオとしては作戦を練らざるをえなかった——この女、ちょっと変わってる。

助け舟はトリッシュが出した。「だからあたしたち、お祝いを言いにきたのよ。こんなこと、グレンジじゃ初めてのことだから」

「初めて？」ジョレイン・ラックスは、コバルトブルーのマニキュアがきらきらと光る指先についたケーキをトカゲのように舌で舐めた。「この辺じゃ、奇跡はいつでも起きてると思ってたけど。ほとんど日曜ごとに。ちがう？」

ディメンシオは聖母像についてあてこすりを言われていることに気づいて、顔を赤らめた。トリッシュが健気に言った。「あたしが言ってるのは、ジョレイン、何かを当てたことがある人なんて初めてだってこと。覚えてるかぎり、そんな人はひとりもいないわ」

「まあ、そうかもしれないわね」

「でも、賞金を誰かと半分ずつにしなくちゃならないのは残念ね」とトリッシュは心から同情して言った。「もちろん千四百万ドルだって全然馬鹿にできない金額だけど、当選者があなたひとりだったらよかったのに。グレンジの町にとってもよかったはずよ」

ディメンシオが妻に鋭い視線を放って言った。「グレンジにとっちゃ、今のままでも充分いいことさ。当選者がひとりじゃなくても、まちがいなくこの町の知名度は上がるんだから」

ジョレイン・ラックスは言った。「コーヒーでもいかが？」

「それでこれからどうするの？」とトリッシュが尋ねた。

「カメたちに餌をやろうと思ってたんだけど」

トリッシュは不自然な笑い声をあげた。「あたしが言ってる意味はわかるでしょ？ 新しい車でも買うの？ それとも海辺の別荘？」

ジョレイン・ラックスは首を傾げた。「話が見えなくなってきた」

ディメンシオがこらえ性をなくして立ち上がり、ズボンを引っぱりながら言った。「正直に言うよ。おれたちはあんたに頼みがあって来たんだ」

ジョレインは満面に笑みを浮かべた。「だろうと思った」そう言って、彼女はトリッシュが緊張して拳を固く握りしめているのに気づいた。

ディメンシオはわざとらしく咳払いをしてから始めた。「あんたはもうじき新聞やテレビで有名になる。おれの頼みというのは、宝くじに当たるなんて幸運はどこから舞い込んだのかってインタヴュアーに訊かれたとき、ひとことふたこと、いいことを言ってもらえないかってことなんだ」

「いいことって、あなたたちにとって？」

「そう、聖母像にとって」

「でも、わたしは祭壇にお参りしたこともないのよ」

「わかってる、そんなことはもちろんわかってる」ディメンシオは両手を上げた。「ただの思いつきだよ、ただの。こっちから何かあんたにお礼ができるわけでもないし。つまり、あんたは今じゃ億万長者なんだから」

ディメンシオは、ジョレインが売上げに対するコミッションを求めてきたりしないことを心から願っていたが、一割程度なら払おうと思っていた。

トリッシュがおだやかに言った。「この人も言ってるように、まったく他愛ないお願いなのよ。ほんとにささやかなね。まあ、隣近所のよしみってことで」

「クリスマスはもうすぐだ」とディメンシオが続けた。「どんな些細なことでも助かるんだよ。あんたにできることならなんでも」

ジョレイン・ラックスはふたりを両腕で抱きかかえるようにして玄関まで連れていくと言った。「だったら、考えておくわ。それから、トリッシュ、とってもおいしいケーキだった」

「ありがとう」

「ほんとうにカメは要らないのね？」

ディメンシオとトリッシュは一列になってポーチから退散した。「いえ、結構。でも、ありがとう」ふたりはそう答え、押し黙ったまま家へと向かった。トリッシュは、自分が聞いた知らせはまちがっていたのではないだろうかと思いながら。ジョレイン・ラックスは、宝くじはおろか、景品でトースターが当たった女にさえ見えなかった。

一方、ディメンシオのほうは、ジョレイン・ラックスは異常者か、大変なペテン師のどちらかだと思い、もう少し調べてみる必要がありそうだという結論をすでに出していた。

ボディーン・ジェームズ・ギャザーは、責任転嫁の技術を磨くのに三十一年という人生のすべてをかけてきたような男だった。彼の個人的信条――すべての災いは他人のせい――はどんな場合にもあてはめて拡大解釈することができ、実際、ボード・ギャザーは努めてそうしていた。

時折襲われる腸の不調は、ひそかに放射線照射を受けた牛のミルクを飲んだため。アパートに出るゴキブリは、隣に住む不潔な移民が呼び寄せたもの。経済的な苦境は、狂った銀行のコンピューター・システムと、ウォール街のユダヤ民族主義者たちの陰謀のせい。南フロリダの求人市場で不運続きなのは、英語を話す求職者に対する偏見によるもの。悪天候にさえ犯人がいて、それはカナダからもたらされる大気汚染だったり、オゾン層の破壊やジェット気流の乱れだったりした。

このボード・ギャザーの何事にも難癖をつける才能は、幼い頃にはもう磨き上げられていて、三人兄弟の末っ子だったのだが、人生の道を踏みはずしたのも早かった。無断欠席、公共物破損、万引き。彼の両親はどちらも教師で、当然、なんとか息子を正しい道へ引き戻そうとしたのだが、得られたのは、こんなふうになったのはみんなおまえたちのせいだという激しい非難だけだった。彼に言わせれば、背が低いせいで自分はまわりから虐げられており、この背の低さは妊娠中の母親の不注意な食生活(およびそれを黙認した父親の共犯行為)のせいということになった。ジーンとランダル・ギャザーが遺伝的に長身でないという事実は、若いボードにとって考慮すべきことでもなんでもなかった。なぜなら、テレビから得た情報によれば、種としての人間は進化の過程でどんどん長身になっていくものであり、ボードに言わせれば、一センチか二センチにしろ、両親の身長を超えていいはずなのだった。ところが、中学二年でボードの成長はぴたりと止まり、隔月ごとにキッチンのドアの脇柱を使っておこなわれる一家の身長測定の儀式では、毎回陰鬱な事実が記録され、さまざまな色鉛筆の線の跡は、ボードが何より恐れていることをより確実にするだけのものとなった。ふたりの兄はまだ順調に記録を伸ばしつづけているのに、彼だけは十四歳で成熟した年齢を迎えてしまったのだ。

この苦い現実が、グルタミン酸ソーダばかり食べていた両親、ひいては社会全体に対するボード・ギャザーの心を凝り固まらせ、彼は〝近所の不良分子〟――軽犯罪や未成年重罪を犯すグループのリーダーとなって、あとはもうフィルターなしの煙草を吸い、公共の場所で唾を吐き、やたらと冒瀆的なことばをつかうちんぴらへの道をまっしぐらに突き進む。兄たちを挑発して自分を殴らせ、凶暴なギャング同士の抗争に関わったと友達に吹聴するようなこともよくあった。

教師であるボードの両親は、折檻《せっかん》によるしつけというものを信じない主義で、（ただ一度を除いて）ボードに手を上げたことはなかった。ジーンとランダル・ギャザーは子供たちと〝話し合い〟で問題を解決することを好み、傲慢になったボードと熱心に〝交流〟を持とうとし、夕食のテーブルで彼と何時間も過ごすことを心がけた。しかし、ボードはもはや両親の敵《かな》う相手ではなかった。両親の弁論術を巧みに自分のものにしていたのみならず、かぎりない創造力も兼ね備えていた。何が起ころうと、たとえ明々白々な証拠を突きつけられようと、自分が譲歩したくないことについては、入念ないいわけをひねり出すことができる子供になっていた。

十八歳になる頃には、ボードの未成年逮捕記録は三ページにもおよぶファイルとなり、途方に暮れた両親は禅のカウンセラーにすがりつく。しかし、その頃にはボードは家族の反逆児、異分子、誤解された存在という自分の役割を愉しむようになっていて、どんなことにも巧妙な言い逃れを思いつき、実際、待ってましたとばかりにそれをことばにした。その結果、二十二歳になったときにはもう、ビールと大言壮語とありとあらゆる都合のいい怒りを糧《かて》に生きるような大人になっていた。〝おれは神のブラックリストに載ってるんだ。だから、おいそれと近寄るんじゃない〞などと酒場で息巻く大人に。

加えて不健全な交友関係が、最後にはボード・ギャザーを憎悪に満ちた筋金入りの偏狭思想へと追いやる。自らの不運な身の上を責任転嫁する際、それまでは両親や兄弟、警官、判事といった権威一般が標的で、人種や宗教や倫理といった要因を考えることはなく、ただ手あたり次第に責任をなすりつけていたのだが、外国人嫌いと人種差別が彼のもともとの不平不満に新たな毒を盛り込んだ。すなわち、今や彼の考えでは、ビデオデッキ窃盗容疑で彼の家を家宅捜索しにきたのはナチの突撃隊員ではなく、白系アメリカ人を明らかに忌み嫌っているキューバ人の突撃隊員であり、ボードを見捨てたのは単なる二枚舌の被告側弁護人ではなく、まちがいなくキリスト教徒に復讐心を抱く二枚舌のユダヤ系被告側弁護人ということになった。また、ボードの保釈保証人となることを拒んだのは、単なるコカイン中毒の保証人ではなく、彼がそのまま留置所にいつづけ、こっぴどくおカマを掘られればいいと思っているコカイン中毒の黒人の保証人ということに。

ボード・ギャザーのそうした政治的な目覚めは、法に反する彼の習慣が遅ればせながら改められた時期と一致する。押し込み強盗や自動車泥棒、その他の財産を狙った強盗をやめることを決め、文書偽造や偽造手形の換金、その他のいわゆる書類犯罪に鞍替えすることにした時期と。そうした犯罪に対して判事が州刑務所での服役刑を宣することはめったになかった。

実際にボードが興味を抱いたのは、市民としての抵抗の一環として詐欺行為を認めている抗議行動だった。そういった運動をしている巷《ちまた》の義勇軍のパンフレットには、銀行や公共施設やクレジット・カード会社を襲うことは、アメリカ政府、および政府部内に巣食う自由主義者、ユダヤ人、ホモ、レズビアン、黒人、環境問題専門家、共産主義者などを拒絶することと同義であると高々と謳われていた。すばらしい理論だ、とボード・ギャザーは思った。実際には彼の場合、オールズモービルのエンジンをシヨートさせて始動させるより、不渡り小切手を換金するほうが、ほんのちょっぴり得意だということがわかっただけのことだったのだが。

短い刑期に繰り返し服す合間、ボードはあらゆる銃器展示会で買った反政府ポスターで自分のアパートメントを飾り立てた。そうしたポスターでは、デイヴィッド・コレシュ（宗教家。一九九三年、アルコール・煙草・火器局（ATF）とFBIの強制捜査を受け、八十人以上の信者を道連れに火災で自殺。ATFとFBIが非難された）、ランディ・ウィーヴァー（白人至上主義者。一九九二年、FBIとATFの強制捜査で妻と息子を殺される）、ゴードン・カール（一九八三年、納税拒否と米陸軍元帥二名の殺害で告発され、逃亡中FBIに射殺される）らが英雄として奉られていた。

チャブはボードの部屋を訪れるたび、バドワイザーのロングネックを掲げて、壁に祀られている殉教者たちに挨拶をした。コレシュとウィーヴァーについてはテレビで見てなんとなく知っていたが、カールについては、ダコタ出身の農夫で納税拒否者でFBIに射殺された、ということぐらいしか知らなかった。

「このくそ突撃隊員が」チャブは、ビッグ・パイン・キーでの小さいながら活気に満ちた義勇軍の集まりで仕入れたことばをさっそくつかって言った。さらにそのあとなにやらぶつぶつぶやき、布団《フトン》タイプのソファのところへビールを持っていくと、背もたれに背をあずけ、脚を投げ出した。が、彼の心はすぐに死んだ愛国者たちのことから自分の輝かしい幸運へと移った。

ボード・ギャザーはダイニング・テーブルに身を乗り出して坐り、テーブルの上に新聞を広げていた。州政府の宝くじのパンフレットを読んで、千四百万ドルを一度に受け取れないことがわかってから、彼はずっとそのことを嘆いていた。賞金は二十年に渡って分割払いされるのだ。

さらに悪いことに、その金には税金もかかる。

数字にそれほど弱くないチャブは、税金を引かれるにしても一年に七十万ドルというのはやはりかなりの大金だと言って、なんとかボード・ギャザーの気持ちを浮き立たせようとした。

「義勇軍を準備するのにはとても大金とは言えないね」とボードは吐き捨てるように言った。

「規則は規則だろうが。しょうがないだろうが」チャブはそう言うと、立ち上がってテレビをつけようとしたが、つかなかった。「壊れてるのか?」

ボードは新聞の皺を伸ばして言った。「なんでおまえにはわからないんだ、ええ? これこそおれたちが今まで話し合ってきたことのすべてだ。戦うに値するすべてだろうが、ええ? 人生、自由、幸福の追求すべてがひとつになったものだろうが」

チャブは壊れたテレビをひっぱたいた。今はいつものボードの演説を聞きたい気分ではなかった。が、逃れられそうになかった。

ボード・ギャザーは続けた。「ついにおれたちは大きな山を当てた。なのにどんなざまだ？　くそフロリダ州はほんのちょこっとずつしか金を払おうとしない。その上おれたちが手に入れるものは全部、極悪非道の国税庁に横取りされる」

親友のそんなことばを聞いていると、自分たちの幸運に浮かれていたチャブの気持ちも段々しぼみはじめた。宝くじというものはつまらない仕事をすることなく、自由にできる莫大な金を手に入れられる方法だとチャブはこれまでずっと思っていた。しかし、ボードの説明によれば、宝くじは政府の圧力や課税の乱用、自由主義の欺瞞の新たで邪悪な一例に過ぎないらしい。

「おれたちがこの金を誰かと分け合わなきゃならないのは、ほんとに偶然だと思うか？」

チャブはビール壜の口で毛むくじゃらの首のうしろをマッサージした。親友が何を言おうとしているのか、彼には図りかねた。

ボードはテーブルに拳を打ちつけて言った。「予言してやるよ。もう一枚の当たり券を持ってる卑劣な野郎は黒人かユダヤ人かキューバ系のどれかだ」

「そうだ、そうだ！」

「それがやつらのやり方なのさ、チャブ。おれとおまえのようなまっとうなアメリカ人を痛めつけるのが。やつらが白人男ふたりに賞金をまるまるよこすと思うか？　今の時代にはありえない。絶対にありえない！」ボードは鼻先をまた新聞に戻して言った。「グレンジってのはどこにあるんだ？　タンパのさきか？」

チャブのほうは実際にはボードの理屈に面食らっていた。宝くじに八百長があるということが理解できなかった。もしそうなら、たとえ賞金の半額であろうと、どうして自分たちにこんな大金が転がり込んだのか。

これまでの短いつきあいの中でも、ボード・ギャザーは何件もの複雑な事件を説明するのに陰謀ということばをよく使ったが。たとえば、どうしてクリスマスの時期に大型旅客機の墜落が多いのかとか。

ボードはその答えを知っていた。当然、政府がからんでいる。連邦航空局は常に予算削減の危機にさらされている。が、予算案が決められるのは例年、クリスマス休暇で議会が閉会するまえのことだ。だから――とボードはチャブに真相を打ち明けた――連邦航空局は定期旅客機の墜落を毎年クリスマスのまえに工作するのさ。黒焦げの機体から無残な死体が収容される様子が全世界に報道されてるのに、航空安全に必要な予算の削減を訴える勇気など、政治屋どもにあるわけがない。連邦航空局はそのことをよく心得てるのさ。

「よく考えてみりゃわかることだ」とボード・ギャザーは言ったものだ。言われたとおり、チャブはよく考えた。よく考えれば考えるほど、飛行機事故というのは、単なる偶然というよりどれも政府の陰謀と考えるほうがはるかにもっともらしく彼には思えた。

しかし、州の宝くじが八百長となるとまた話はちがってくる。だったら、自由主義者が宝くじに当たること自体そもそもありえないのではないかとチャブは思って、むっつりと言った。

「変だよ、それは」実際、これまでにも大勢の普通の白人が宝くじに当たっていた。そうした当選者の顔はテレビで見たことがあった。テレビと言えば、このろくでもない機械さえ壊れなければ、今頃サッカーでも見ていられて、ボード・ギャザーのたわごとなんかに煩わされなくてもすむのに。

「そのうちおまえにもわかるだろうよ」とボードは言った。「おれの言ってることが正しいってことは。それより、フロリダ州グレンジってのはいったいどこにあるんだ？」

チャブはもごもごとつぶやいた。「北のほうだろ」

「まったくおまえってやつはほんとに頼りになるな。ここから見たらどこだって北だろうが」

チャブは鋲のついたベルトからコルト・パイソンの三五七口径を抜き、デイヴィッド・コレシュの頬にいくつか穴を開けた。

ボード・ギャザーはびっくりしてダイニング・テーブルから身を起こした。「なんだ、今のは？」

「どうにも妙だ」チャブはベルトに銃を差した。銃身が腿にあたって熱かった。が、ひるむことなく言った。「千四百万ドルも当たったら、気分がよくなるのが当然なのに、全然そんなふうに思えない」

「それだよ、それ！」ボード・ギャザーは部屋を突っ切ると、汗ばんだ腕を震わせてチャブを抱きしめた。「やっとわかってくれたか」――ボードは声を低くして囁いた――「この国がどういう国になり果てたか、なんのための戦いなのか！」

チャブはまじめくさってうなずいた。戦いということばはひどくしんどい作業のように聞こえたし、しんどい作業というのは、億万長者になった人間がすることではないような気もしたが、そんな気持ちにはあえて眼をつぶることにした。

九〇年代初頭に新聞業界に広がった経営縮小化の目的は、今世紀全般にわたってこの業界がもがき苦しみながら伸ばしてきた利益率を維持することにあった。だから、硬派の報道ばかりが偏重された時代の重荷とは無縁の新世代の軟派の経営幹部は、日刊紙発行コストの簡単な削減法を見いだすことにこれ努めた。そんな彼らの最初の犠牲になったのが記事の内容の深さだった。

記事にあてるスペースの削減は、即座にスタッフ削減の正当な理由となる。だからダウンサイジングは多くの新聞社で、警察担当デスクや郊外版、海外支局、医療関係記者、環境問題専門家、それにもちろん特別取材班（彼らは常に世の権力者や大事な広告主を敵にまわすのだ）といった贅沢品を減らす恰好の言いわけになった。そして、新聞記事が浅薄になればなるほど、新聞発行者はますます力を入れて、読者はそんなことになど気づいてもいなければ、気にしてもいない、とウォール街の連中に請け合った。

ステイタスはあっても将来性に乏しい新聞業界ではあっても、そこに居心地のいい場所を見つけたところまでは、トム・クロームにとって悪いことではなかった。が、経験豊富な失業中の記者が業界にあふれ出すや、そそくさと馘《くび》を切られたことは、不運と言えば不運だった。さらに不運だったのは、彼が取材記者としてキャリアの頂点をきわめたときには、ほとんどの新聞社がもはやその分野の技能に対して高い報酬を払う気をなくしていたことだ。

たとえば〈レジスター〉は離婚問題専門のコラムニストを求めており、シンクレアは面接の席でクロームにこう言い放ったものだ。

「うちは面白可笑しなものを求めてるんだよ。お気楽なものをね」

「お気楽なもの？」

「そういうものを求める読者が増えてるのさ」とシンクレアは言った。「おたくは離婚の経験は？」

「いや」とクロームは嘘をついた。

「すばらしい。障害なし、苦痛なし、苛々なし」

シンクレアの押韻好き。このときクロームは初めてその洗礼を受けた。

「でも、E&P（マスコミ業界の情報誌）の広告には〝特集記事の記者〟とあったけれど」

「もちろん特集記事だよ、トム。五百語で一週間に二回」

クロームは考えた。自分のやりたいことはわかっていた。アラスカに移住することだ。缶詰工場でサーモンをさばき、冬に小説を書く。

「すみません。お手間を取らせました」クロームは立ち上がり、シンクレアと握手をすると（シンクレアの手はごつくてぬめっとしていて、死んだサーモンそっくりだった）飛行機でニューヨークに戻った。

一週間後、シンクレアから電話があった。特集記事の記者として年俸三万八千ドルで雇いたいと言ってきた。ありがたいことに離婚についてのコラムは書かなくてもいいことになった。あとでわかったのだが、〈レジスター〉の編集局長がそんな題材はお気楽でもなんでもないと言ったらしい。「編集局長は四回離婚してるんだよ」とシンクレアは小声で説明した。

トム・クロームはその特集記事の記者の仕事を引き受けた。なぜなら、金が必要だったからだ。彼は、コディアク島か、もう少し北のフェアバンクスにロッジを買うための資金を貯めていた。そこでひとりで暮らすのだ。スノーモービルを買って、野生のオオカミやカリブー、さらにいつかはハイイログマの写真を撮るつもりだった。メアリー・アンドレア・フィンリーという架空の女優に関する小説も書くつもりだった。メアリー・アンドレア・フィンリーは実在するメアリー・アンドレア・フィンリーという名の女で、彼女は現実の世界でこの四年間、トム・クロームとの離婚を拒否することに成功していた。

クロームが宝くじの一件の取材のために荷造りをしていると、ケイティが教会から戻ってきた。

「どこへ行くの？」彼女は軽量コンクリート・ブロックか何かのようにハンドバッグをキッチン・テーブルに置いた。

「グレンジというところだ」とトム・クロームは答えた。

「行ったことがある」とケイティは腹立たしげに言った。〝グレンジというところ〟。それが町だということさえ彼女が知らないとでも思っているみたいな言い方だった。

「いろんな奇跡が起きてる場所でしょ」

「そのとおり」クロームは、ケイティもまた信心深い巡礼者のひとりなのだろうかとふと思った。どんなことがあってもおかしくはない。まだ知り合ってたったの二週間しか経っていないのだから。

「涙を流す聖母マリア像があるのよ」ケイティはそう言って冷蔵庫のところまで歩き、グレープフルーツ・ジュースをグラスに注いだ。クロームはグレンジに関するさらなる情報を待った。「それと高速道路の路面に――」ケイティはジュースを飲む合間に言った。「キリストの顔が現われるの」

トム・クロームは言った。「その話はおれも聞いたことがある」

「しみになって現われるのよ」とケイティはさらに詳しく続けた。「濃い紫色の。血みたいな」

あるいは、トランスミッション・オイルみたいな、とクロームは思った。

「一度行っただけだけど」とケイティは言った。「クリアウォーターへ行く途中、ガソリンを入れるのに寄ったのよ」

クロームは彼女がグレンジの常連旅行者ではないことを知ってほっとし、洗濯してあるジョッキー・ショーツをまとめてスーツケースに放った。「どんな印象を受けた?」

「変なところ」ケイティはフルーツ・ジュースを飲みおえると、グラスを洗い、靴を脱いでテーブルについて坐った。そこからだとクロームが荷造りをしているのがよく見えた。「涙を流す聖母像は見なかった。見たのは道路のキリストのしみだけ。でも、町全体がなんとなく変な感じだった」

クロームは笑みを押し殺した。〝変《ウイアード》〟というのはいかにも彼女が言いそうなことばだった。

ケイティは尋ねた。「いつ戻るの?」

「明日か明後日には」

「電話をくれる?」

クロームは顔を上げた。「もちろんさ、ケイティ」

「グレンジに着いたらって意味だけど」

「ああ……もちろん」

「帰ってきたら電話をくれって言ったと思ったんじゃない？　ちがう？」

まだ日曜日の午《ひる》まえだというのに、錐揉み降下のような会話の泥沼に簡単にはまりこんでいく自分に、クロームはわれながらあきれた。ただ単に荷造りをしようとしていただけだというのに、不覚にもケイティの気分をひどく害してしまうとは。

クロームの仮説──彼女の警報装置を刺激したのは、〝ああ〟と〝もちろん〟のあいだのわずかな間だ。

こういうときには、降伏こそ唯一の選択肢だった。わかった、わかったよ、可愛いキャサリン（ケイティはキャサリンの愛称）。おれを赦してくれ。きみの言うとおりだ。おれはまったく馬鹿で鈍感で自分のことしか考えてない男だ。いったい何を考えてたんだろう！　もちろんグレンジに着いたらすぐに電話するよ。

「ケイティ」と彼は言った。「グレンジに着いたらすぐに電話するよ」

「別にいいの。あなたが忙しいのはわかってるから」

クロームはスーツケースを閉じて、留め金をかけた。「いや、電話したいんだ、いいだろ？」

「いいわ。でも、あまり遅くならないでよ」

「ああ、わかってる」

「アートが帰ってくるのは――」

「六時半。ちゃんと覚えてる」

アートというのはケイティの夫の名だ。巡回裁判官、アーサー・バトゥンキル・ジュニア。

クロームはアートを欺いていることについてはうしろめたく思っていた。たとえアートには一度も会ったことがなくても。また、たとえアートのほうもふたりの秘書と浮気をしていて、ケイティに対して不実を働いているというのがほんとうだったとしても。それはもう周知の事実ね、とケイティは二度目の〝デート〟でクロームのズボンの留め金をはずしながら、力を込めて言ったものだ。だから〝眼には眼を〟なのだと。まさに聖書にあるとおり。

それでも、トム・クロームは罪悪感を覚えていた。もっとも、それは今に始まったことではないが。罪悪感は彼にとってむしろ不可欠の感情と言ってもよかった。十代の初めからロマンスに出会うたびに断固たる役割を果たしてきたものだ。離婚をしようと思ってからは、煩わしくも常にそばにいる〝伴侶〟のようなものになっている。

彼がケイティ・バトゥンキルにまいったのは、その繊細で生き生きした顔立ちと、肉感的な健康美だったが、ある日ダウンタウンをジョギングをしていると、文字どおり彼女に追いかけられたのだ。その日、クロームは慈善団体のデモ行進に遭遇し——病気か障害か、そのどちらかに関するデモだったが、はっきりとは思い出せない——ケイティの手にぶっきらぼうにいくらかお金をのせたのだった。が、次に気づいたときには、足音が彼を追いかけてきていた。ケイティはクロームに追いつくと、そのあとふたりで昼食を食べに寄ったピザ・スタンドで、開口一番こう言った。「わたしは結婚していて、こんなことをするのはこれが初めてだけど、なんてこと、わたし、とっても飢えてる」今のところ、彼はケイティのことがとても気に入っていた。が、アートという存在が小さくないことは彼にもよくわかっていた。それはつまり、ケイティは彼女のやり方でことを運び、クロームのほうは自らの役割をわきまえるということだ。もっとも、それで彼としては一向にかまわなかった。今のところは。

靴を脱いだストッキングのまま、ケイティは車のところまでクロームについてきた。彼は車に乗り込み、イグニッションにキーを差し込んだ。たぶん必要以上にそそくさと。ケイティは身を乗り出すと、さよならのキスをした。かなり長いキスで、そのあとも車のドアのそばからすぐに離れようとしなかった。そこでクロームは彼女が使い捨てカメラを持っていることに気づいた。

「持っていって」ケイティはそう言って、カメラを彼に差し出した。「まだ五枚残ってるから。もしかしたら六枚」

クロームは礼を言い、でも、必要ないとつけ加えた。宝くじの記事がものになりそうなら、シンクレアが社のカメラマンをよこすだろうから。

「それは新聞の取材用でしょ」とケイティは言った。「これはわたし用。涙を流すマリア様の写真を撮ってきてくれない？」

一瞬クロームは彼女がふざけているのだと思った。が、そうではなかった。

「いいでしょ、トム？」

クロームはボール紙でできたカメラをジャケットのポケットに入れた。「もし泣いてなかったら？　その聖母マリアが。それでも写真が欲しい？」

ケイティはどうやら彼の声ににじんでいる皮肉に気づかなかったようで、「もちろんよ」と勢い込んで言った。「泣いてなくても撮ってきて」

3

グレンジの市長、ジェリー・ウィクスはジョレイン・ラックスのカメをやたらと誉めた。

「わたしの赤ちゃんたち」とジョレインは愛情あふれる声音で言った。彼女がアイスバーグ・レタスをちぎって水槽に落とすたびに、ブルーのマニキュアが光った。夕食にありつこうと、カメたちは無言の食糧争奪戦を始めていた。

ジェリー・ウィクスは言った。「何匹いるんだね？」

「四十六匹」

「それはそれは」

「レッドベリータートル・ニシキガメとスワニークーターと、まだ子供のペニンシュラクーター二匹は、大きくなったらかなり価値が出るそうよ。みんな仲良くやってるでしょ？」

「ああ、ほんとに」どのカメがどの種類なのか、ジェリー・ウィクスにはまったく区別がつかなかった。それでも、餌を与えられた爬虫類が立てる音のすさまじさには圧倒された。ここに長いこといたら、このがさがさいう音でまずまちがいなく気が変になりそうだった。

「ジョレイン、訪ねてきたのはあんたが宝くじを当てたと聞いたからなんだ」

ジョレイン・ラックスはタオルで手を拭き、市長にグラスに注いだレモネードを勧めた。彼はそれを断わった。

「もちろん、他人がとやかく言うすじあいのものでもないし、噂はほんとうなのかどうか、私に教えなきゃならない義務があんたにあるわけでもない。でも、もしほんとうなら、あんた以上にそれを受け取るのにふさわしい人はいないと……」

「どうして?」

ジェリー・ウィクスは答えに詰まった。普段の彼は美人のそばにいるからと言って、落ち着きをなくすような男ではなかったが、その日の午後のジョレイン・ラックスは並々ならぬ強いオーラを放っていた。その芳しいまばゆさ、いたずらっぽい輝きに、彼は自分が愚かなばかりでなく不注意な人間にもなってしまったような気分にさせられた。アライグマ狩りの猟犬さながら、彼女に床に組み敷かれて遠吠えをされるまえに、さっさと退散したくなった。

「ジョレイン、私がここに来たのは、町のことを考えてだ。もしそれが真実なら、グレンジにとってすばらしいことだ。その、つまりあんたが宝くじに当たったことだけれど」

「町の宣伝になる」と彼女は言った。

「まさにそのとおり」と彼はほっとして言った。「きっとすばらしい転機となるはずだ。これまでの――」

「へんてこりんな奇跡とはちがって？」

市長は顔をしかめた。「いや、私は別に……」

「道路のしみに涙を流す聖母マリア」とジョレインは言った。「それに、ミスター・アマドーのインチキな聖痕」

ドミニク・アマドーは地元の建設業者で、夏の豪雨のさなか、セント・アーサー・カテキズム校の校舎の壁がさしたる理由もなく崩れ、そのため建設業免許を剝奪された男だった。彼の仕事仲間は、無資格の建設業者でも仕事を請け負うことができるデイド郡に引っ越すことを勧めたが、ドミニクとしては妻と数人のガールフレンドのいるグレンジを離れたくなかったので、ある夜、大ジョッキ一杯のビールとザナックス

（抗鬱剤）でしたたか酔っぱらい（直径一センチの木工ドリルを使って）両の手のひらに完璧な穴をあけたのだ。で、今やグレンジのクリスチャン巡礼ツアーの目玉のひとつになって、（まさにキリストと同じく！）自分は大工だと吹聴し、傷跡がかさぶたで固まったりせずにちゃんと血を流しつづけるよう、両手のまるい傷をたえずつついていた。近々足にも穴を開ける予定だという噂もあった。

市長は言った。「まあ、私は人を裁く立場にいるわけじゃないんでね」

「でも、あなたは信心深い人よ」とジョレインは言った。「ほんとに信じてるの？」

ジェリー・ウィクスは、どうして話がここまで本題からずれてしまったのだろうと思いながら言った。「私が個人的に何を信じていようと、そんなことはどうでもいいことだ。現に信じてる人たちがいるんだから。彼らの眼を見ればよくわかる」

ジョレインはサーツを口に放り込んで、市長を困らせたことを申しわけなく思った。ジェリー・ウィクスは悪い人間ではない。ただ、やさしすぎるのだ。薄いブロンドの髪は脇のところが両方ともすでに白くなっていた。ピンクのたるんだ頬、小さくて粒の揃った、杭のような歯、悪意のない薄い眉。主に住宅所有者総合保険と自動車保険を扱う、保険会社を母親から引き継いだ、まるまると肥った、人畜無害な男。町のほとんどの人々がそうしているように、ジョレインも保険はすべて彼の会社に任せていた。

市長が続けて言った。「とにかく私が言いたいのは、これまでとはまたちがった角度から世間の関心を惹くことができれば、グレンジにとってそれは悪いことではないということだ」

「そうすれば世間に知らしめられるものね」とジョレインは同意して言った。「ここにはまともな人間も住んでるんだって」

「そのとおり」と市長は言った。

「キリスト・フリークやペテン師だけじゃなくて」

そのにべもないことばは、ジェリー・ウィクスに腹痛に似た痛みをもたらした。「ジョレイン、そういう言い方は……」

「あら、皮肉っぽい女でごめんなさいね。でも、どうしてこんな女になったのかなんて訊かないで」

宝くじに当たったのかどうか話す気などジョレイン・ラックスにはさらさらないことが、ようやく市長にもわかってきた。加えて、腹をすかせたカメたちが餌を食べるたえまない音がすでに耐えがたいほど苦痛になっていた。

「一匹要らない？」とジョレインは言った。「ジェリー・ジュニアに」

ジェリー・ウィクスはその申し出を断わり、カメでいっぱいの水槽を見つめて思った。いったいへんてこりんなのはどっちだ？　キリスト・フリークか、この女か。

ジョレインはキッチン・テーブル越しに手を伸ばすと、ジェリー・ウィクスの脇腹をつねって言った。「元気を出して」

市長は彼女に触れられて総毛立ち、おずおずと笑みを浮かべて眼をそらした。いっとき淫らな妄想が頭をよぎったのだ。ジョレインのブルーの爪がゆっくりと彼の肩甲骨のあたりを――ニキビ痕のある青白い肌を撫でているところが眼に浮かんだのだ。

ジョレインがからかうように言った。「あなたはわたしに何か話があって来たのよね、ジェリー。さあ、聞かせてちょうだい。わたしたちがよぼよぼになって死んじゃうまえに」

「ああ、そうだ。実は新聞記者が町に来るんだ。〈レジスター〉の記者だ。ベッド＆ブレックファストに宿泊予約を取ってる。ヘンドリクス夫人が教えてくれたんだよ」

「今夜？」

「彼女はそう言ってた。その記者は宝くじの当選者を探してるそうだ。特集記事にするつもりなんだろう」

「ふうん」

「もちろん心配することは何もない」市長としてマスコミの対処のしかたはちゃんと心得ている、とジェリー・ウィクスは言った。「彼らは普通の人間の成功譚を書くのが好きなんだよ」

「確かに」ジョレインは唇をすぼめた。

「新聞用語で〝人間的興味《ヒューマン・インタレスト》〟というやつだ」市長としては、取材については何も怖がらくてもいいとジョレインを納得させたかった。彼女に友好的な態度で取材に協力させたかった。それでグレンジのイメージアップを図るというのが彼の目論見だった。

ジョレインは言った。「わたしはその記者と話をしなくちゃいけないの？」

「いや」ジェリー・ウィクスの心は沈んだ。

「わたしとしてはプライヴァシーは大切にしたいんだけど」

「別にその男を家に上げる必要はない。いや、実際、そうしないほうがいいだろう」

市長はジョレインのカメの趣味が心配だった。相手は傲慢な都会の記者だ。彼女の趣味にどんな残酷な興味を見いださないともかぎらない。「〈ホリデイ・イン〉のレストランで会ったりしてもいいんじゃないかな」

「そう」

キッチンの壁に取り付けた電話が鳴った。彼女は立ち上がって言った。「ちょっと用事があるの。寄ってくれてありがとう」

「このさきどういうことが待ちかまえてるか、あんたに知らせておいたほうがいいと思ってね。宝くじに当たるというのは、それはもうとても大きなニュースだからね」

「でしょうね」とジョレイン・ラックスは言った。

市長は別れの挨拶をして辞去した。ポーチを出て、ドライヴウェイを歩くあいだ、ジョレインの電話がずっと鳴りつけているのが聞こえた。


タラハシー（フロリダ州の州都）に直行して、できるだけ早く二千八百万ドルの半分を請求すべきだというのがチャブの意見だった。が、ボード・ギャザーはノーと言った。まだだ、と。

「受け取るのには百八十日間の余裕がある。つまり、まだまるまる半年ある」彼は冷えた一ダースのビールをトラックに積み込んだ。「今はもう一枚の当たり券を持ってるやつがそれを現金に換えちまわないうちに、その当たり券を見つけるのがさきだ」

「もうとっくに換えてるよ。もう遅いよ」

「そう悲観的になるな」

「悲観的になるのは人生なんてくそ悲観的なものだからだ」とチャブは力を込めて言

った。

ボードはストライプのビーチ・タオルを前部座席の助手席側に広げた。真新しいシートを銃の油や汗——チャブの天然マリネソース——から守るためだった。チャブは相棒のそうした用心深さを内心腹立たしく思っていたが、何も言わなかった。

数分後、高速道路を飛ばしながらボード・ギャザーが計画の要点を説明した。「押し入って、当たり券を奪ってずらかる」

「もし当たり券が見つからなかったら?」とチャブは尋ねた。「うまく隠されてたら?」

「そうしたらまた押し入る」

「重罪でお務めなんて願い下げなんだけど」

「なあ、そうかりかりするなよ」

「なあ、おれたちは億万長者なんだぜ」とチャブは言った。「億万長者は強盗なんてしないもんだ」

「確かに。だけど、億万長者だってものを盗んでる。おれたちはバールを使って、やつらはユダヤ人とブリーフケースを使う。ただそれだけのことだ」

いつものことながら、ボードの言うことは的を射ていた。チャブは背中をまるめてバドワイザーの缶に口をつけ、考えをめぐらせた。

ボードが言った。「なあ、おれだって刑務所になんざ行きたくないよ。おれたちがムショにぶち込まれたら、〈ホワイト・レベルズ〉は誰が引き継ぐ？」〈ホワイト・レベル・ブラザーフッド（白い反逆者協会）〉というのは、ボード・ギャザーが新しく創設する義勇軍の名前だった。それについてはチャブはとやかくは言わなかった。別に名刺に印刷するわけでもないのだから。

ボードは続けた。「それはそうと、おれがやったあの本は読みおわったか？　サヴァイヴァリストになるための方法について書いてある本だ」

「いや、まだだ」実は、チャブは虫を食べることについてのくだりまで読んで、もうたくさんだと思ったのだ。〝毒のある昆虫と食べられる昆虫の見分け方〟。冗談じゃない。

「極上のリブ・ステーキについて書いてある章はどこにもなかった」と彼はぶつくさ言った。

気まずい雰囲気を和らげようと、もう一枚の当たり券を持っているのはどんなやつか賭けよう、とボードがチャブに持ちかけた。「おれは黒人《ニグロ》に十ドル賭ける。おまえはユダヤ人にするか？　それともキューバ人か？」

チャブは、〝ニガー〟を〝ニグロ〟などと言う白人優越論者になど、これまで一度も会ったことがなかったので、皮肉っぽく言った。「ニグロとニガーじゃ何かちがいがあるのか？」

「ないよ」

「だったら、どうしてやつらをそのとおりの名前で呼ばない？」

ボードはハンドルを握りしめて言った。「別にやつらをココナツって呼んだっていいわけだ。それにどんなちがいがある？　どっちだって大差ない」

チャブはくすくす笑った。「ココナツねえ」

「なあ、少しは役に立つことをしてくれ。できたら、白人の音楽をかけてるラジオ局にしてほしいんだがな」

「どうした？　このニグロのラップ歌手が嫌いなのか？」

「このくそったれ」とボード・ギャザーは言った。

彼は、黒んぼ《ニガー》ということばを口にすることができないという事実を認めるのは恥と思っていた。そのことばを口にしたのは生涯で一度きり、十二歳のときだ。彼の父親は即座に彼を外へ引きずり出し、毛の生えていないつるりとした彼の尻を剃刀の革砥で叩いた。次に、母親が彼をキッチンに引きずっていき、コメット・クレンザーと酢で口を洗い流した。それがボード・ギャザーが子供の頃に受けた一番ひどい(そして唯一の)体罰で、それ以降彼は両親を決して赦さず、皮膚が焼けるようなコメット・クレンザーの恐ろしい味も決して忘れることがなかった。で、いまだに〝黒んぼ《ニガー》〟ということばを小声で口にしようとしただけで、柔らかな咽喉《のど》のあたりが焼けつくようにひりひりするのだ。大声でそのことばを口にするなど論外だった。

これは自称人種差別主義者の義勇兵にとっては大きな泣き所で、ボード・ギャザーは極力そのことばを口にしないようにしていた。

話題を変えて、彼は言った。「おまえにも迷彩服が必要だな、相棒」

「いや、それはどうかな」

「ズボンのサイズはいくつだ?」

チャブはシートにぐったりと体を預けて眠ろうとしているふりをした。彼としてはそもそもグレンジくんだりなど行きたくもなかったのだ。見ず知らずの人間の家に押し入って、宝くじの当たり券を盗むなど言うに及ばず。

迷彩服など金輪際着たくない。ボード・ギャザーの持っている服はすべて迷彩服で、盗んだマスターカードを使って〈キャベラズ(アウトドア用品メーカー)〉の秋物カタログから注文したもので、ボードは、バハマからNATO軍の侵略を受けて〈ホワイト・レベル・

ブラザーフッド〉が森に逃げ込む際、迷彩服が生き残るための必需品になると信じていた。ボードがクロゼットを開けて見せてくれるまで、チャブは迷彩服の模様に使われる木や小枝にこれほどたくさんの種類があることを知らなかった。基本的なトレバーク（ボードのパーカ）、リアルトゥリー（ボードのレインスーツ）、モッシーオーク、ティンバーゴースト、トゥリースタンド（ボードのジャンプスーツ、シャツ、ズボン）、コニファー（ボードの蛇よけ服）、トゥルーリーフ（ボードの全天候型マウンテン・ブーツ）。

これらの迷彩服を適切に選択すれば、樫や松の林の中で姿を消すことができるというボードの主張に、チャブはあえて異を唱えなかった。が、ジョージア州北部の山育ちのチャブとしては、そもそも森の中で姿を消したくなどなかったのだ。ちゃんとまわりから声も姿も認識されていたかった。獰猛《どうもう》なクマや欲情したアカオオヤマネコに木と混同されるなどまっぴらだった。

チャブは言った。「あんたはあんたで好きな恰好をすればいい。おれはおれで好きな格好をするから」

ボードはむっつりとして床から新しいビールを取り上げ、栓を抜いた。「憲法にはなんと書かれてるか覚えてるか？〝統制の取れた義勇軍〟だ。統制の取れた、というのはよく訓練されたという意味だ。わかるだろ？　だったら、訓練は何から始まるか。制服からだ」

ボードはビールを一口飲むと、モッシーオーク柄のズボンの股に缶をはさんで、両手でハンドルが握れるようにした。チャブはドアに体をもたせかけた。ポニーテールが窓にヘアオイルのしみをつけた。彼は言った。「おれは絶対、迷彩服は着ないから」

「それはなんでだ、ええ？」

「まるでしけた堆肥の山みたいに見えるからだ」

ボード・ギャザーはいきなりトラックを高速道路の路肩に寄せると、憤慨してブレーキを踏んで言った。

「いいか、よく聞け――」

「いや、おまえこそよく聞け！」とチャブは言ってすばやくボードのほうを向いた。ボードの柔らかな咽喉元にコルトの銃口が突きつけられた。ちょうど舌の根元のあたりに。チャブのビール臭い熱い息がボードの額にかかった。

「何も喧嘩するほどのことじゃないだろうが」とボードはかすれた声で言った。

「これは喧嘩じゃない。殺しだ」

「おいおい、兄弟。おれたちは仲間だろうが」

チャブは言った。「だったら、おれたちのチケットはどこにある、このクソ野郎？」

「宝くじのチケットのことか？」

「ちがう、洗濯屋のくそ引換券《チケット》のことだ」チャブは銃をぴくりと動かした。「どこだ？」

「こんなことはやめろ」

「五つ数える」

「おれの財布の中だ。コンドームの中に入れてある」

チャブは意地悪く笑った。「見せろ」

「トロージャン（コンドーム）だ。溝つきでゼリーなしのやつだ」ボードは財布からコンドームを抜き取ると、昨夜自分がやったこと――ビニールの包みを剃刀で開け、巻いてあるコンドームの中に宝くじのチケットをたたんで入れたのだ――をやってみせた。

チャブは銃をズボンにしまい、上体を助手席側に戻した。「なかなかいいアイディアだ。それは認めるよ。誰も人の使ったコンドームなんて盗みゃしないからな。それ以外のものはなんだって盗むだろうが、そいつだけはいただけない」

「そのとおり」とボードは言って、心臓の不規則な鼓動が収まると、トラックのギアを入れて走行車線にゆっくりと戻った。

チャブは、淡々としてはいるものの、完全に人畜無害とは言えない眼でボードを見て言った。「どういうことになってたか、おまえもわかるよな? おれがおまえの脳味噌をこのトラックじゅうに吹っ飛ばして、宝くじの当たり券をせしめちまえば、おれたちはもう仲間じゃなくなるってことだ」

ボードは固い表情でうなずいた。今の今までチャブに殺されるかもしれないなどとは考えたこともなかった。が、考えるべきだった。それは明らかだった。彼は言った。「うまくいくって。まあ、そのうちわかるさ」

「ああ」とチャブは言い、ビールの栓を開けて生温かい泡を立たせ、眼を閉じて缶の中身を半分ほど飲んだ。彼としてもボード・ギャザーを信用したかった。が、それはいつでも簡単にできることではなかった。まったく、ニグロとは! どうしてボードはそんなことばを使いつづけるのか。チャブは理解に苦しんだ。ほんとうはボードは自分で言っているような人間ではないのではないか。チャブにはそれが気がかりだった。

そこでふとまったく異なる考えが頭に浮かんだ。「グレンジにも売春宿はあるのかな?」

「そんなこと知るかよ」とボードは言った。「そんなこと誰が気にする?」

「どこにおれたちの当たり券を隠したのか、それだけは忘れるなよ」

「おいおい」

「どこかの売春宿のシーツにからまってたなんて、これほどぞっとする千四百万ドルのなくし方もないからな」

ボード・ギャザーはまっすぐ高速道路の前方を見つめたまま言った。「まったく。おまえも大した想像力の持ち主だぜ」

リス並みの脳味噌のくせしやがって。想像力だけはゾウ並みだ。ボードはそう思った。


トム・クロームは荷解きをする時間もおかず、ベッドの上にバッグを放ると、部屋を飛び出した。ベッド&ブレックファストの女主人は、公園の反対側のココア通りとハバード通りの角にあるミス・ジョレイン・ラックスの家までの道順を快く教えてくれた。クロームの心づもりはこうだった。突然立ち寄って心から謝罪のことばを述べ、ミス・ラックスを正式にディナーに誘い、徐々に取材に引き込んでいく。

小さな町での取材経験を通して彼にわかっているのは、待ってましたとばかりに自分の人生を語りだす者もいれば、たとえ髪に火をつけられようと、悲鳴すら上げない者もいるということで、どっちの展開になるかわからないまま、クロームは問題の女性の家のポーチで応答を待った。ノックをしたのだが、返事がなく、もう一度ノックをしたのだ。居間の明かりはついており、ラジオから音楽が流れていた。

彼は裏庭にまわって爪先立ちして、キッチンの窓から中をのぞいてみた。テーブルの上は食事を終えたままになっていた。見るかぎり、ひとり分。コーヒーカップ、サラダ・ボウル、半分かじったビスケットがのった皿。

ポーチに戻ると、ドアが開いていた。ラジオは消され、ほかにはなんの物音もしなかった。

「こんにちは！」

彼は声をかけ、半歩ほど中に足を踏み入れた。最初に眼にはいったのは水槽だった。次に眼にとまったのは硬材の床の上の水。点々と水の垂れた跡だった。

廊下の奥のほうから女の声がした。「ドアを閉めてちょうだい。あなたが記者の人？」

「ええ、そうです」どうしてわかったのだろう？　とトム・クロームは思った。「あなたがジョレイン？」

「何がお望みなの？　わたしはこういうのはあまり気が進まないんだけど」

クロームは言った。「あの、どこか具合でも……？」

「自分で確かめたら？」

彼女はバスタブの湯に浸かっていた。バス・オイルの泡で胸まで隠れてはいたが。頭にタオルを巻き、両手でショットガンを構えていた。クロームは両手を上げて言った。「きみに危害を加えにやってきたわけじゃない」

「ばかばかしい」とジョレイン・ラックスは言った。「十二番径を持ってるのはわたしで、あなたはテープレコーダーしか持ってないのよ」

クロームはうなずいた。普段取材に使っている小型テープレコーダーを右手に持っていた。

「ほんとうに小さいのね」とジョレインは言い、便器のほうを銃で示した。「坐って。あなたの名前は」

「トム・クローム。レジスター紙の記者だ」クロームは坐るように言われた場所に坐った。

彼女は言った。「今日はもうすでにわたしの限界を超える来客があった。お金持ちになるというのはこういうことなの？」

クロームは内心微笑んだ。この女はなかなかいいネタを提供してくれそうだ。

「テープレコーダーのカセットを抜いて」とジョレイン・ラックスは彼に言った。「そうしたら、バスタブに落として」

クロームは言われたとおりにした。「ほかには？」

「ええ、あるわ。じろじろ見るのはやめて」

「すまん」

「女の人がお風呂にはいってるのを見たことがないなんて言わせないわよ。あら、泡が……ほんとにもたないんだから」

クロームは天井に眼を据えた。「明日また出直してもいいけど」

ジョレインは言った。「ちょっと立ってもらえる？　いいわ。そうしたら、うしろを向いて。そのフックからローブを取って、わたしに渡して。振り向かずに。いいわね」

クロームはジョレインがバスタブから上がる際の湯の音を聞いた。バスルームの明かりが消えた。

「わたしが消したの」と彼女は言った。「何もしようとしないで」

あまりに暗くて、クロームには自分の鼻すら見えなかった。背中に何か尖ったものを感じた。

「銃よ」とジョレインが説明した。

「わかった」

「服を脱いで」

「なんだって？」

「脱いだらバスタブにはいって」

「いやだ」

「取材をしたいんじゃないの、ミスター・クローム？」

そこまででもう充分クロームの特集記事の申し分ないネタになっていた。が、この部分はいただけない。銃を突きつけられて服を脱がされる記者というのは。シンクレアには絶対に言うまい。

クロームが湯にはいると、ジョレイン・ラックスは明かりをつけた。トイレの便器にショットガンを立てかけ、バスタブの脇に膝をついていた。「どんな気分？」と彼女は尋ねた。

「馬鹿げてる」

「そんなふうに思うことはないわ。あなた、見てくれがとてもいいもの」彼女は頭からタオルを取ると、髪を揺すった。

トム・クロームは湯を掻き混ぜてもっとバス・オイルを泡立てようとしたが、それはむなしい努力で、しなびたペニスを隠すことはできなかった。ジョレインはそれをとても可愛い行為と思った。そんな彼女の眼が気になり、クロームは落ち着かなかった。これまでの取材経験で図らずも陥ってしまった、厄介で、まちがえば身に危険が及ぶ状況の数々が思い出された。都市暴動、麻薬の手入れ、ハリケーン、警察の銃撃戦。彼は外国でクーデターも体験していた。それでも、これほどの挫折感と無力感を味わわされたのは初めてだった。この女は周到に考えを練っていたのだ。

「どうしてこんなことをする?」と彼は尋ねた。

「あなたが怖かったから」

「きみは何も怖がることなんかないだろうが」

「確かに。今はね」

彼は思わず笑ってしまった。反射的に。ジョレイン・ラックスも笑った。「でも、これで話しやすくなったのは確かね」

クロームは言った。「玄関のドアが開けっ放しだった」

「わたしがそうしたのよ」

「それが怖いときにきみのすることなのか? ドアを開けっ放しにして、素っ裸で風呂の中で待つことが？」

「レミントンを持ってね」とジョレインは言って彼に思い出させた。「ニッケルの散弾をちゃんと装塡したレミントンを持ってね。父さんからのプレゼントなのよ」彼女はバスタブに湯を足した。「寒くなってきたんじゃない？」

クロームは股間のまえで手を組んだままでいた。何気ないふりを装いつづけてもなんの意味もなかったが、それでもそうした。ジョレインはバスタブの縁に顎をのせて言った。「何が知りたいの、ミスター・クローム？」

「きみは宝くじに当たったのか？」

「ええ、わたしは宝くじに当たった」

「だったら、どうしてそれが嬉しくないんだ？」

「嬉しくないだなんて誰が言ったの？」

「ドクター・クロフォードのところの仕事は続けるのかい？」ベッド＆ブレックファストの女主人がジョレイン・ラックスは動物診療所で働いていると教えてくれたのだ。

彼女は言った。「あなたの指、ふやけてしわしわになってる」

クロームは自分の裸を気にするのはもうやめようと思った。「頼みを聞いてくれないか？　おれのズボンのポケットにノートとボールペンがはいってる」

「あら、それは駄目」

「でも、きみは約束したじゃないか」

「なんですって？」ジョレインは銃を取り上げると、クロームの両足のあいだの壁から突き出ているバスタブの鉄の蛇口に、銃身を打ちつけて大きな音を響かせた。

まあいい、とクロームは思った。彼女の流儀に従おう。

「ジョレイン、以前に何か勝ち取ったことは？」

「デイトナビーチのビキニ・コンテスト。十八歳のときのことよ。なんとね。でも、こんなことを言うと、どんなことを想像されるか察しがつくわ」彼女は大袈裟《おおげさ》に眼をぐるりとまわして、あきれたような顔をしてみせた。

クロームは言った。「賞品は？」

「現金二百ドル」ジョレインはそこで間を置き、頬をふくらませると、ショットガンをシンクに立てかけた。「ねえ、わたしってつくづく嘘がつけない人ね。ほんとうは濡れたTシャツ・コンテストだった。ビキニ・コンテストのほうがいやらしく聞こえないから、人にはそう言ってるけど」

「きみはまだほんの子供だった」

「でも、どっちにしろ記事に書くんでしょ？　記事にしないでおくにはもったいなさすぎる」

そのとおりだった。抗いがたいエピソードではある。しかし、品よく色づけして書き換えることもできなくはない。感動的な話にだってできるかもしれない。ジョレイン・ラックスが読んで感謝するような。そんなことを思いながらも、今は濡れた胸毛にまとわりついている透明な泡を見つめる以外何もできない。クロームとしてはとてつもなく無防備で馬鹿げた気分だった。

「きみは何を恐れてるんだ？」

「何か嫌な感じがするのよ」

「きみには予知能力がある？」彼女も地元の超能力者のひとりなのだろうか。彼としてはそうでないことを祈った。超能力者であったほうがより面白い記事が書けるとしても。

「予知能力じゃなくて、単に気分の問題」と彼女は言った。「空には雲ひとつないのに、嵐のまえぶれを感じるときみたいな」

次から次へと見事な喩えを聞かされながら、それを文字にできずにやりすごさなくてはならないのは、クロームにとって苦痛以外の何物でもなく、ノートを渡してくれないか、と再度言ってみた。

ジョレインは首を振った。「これは取材じゃないのよ、ミスター・クローム。取材の前段階」

「ミス・ラックス――」

「千四百万ドルは途方もない金額よ。それは悪い要素も引き寄せる」彼女はお湯の中に手を伸ばし、トム・クロームの尻の下に器用に手を入れて、バスタブの栓をぐいと引いた。

「体を拭いて服を着て。コーヒーでもいかが？」

4

ディメンシオがごみを外に出していると、赤いピックアップ・トラックが街灯の下に停まった。ふたりの男が降りてきて伸びをした。背の低いほうはさきの尖ったカウボーイ・ブーツを履いて、鹿狩りのハンターが着るような、くすんだオリーブ色の迷彩服を着ていた。背の高いほうは髪を貧弱なポニーテールに結び、クスリをやっているような落ちくぼんだ眼をしていた。

ディメンシオは言った。「参拝はおしまいですよ」

「なんの参拝だ？」とハンターが訊いた。

「聖母像《マドンナ》の」

「死んだのか？」ポニーテールが相棒のほうを振り向いて言った。「なんてこった。知ってたか？」

ディメンシオは道路の縁石にごみ袋を置いた。「おれが言ったのは聖母マリアのことですよ。キリストの母親の」

「歌手じゃなくて？」

「そう、歌手じゃなくて」

ハンターが言った。「参拝ってのは？」

「聖母像にお参りをしに、方々から人が集まってくるんです。時々彼女は本物の涙を流すんですよ」

「嘘だろ？」

「嘘じゃない」とディメンシオは言った。「明日また来て、自分の眼で確かめたらいい」

ポニーテールが言った。「いくら取るんだ？」

「払える額でいいんです。うちは寄付しか受け付けてないから」ディメンシオは丁重に応じていたが、ふたりの男の態度はどうにも気に障った。田舎者なら対処のしようもあるが、無教養な白人の荒くれは厄介だ。

見知らぬふたりの男は何やら小声でぶつぶつ言い合っていたが、ややあって迷彩服のほうが訊いてきた。「なあ、タコスおやじ、ここはグレンジか？」

ディメンシオには首筋のあたりが自然とこわばるのがわかった。「そう、そのとおり」

「どこか近くにセブン・イレブンはないかな？」

「ここにあるのは〈グラブ&ゴー〉だけだけど」ディメンシオは道路のさきを指差した。「半マイルぐらいさきにある」

「そりゃどうも」とハンターは言った。

「おれからも礼を言うよ」とポニーテールがつけ加えた。

ピックアップ・トラックが走り去るまえに、ディメンシオはうしろのバンパーに貼られた赤と白と青のステッカーに気づいた。〝マーク・ファーマン（O・J・シンプソン事件の際、黒人蔑視の発言をしたロスアンジェルス市警の刑事）を大統領に〟。

あんなやつらが巡礼者であるわけがない、とディメンシオは思った。

チャブはさきほどのキューバ人の話に興味をそそられていた。涙を流す像？　いったいなんで泣くんだ？

「そりゃ泣きたくもなるだろうよ」とボディーン・ギャザーは言った。「こんなケツの穴みたいな町に押し込められてたんじゃ」

「あの男の話を信じないのか？」

「誰が信じる？」

チャブは言った。「おれは涙を流す聖母マリアをテレビで見たことがある」

「おれもテレビでバッグズ・バニーを見たことがある。だからって、そいつが本物だと言えるか？　くそタキシードを着て、歌ったり踊ったりするウサギがほんとにいるって、おまえは思ってるのかもしれないが――」

「それとこれとは話がちがうだろうが」チャブはボードの容赦のない皮肉に侮辱された気分で思った。時々こいつは誰が銃を持っているのか忘れるようだ。

「あった！」とボードが叫び、〈グラブ＆ゴー〉の文字が光を放っている看板に向けて手を振った。そして、入口のすぐそばの身体障害者用駐車スペースに車を停め、ルームライトをつけ、小さくたたんだ〈マイアミ・ヘラルド〉紙の切り抜きをポケットから取り出した。その記事には、もう一枚の宝くじの当選券は〝グレンジという田舎町〟で買われたと書かれていた。当選者はまだ賞金を受け取りにきていない、と。

ボードはその記事を声に出して読んだ。すると、チャブは言った。「この程度の町にそうたくさん宝くじ売場があるわけがない」

「よし、訊いてみようぜ」とボードは言った。

ふたりは〈グラブ＆ゴー〉の中にはいり、缶ビールのパック二ダースと、セロファンの袋にはいったビーファロ種《しゅ》のビーフ・ジャーキー、キャメルを一カートン、胡桃入りコーヒーケーキを買った。それらの値段をレジに打ち込んでいる店員に、ボードが宝くじのことを尋ねた。

「何枚？　言っとくと、ここで宝くじが買えるのはうちだけだからね」と店員は言った。

「へえ、そうかい」ボード・ギャザーはとりすましてチャブに片眼をつぶってみせた。

店員は、歳は十八か十九といったところで、がっしりとした体躯、日焼けしたばかりのような肌をして、髪はクルーカット、ニキビができているとがった鼻をしていた。プラスティックの名札から、名はシャイナーであることがわかった。

彼は言った。「聞いてるかもしれないけど、昨日うちから当たり券が出たんだよね」

「嘘だろ」

「ほんとだよ。おれがその女の人に売ったんだ」

ボード・ギャザーは煙草に火をつけた。「この店で？　まさか」

チャブが言った。「ほら話にしか聞こえないがな」

「いや、誓ってほんとだって」店員は胸の前で指で十字を切った。「その女の人はジョレイン・ラックスっていうんだけど」

「へえ。彼女はいくら当たったんだ?」とチャブは尋ねた。

「最初は二千八百万ドルだったけど、それを分けなくちゃならなくなったみたいだね。もうひとり同じ番号を買った人がいるってニュースで言ってたから。マイアミの人みたいだった」

「そのとおり」ボードはビールと食料品の代金を払って、さらにカウンターに五ドル紙幣を置いた。「それじゃ、ミスター・シャイナー。クイック・ピックで五枚くれ。おまえさんにまだ魔法の力があるようなら」

店員は笑みを浮かべた。「あんたたちはいいところに来たよ。この町はいろんな奇跡で有名なんだ」彼は宝くじの機械からチケットを引き抜いてボード・ギャザーに渡した。

チャブが言った。「そのジョリーンって女は地元の女なのか?」

「公園の向こうに住んでる。それと、ジョリーンじゃなくて、ジョレイン」

チャブは首筋を掻いた。「彼女、結婚相手を探してないかな」

店員はにやりと笑い、声を落とした。「悪いけど、彼女はあんたたちにはちょっと黒すぎる」

三人はどっと笑った。ボードとチャブは店員にさよならを言い、トラックに戻った。

そして運転台に坐り、ジャーキーをかじりながら、しばらく無言でビールを飲んだ。

ようやくチャブが口を開いた。「あんたの言ったとおりだったな」

「ああ。おれの言ったとおりだったろ」

「まったく。ニグロとはな」チャブは両手でコーヒーケーキをちぎった。

「早く食っちまえ」とボードはチャブに言った。「これからひと仕事だ」


トム・クロームはジョレイン・ラックスと三時間一緒に過ごした。しかし、それを取材と呼ぶにはいささか無理があった。政治家も犯罪者もひっくるめて、これほど巧みに話をはぐらかすことのできる人間に、彼はこれまで会ったことがなかった。ジョレイン・ラックスは、おだやかな眼と美貌という武器でクロームをやすやすと手玉に取った。で、夜がふける頃には、クロームを理解するのに必要なことはすべて彼女にはわかっていた。一方、クロームのほうは彼女についてほとんど何もわからずじまいだった。カメもまだ謎のままだった。

「あれはどこで捕まえたんだね？」と彼は尋ねた。

「小川で。ねえ、あなたの腕時計、素敵」

「ありがとう。もらったんだ」

「女友達からね。そうに決まってる」

「妻からだ。ずっと昔に」

「結婚して何年になるの？」

「今、離婚手続き中でね……」このように話がまたそれてしまうのだった。

十時半、ジョレインの父親がアトランタから電話をかけてきた。彼女はさっき電話がかかったときに出なかったことを詫び、今、来客中なのだと伝えた。

トム・クロームが立ち上がって辞去しようとすると、ジョレインは父親に、もう電話を切らなくてはと言った。そして、クロームをドアまで送ると、近づきになれてよかったと言った。

「明日また来てもいいかな？」と彼は言った。「それからメモを取らせてほしいんだけど」

「駄目」

ジョレインはクロームをそっと肘で突いた。ふたりのあいだで網戸が閉まった。

「もう決めたのよ」と彼女は言った。「あなたの新聞には載らないことに」

「頼むよ」

「ごめん」

トム・クロームは言った。「きみはわかってない」

「誰もが有名になりたがってるわけじゃないってことね」

クロームにはジョレインが自分の手から離れていくのがわかった。「頼む。一時間でいいからテープレコーダーに録音させてくれ。悪いことにはならない。それだけは請け合うから」

もちろん嘘だった。ジョレイン・ラックスが宝くじに当たったことに関して、クロームがどのように書こうと、悪いことにならないなどありえない。億万長者になったと世間に知らしめて、肯定的な結果がもたらされることなどまずありえない。ジョレイン・ラックスは賢明にもそのことをよく心得ていた。

彼女は言った。「わざわざ来てくれたのにごめんなさい。でも、わたしはプライヴァシーを守りたいの」

「きみには選択の余地なんてないんだよ」実際、そこが彼女のわかっていないところだった。

ジョレインは網戸に近づいた。「どういう意味？」

クロームはすまなそうに肩をすくめた。「どんな形にしろ、新聞には載るということだ。ニュースとはそういうもので、世間とはそういうものということだ」

彼女はくるりと背を向けると、家の中に姿を消した。

クロームはポーチに佇み、水槽のポンプのうなりと泡の音にじっと耳を傾けた。自分が卑劣な人間に成り下がった気がしたが、それはことさら珍しいことではなかった。名刺を一枚取り出して、その裏に〝気が変わったら電話を〟と書いた。

その名刺をドアと側柱の隙間に差し込み、ベッド&ブレックファストに戻った。部屋にはいると、ドレッサーの上にメモがあった。ケイティが電話をかけてきていた。ディック・ターンクウィストも。

クロームはベッドの端に深々と腰をおろして考えた。ニューヨークにいる彼の離婚専門弁護士がわざわざ日曜日の夜にフロリダ州グレンジまで電話をかけてきたのだ。それが風向きの好転を伝えるための電話である可能性など皆無と言っていい。二十分ほど時間をおいてから、彼は折り返しの電話をかけた。

ジョレイン・ラックスは、町の獣医、セシル・クロフォードの診療所で助手として働いていた。もともと登録正看護師として訓練を受けていて、人間の患者より動物の患者のほうが好きということがなければ、郡立病院で今の二倍の給料を楽に稼げるはずだった。が、彼女は優秀な助手で、グレンジでペットを飼っている者なら誰もが彼女を知っていた。ドクター・クロフォードがどちらかといえば気むずかしくてぶっきらぼうなのに対して、ジョレインはやさしさといたわりの心にあふれていた。私生活ではとても変わっているという噂も、人々の好奇心をそそりこそすれ、さして重要な問題にはならなかった。彼女は動物に対する特別な扱い方を心得ており、ほとんど誰からも好かれていた。今まで出会った中で唯一彼女だけは信頼できる黒人だと打ち明ける、筋金入りの保守主義者も何人もいた。が、ジョレインのほうは、地元の人種差別主義者の多くが、神経症で気短かな種類の小犬を飼っていることに興味を覚えていた。女はたいていトイ・プードルを好み、男はチワワを飼っていて、たいてい餌をやりすぎている。ジョレインが育ったデイド郡では、女はジャーマン・シェパード、男はピット・ブルと相場が決まっていたのだが。

ドクター・クロフォードの診療所は、ジョレインが看護学校を卒業してまだ二度目の職場だった。最初の職場は、マイアミのダウンタウンにあるジャクソン記念病院の悪名高き尋常ならざる救急治療室。ジョレインが人生で真剣につきあった六人の男たちのうちの三人と出会った場所だ。

ダン・コラヴィート、株式仲買人。毎日のように、煙草とコカインと合法ドラッグをやめると約束していた男。彼は土曜日の夜に足の指を四本折って、ジャクソン病院にやってきた。オーシャン・ドライヴの真ん中に飛び出し、リムジン——あとになってフリオ・イグレシアスの私用リムジンだったと判明——を（さしたる理由もなく）蹴飛ばした結果だった。

ロバート・ノサリオ、警官。路上勤務の際、実際には交通違反を犯していない魅力的な若い女性の運転する車ばかり停めさせていた男。ノサリオ巡査は睾丸《こうがん》にひどい怪我をしたと言って救急治療室に運ばれてきた。窃盗犯を制止しようとして、警棒を誤って股間に打ちつけてしまった結果（というのが本人の弁）だった。

ドクター・ニール・グロスバーガー、若い脊柱指圧療法師。ジョレインが家にいると一時間に最低二回は電話をかけてよこし、彼女が携帯用ポケットベル（彼女の職場の制服に合わせて淡いブルーだった）を持つことを拒むと、酔っぱらいのようにめそめそ泣き、毎朝電話でどの靴下を穿けばいいか尋ねなければ着替えもできないような男だった。彼の場合は、傷みかけたエボシガイを食べ、息せき切って病院に駆け込んできて、今にサルモネラ菌による食中毒の症状が現われるはずだからと言って、救急治療室で七時間も粘ったのだが、結局、そんなことにはならなかった。

ジョレイン・ラックスは、最後に弁護士のローレンス・ドゥワイアーと出会って結婚し、病院を辞めたのだが、彼女のそれまでの恋人たち同様、ローレンスもはっきりとわかる長所と、表面に現われるまでには少し時間のかかる短所を併せ持った男で、州北部のグレンジへ引っ越そうと言い出したのはローレンスのほうだった。執念深い元依頼人にも似た大都市の狂気と無縁の場所でなら、弁護士資格剥奪という事態にもじっくりと対処できると考えたからだった。ジョレインのローレンスへの愛情は（結婚を持続させようという意志も）当時まだゆるぎなく、彼女は夫がマイアミで有罪判決を受けた詐欺事件の公判記録（ルーズリーフ四冊）に眼を通すことを拒み、あくまで無実を主張する夫を信じることを選んだ。彼の主張の根拠は、検察側に罠を仕掛けられたとか、司法裁判所が陰謀を企んでいたとか、不注意な簿記係のせいで〝0が6に見えた〟といった、なんとも〝込み入った〟事実に基づいたものだったのだが。

いずれにしろ、グレンジで、ココア通りとハバード通りの角にある古い家を見つけたのも、その頭金を出したのも、ジョレインだった。ローレンスがビーライン高速道路の料金係の仕事を見つけてきたときには、彼女は感動し、ひそかに夫を誇らしく思ったものだ。が、それも彼が大きな袋に小銭を詰めて料金所から持ち出した容疑で捕まるまでのことだった。その夜、夫の服と宝石と化粧品を箱詰めにして救世軍に寄付すると、ジョレインは彼の法律書もファイルも宣誓供述書もフロリダ法曹界相手の書簡もすべて裏庭で燃やしてしまった。そして、離婚が成立すると、少し自分の時間が欲しいので動物診療所での勤務を週三日に減らしてもらえないか、とドクター・クロフォードに頼んだのだった。

彼女がシモンズ・ウッドを散策するようになったのはその頃からだ。シモンズ・ウッドは、町はずれに広がる、ゆるやかな起伏のある松や椰子《やし》の低木林で、ジョレインは週に一度か二度、高速道路に車を停め、低い金網フェンスを飛び越えて木立の中に姿を消した。彼女にとってはあらゆる緑の木立が冒険であり、あらゆる空所が聖地で、螺旋綴じのノートに自分の見た野生動物の名前を書きとめた。ヘビ、オポッサム、アライグマ、キツネ、アカオオヤマネコ、半ダースも種類のある小さなウグイス。さらに、名前も知らない小川から姿を現わす子ガメたち。小川の水はアプリコット・ティーのような色で、苔むすオークの木立を抜け、砂地の切り立った崖のほうへ流れていた。ジョレインはその崖のところでいつもひと休みして昼食をとるのだが、ある日の午後、ひらたい岩や丸太の上にちょこんと乗っている小さな十一匹のカメを数えていたときのことだ。彼女はカメたちが模様のある首を長く伸ばし、鱗に覆われた脚を突き出して日光浴をしているのを見るのが大好きなのだが、そこへ小さなワニが泳いできた。ジョレインは食べていたハムサンドイッチをとっさにちぎって投げ、ワニの気をカメからそらした。

そんな彼女にしても、小さな生きものを小川から連れ出すなど思いもよらないことだった。ある日、シモンズ・ウッドのへりに車を停めたときに、高速道路に向けて立てられ、真新しいペンキの文字で〝売り地〟の立て札のに気づくまでは。十八ヘクタール、商用地。最初、ジョレインは、何かのまちがいだと思った。十八ヘクタールなんてどう考えても変だった。あまりに狭すぎる。ジョレインがシモンズ・ウッドを歩いているときには、森はどこまでも広がっているように思えた。彼女はすぐに町へ引き返し、グレンジの郡庁舎に寄って地図を調べた。地図上のシモンズ・ウッドはちょうど腎臓のような形をしていた。それはジョレインにとって驚きだった。散策しているときには、そこに境界線があることなどできるだけ考えないようにしていたのだが、境界線なるものはもちろん厳然として存在していた。また〝売り地〟の立て札に書かれている面積についても、まちがってはいなかった。ジョレインは急いで家に戻り、立て札に名前が出ていた不動産会社に電話をかけた。友人でもあるその不動産仲介人の話によると、その土地は新規の法の適用外で、ショッピング・モールとして開発される予定になっているということだった。翌朝からジョレインは子ガメたちを小川から連れ出しはじめた。彼らが生きたままブルドーザーで埋められてしまうと思うと耐えられなかったのだ。そのほかの動物たちも、手だてがあれば助けたいところだったが、彼らはすばしこくて捕まえられないか、気性が荒くて手に負えないかのどちらかだったので、ジョレインはカメたちに全力を注ぎ、ドクター・クロフォードのところにあったペットショップのカタログを見て、自分に買える一番大きな水槽を注文したのだった。

だから、宝くじに当たったことがわかったとき、その金をどのようにつかうか、彼女に迷いはなかった。シモンズ・ウッドを買って保存するのだ。

今、彼女はキッチンのテーブルについて坐り、小型計算機の数字を確認していた。すると、ポーチから鋭いノックの音が聞こえてきた。トムにちがいない、と彼女は思った。あの新聞記者がものは試しとばかりまたやってきたのだ。真夜中に尋ねてくる不躾な人間など、新聞記者以外に誰がいる?

ジョレインが玄関まで行かないうちに、網戸が開いた。見知らぬ男が居間にはいり込んできた。男はハンターのような恰好をしていた。

クロームは尋ねた。「彼女が見つかったのか?」

「ああ」と弁護士のディック・ターンクウィストは言った。

「どこにいたんだ?」

「言いにくいんだが」

「だったら、言わないでくれ」とクロームは言い、頭のうしろで指を組んでベッドに寝転んだ。鎖骨の窪みに受話器をはさんで。長年モーテルの部屋から編集局長と電話でやりとりをしてきた経験から、彼は寝転んで両手を空けたまま電話で話す術を完璧に会得していた。

ターンクウィストが言った。「彼女はリハビリで入院してた、トム。抗鬱剤なしではいられなくなってしまったということだ」

「ばかばかしい」

「プロザックをペッツみたいに食べてたそうだ」

「おれの願いは彼女に召喚状を受け取らせることだ」

「やってみたさ」とターンクウィストは言った。「でも、彼女には近づくなというのが裁判所命令だ。〝意志能力に欠けて〟いないかどうか判断するための審問がさきだということだ」

クロームは苦々しく笑った。ターンクウィストはそんなクロームにつくづく同情した。

メアリー・アンドレア・フィンリー・クロームはもう四年近くも離婚に抵抗してい

た。法外な扶養手当にも莫大な慰謝料にも満足しなかった。わたしはお金なんて要らないの。トムが欲しいの。このことばには、家庭的な伴侶としての資質に欠けていることを強く自覚していたクローム自身が誰より面食らった。また、彼らの離婚訴訟はブルックリンで提訴されたために、手続きが残酷なまでに引き延ばされた。迅速な離婚手続きという点では、ブルックリンはおそらくバチカン市国という例外を除けば世界で最悪の場所だろう。さらに、捨てられたミセス・クロームが熟練した舞台女優だったという事実が、事態をさらに複雑にした。彼女には自らの危うい精神状態を最も厳格な判事に何度も訴え、理解させることができた。加えて、彼女には何ヵ月も無名の劇団の地方巡業に参加してどこかに姿を消してしまうことがあり――最後に聞いた演目は『羊たちの沈黙』のミュージカル版――それが彼女を裁判所に呼び出すことをさらにむずかしくしていた。

トム・クロームは言った。「ディック、もうこれ以上耐えられない」

「意志能力があるかどうかの審問は明日から二週間後に予定されてる」

「それを彼女はどれくらい引き延ばすことができるんだ？」

「それはつまり、今までの最高記録は、という意味か？」

クロームはベッドの上で上体を起こし、受話器が膝に落ちるまえにつかむと、送話口を唇にぴったりとつけて怒鳴った。「それはつまり、彼女もやっとくそ弁護士を雇ったということか？」

「いや、それはどうかな」とディック・ターンクウィストは言った。「まあ、少し様子を見ようよ、トム」

「彼女はどこにいるんだ？」

「メアリー・アンドレアのこと？」

「そのリハビリ・センターはどこにある？」

「たぶんあんたは知りたくないと思う」

「よし、当ててやる。スイスか？」

「マウイ島だ」

「くそっ」

これでもまだましなほうだ、とディック・ターンクウィストは言った。トム・クロームは、そうは思わないと言い、来たる審問のためにプロザックに関する鑑定証人を何人か集める許可を弁護士に与えた。

「それぐらいわけないだろ？」とクロームは言った。「ハワイにただで行けるのが嫌なやつなんてどこにいる？」

二時間後、頬をさっと爪で撫でられる感触にクロームはぎょっとして眼を開けた。ケイティだ。ドアの鍵をかけずに眠り込んでしまったのだ。なんと馬鹿な！　彼は飛び起きた。

部屋は真っ暗だった。香水入りの石鹸のにおいがした。

「ケイティ？」なんと、ついに亭主を見捨てたのだ！

「いいえ、わたし。お願いだから明かりをつけないで」

クロームはマットレスが傾ぐのを感じた。ジョレイン・ラックスが隣に坐っていた。暗闇の中で、ジョレインはクロームの片手を探り、その手を自分の顔に持っていった。

「ひどい……」とクロームはつぶやいた。

「相手はふたりだった」ジョレインの声はくぐもっていた。

「よく見せてくれ」

「暗いままにしておいて。お願い、トム」

クロームはジョレインの額から頬へ手を這わせた。片眼が腫れてふさがっていた。腫れた部分は皮がむけていて、触れるとほてっていた。上唇は裂け、血が出てかさぶたになっていた。

「ひどい」クロームはため息をつき、彼女を寝かせた。「医者を呼ぼう」

「やめて」とジョレインは言った。

「警察も」

「駄目」

クロームは胸が張り裂けそうになった。ジョレインがやさしく彼を押しとどめたので、ふたりは並んで横たわることになった。

「そいつらにチケットを奪われしまった」と彼女は囁き声で言った。

どういう意味か理解するまで、クロームには少し時間がかかった。もちろん宝くじのことだ。

「よこせと脅されたのよ」と彼女は言った。

「誰に？」

「見たこともない連中だった。二人組だった」

ジョレインが涙をこらえて唾を呑み込む気配があった。クロームの頭の中では考えがぶんぶん音を立てていた。何かしなくては。彼女を病院に連れていく。警察に知らせる。誰かが何かを見たり聞いたりしていた場合を考えて、近所の人々に話を聞いてまわる……

しかし、トム・クロームには動くことができなかった。まるで溺れる者のようにジョレイン・ラックスに腕にしがみつかれていた。クロームは横向きになり、慎重にジョレインを抱きしめた。

彼女は身を震わせて言った。「あれをよこせって脅されたのよ」

「大丈夫だ」

「いいえ――」

「きみは立ち直る。それが一番大切なことだ」

「ちがう」と彼女は大きな声をあげた。「あなたには何もわかってない」

数分後、ジョレインの呼吸が落ち着くと、クロームはナイト・テーブルに手を伸ばして明かりをつけた。彼が切り傷や打ち身を調べているあいだ、ジョレインは眼を閉じていた。

「そいつらはほかに何をした？」と彼は尋ねた。

「お腹を殴られた。それ以外の場所も」

ジョレインはクロームの眼が光り、顎が引きしめられるのを見た。彼は彼女に言った。「そろそろ起きる時間だ。何か手を打たなくては」

「そのとおりね」と彼女は言った。「だから、あなたのところに来たのよ」

5

ボードとチャブはかわるがわるバックミラーで自分たちの顔を調べた。チャブがひときわ大きな声で悪態をついた。「あのニガーのくそ女が。なんとしても殺すんだったよ」

「まったくだ」とボディーン・ギャザーも言った。

ふたりともさんざん痛めつけられ、ひどいありさまだった。チャブは両頬に深い引っ掻き傷をつけられ、左の瞼が半分裂けていた。裂けた半分はまばたきすることができたが、もう半分はできなかった。顔じゅう血だらけで、そのほとんどが自分の血だった。

彼は言った。「あんなひどい爪、見たことない。おまえは?」

ボードは同意を示してもぐもぐとつぶやいた。彼の顔と咽喉には夥しい数の嚙み痕があり、紫色のみみず腫れになっていた。そのうえ、片方の眉のほとんどを食いちぎられ、その傷をふさぐのがまたひと苦労だった。

やつれた声でボードは言った。「だけど、ここで肝心なのは当たり券が手にはいったってことだ」

「おれが持ってるからな」とチャブは言った。「安全のために」それと何事も平等にするために、と彼は思った。ボード・ギャザーに当たり券を二枚とも持たせておくなど論外だった。

「おれはそれでかまわない」とボードは言ったものの、もちろん本心はちがっていた。ただ傷が痛くて、議論する気力が湧いてこなかっただけのことだった。彼にしてもあれほど死にもの狂いで抵抗する女を見たのは初めてだった。まったく、あのトチ女《アマ》、おれたちをワニのゲロみたいにしやがって！

チャブは言った。「あいつらは動物なんだよ。百パーセント混じりけなしのくそ動物なのさ」

ボードは同意して言った。「白人女はあんなふうにぎゃあぎゃあ騒いだりしない。いくら千四百万ドルのためでも」

「真面目な話、殺《や》るべきだった」

「まったくだ。だけど、刑務所でお務めするのはごめんだなんて言ったのは誰だ？」

「ボード、おまえってのはつくづく嫌な野郎だな」

チャブは濡らしたバンダナをぼろぼろにされた瞼に押しあて、宝くじを当てた女が黒人だったと知ってどれほど安堵したか、あらためて思った。どれほど肩の重荷がおりたことか！　もし彼女が白人だったら——それも彼の祖母のような、キリスト教徒の年輩の白人女性だったら——強盗にはいる勇気などとても持てなかった。ましてや、あの気性の荒いジョレインとかいうメス犬にやらざるをえなかったように、顔や陰部を殴りつけるなどとてもできなかっただろう。

もっとも、白人女なら口に銃を突っ込むだけで、なんでも言われたとおりにするだろうが。あのジョレインとはちがって。

——当たり券はどこだ？

もちろん返事はなかった。

——くそ当たり券はいったいどこにあるんだ？

そこでボード・ギャザーが言ったのだった。「おいおい、天才。この女だって口に銃を突っ込まれたままじゃ、返事なんかできないだろうが」

チャブは銃を女の口から出した。銃身にべっとりと唾がついていた。女が彼の顔に唾を吐いたのはそのときだ。

チャブとボードは、この女にはどんなことをしようと——たとえ拷問やレイプをしようと——当たり券をあきらめさせることはできないと悟った。

が、そこでボードがカメを撃つことを思いついたのだ。

あの女の弱点を見つけ出したことについては誉めてやってもいい、とチャブは思った。

彼らは水槽から子ガメを一匹つまみ上げてジョレインの足元に置くと、それが彼女の裸足の爪先に近づいていくのを期待を込めて眺め、さも可笑しそうに笑い合った。そして、チャブがカメの甲羅《こうら》の真ん中に弾丸《たま》を撃ち込んだのだ。カメは小さな緑色のホッケーのパックのように床をすべり、壁と部屋の隅にぶつかって撥《は》ねた。女が音を上げて宝くじの当たり券の隠し場所を白状したのはそのときだった。ピアノの中とは！　取り出すときにはやたらと音がした。

それでも、どうにかふたりは目的を遂げ、今は街灯の琥珀色の光の中に車を停めて交替でバックミラーを見ながら、お互いどれだけひどい怪我を負ったか調べているのだった。

チャブの面長のやつれた顔に縦縞模様を描くさまざまの裂傷は、ほんのかすかな風さえ酸のようにひりひりしみた。「傷を縫わなきゃ」

ボード・ギャザーは首を振った。「家に帰るまで医者は駄目だ」そう言って、血の出ているチャブの切り傷をよく調べた。新しいトラックのゴージャスな内装には脅威になることは明らかだった。「とりあえずバンドエイドだ。買いにいこう」

彼はトラックを高速道路でUターンさせると、フルスピードで町へ引き返した。行き先は〈グラブ&ゴー〉。そこで救急用品を買い、ちょっとした義勇軍の用事もすませるつもりだった。

シャイナーの十代はまずまず耐えられる毎日だった。母親が信仰に目覚めるまでは。それ以前は、息子がヘルメットなしでフットボールをしようと、町の境界線の内側で二二口径ライフルをぶっ放そうと、爆竹を持ってバス釣りに行こうと、煙草を吸おうと、女の子をからかおうと、少なくとも週に二回学校をさぼろうと、母親は何も言わなかった。

それがある夜遅く、シャイナーがタンパでおこなわれたホワイトスネーク（英国のヘヴィ・メタル・バンド）のライヴから帰ってくると、母親がキッチンで待っていた。ビニールのゴム底ぞうりを履いて、短いネグリジェの上に別れた夫の辛子《からし》色のブレザーを羽織っていた。夫が〈センチュリー21（不動産チェーン）〉で働いていた頃の遺品で、シャイナーにとっては見ただけで苛々させられる父の亡霊だった。いずれにしろ、母親は無言で息子の手を取ると、玄関から外に連れ出した。月明かりの中をふたりは半マイルほど歩き、セブリング通りが高速道路に行きあたる交差点のところまでやってきた。そこでシャイナーの母親はひざまずき、祈りはじめた。といっても、おだやかな祈りではなかった。夜の静けさを打ち破るうめきと叫びと言ったほうが近かった。

やがて彼の母親は道路に這いつくばり、汚い舗装路に頰ずりを始めた。シャイナーは声も出ないほどびっくりして、うろたえた。

「母さん」と彼は言った。「やめろよ」

「彼が見えないの?」

「彼って誰? そんなことしてたら、車に轢かれちゃうよ」

「シャイナー、彼が見えないの?」彼女は弾かれたように立ち上がった。「イエスさまがそこにいるじゃないの。そこを見なさい! わたしたちの主、救い主を! 道路に現われたイエスさまのお顔がおまえには見えないの?」

シャイナーは言われた場所まで歩いていってじっと路面を見つめた。「ただのオイルのしみだよ。もしかしたら、ブレーキ・オイルかもしれない」

「ちがう! イエス・キリストの顔よ」

「わかった、わかった。おれはもう帰るから」

「シャイナー！」

おふくろも少し頭を冷やせば、イエス・キリストのしみのことなど忘れるだろうとシャイナーは思っていた。が、それはまちがいだった。彼の母親は翌日も道端で祈りつづけ、その翌日も同じように過ごした。そのうち、休暇旅行で訪れたキリスト教徒が、薄いブルーのパラソルと、炭酸飲料をいっぱい詰め込んだスタイロフォームのクーラーを彼女のもとに置いていくようになった。さらに、次の土曜日には、オーランドのテレビ局からカメラ・クルーを従えたリポーターがやってきた。それで、道路にできたイエスのしみはすぐに町の名物になった、シャイナーの母親同様。一方、シャイナーのほうは何もかもが狂いはじめた。

たとえば、ある日彼が家に帰ると、母親が彼のヘヴィ・メタルのCDコレクション――彼女に言わせれば〝悪魔の円盤〟――を燃やしていた。さらに、彼女は息子にビールも煙草も禁止し、金曜日の夜には家にいて賛美歌を歌わなければ、週五ドルの小づかいをやらないと脅した。そんな家から逃げ出すために(また、ひっきりなしに訪れては母親の写真を撮っていく巡礼者たちから離れるために)シャイナーは軍隊にはいった。が、ひと月と経たないうちに基礎訓練から脱落し、体は家を出たときより十キロ近く引き締まったものの、はるかに不機嫌になって、グレンジに戻ってきた。不況の求人市場に向けて、シャイナーには学歴もなければ実務的な技術もなく、結局のところ、〈グラブ&ゴー〉で深夜勤務と土曜日の昼夜連続勤務の職を得るのが精一杯だった。それは彼にしても楽な仕事だった。週末、二、三週間おきにピストル強盗に襲われる以外は。五、六人しか客の来ない夜もあり、そんな日には最新号の〈ハスラー〉や〈スワンク〉をめくる時間がたっぷり取れた。そうしたポルノ雑誌を読むときには、いつもこっそり冷凍食品の通路の奥に行って読んだ。そこが店内で唯一防犯カメラの冷たい視線から逃れられる場所なのだ。シャイナーは雑誌をばらばらにし、気に入った写真のページだけをアイスクリーム・フリーザーのプレキシガラスの蓋の上に並べた。そこはカエルの睾丸よりひんやりしていたが、店の入口でおかしなことをして捕まる危険を冒すわけにはいかなかった。一人息子が仕事中にマスターベーションをして馘にでもなったら、しかもその姿がビデオテープに写っていたりしたら、母親はとことん打ちのめされるだろう。いくら腹を立てていても、シャイナーは母親の心を傷つけるような真似はしたくなかった。

十一月二十七日午前二時、いつものように背中をまるめて〈ベスト・オヴ・ジャグズ〉に見入っていると、店の入口のドアに取り付けられた小さな鈴が鳴った。彼は慌てズボンに一物をしまい、レジのほうに急いで戻った。やってきた二人組が夕方早い時間にジャーキーと宝くじを買いに立ち寄った客だと気づくのには、少し時間がかかった。どう見てもその二人組は酒場でひどい喧嘩でもやらかしたようだった。

「なんか災難だったみたいだね」とシャイナーは言った。

迷彩服を着た背の低いほうは、絆創膏をくれと言い、ポニーテールは、モルト・ビールだと言った。シャイナーは言われたとおりにした——やっと面白いことが起きてくれた！——そして、ふたりが傷をすべてきれいに拭いて絆創膏を貼るのを手伝った。迷彩服がボード・ギャザーだと名乗り、ボードと呼んでくれと言い、連れのほうはチャブと呼ばれていると紹介した。

「あんたたちに会えてよかった」とシャイナーは言った。

「おれたちにはおまえさんの助けが要る」

「なんでも言ってよ」

ボードは言った。「おまえさんは神と家族を信じるか？」

シャイナーはためらった。またか。こいつらも巡礼者だったとは！

が、そこでチャブが言った。「銃を信じるか？」

「武装する権利のことだ」とボード・ギャザーがわかりやすく説明した。「憲法にも書いてある」

「もちろん」とシャイナーは言った。

「だったら、銃を持ってるのか?」

「うん」とシャイナーは答えた。

「よろしい。白人は? 白人を信じるか?」

「当然でしょ?」

「よろしい」

さらにボード・ギャザーは、自分の姿をとくと眺めてみろ、と言った。わが身のなれの果てをよく見ろ、と。くそみじめったらしいコンビニのカウンターで、キューバ人や黒人やユダヤ人や、もしかしたらインド人なんかの応対までしなきゃならない自分の姿を、と。

チャブは言った。「おまえ、いくつだ?」

「十九」

「で、これがおまえの大いなる人生計画か?」チャブは片手を上げて店内を示し、嘲るように言った。「これがいわゆる生まれながらの権利というやつか?」

「まさか」シャイナーはチャブと視線を合わせることに困難を感じていた。ふたつに裂けたまぶたはどうしても眼がいってしまう醜さで、彼をぞっとさせた。閉じている半分は血の気がなく、まばたきしても動かない。その裂けた切れ端のうしろで卵黄のような血走った目玉が見え隠れしている。

「おまえさんは知らないだろうが」とボード・ギャザーが言った。「おまえさんが苦労して払った税金は、NATOの精鋭部隊のアメリカ侵略のために使われてるのさ」

シャイナーは迷彩服の男が何を言っているのかさっぱりわからなかった。が、そんなことはおくびにも出さなかった。NATOなど聞いたこともなかったし、彼がこれまでの人生で払った税金では、侵略を防ぐことはおろか、一箱の弾丸《たま》代の足しにもならないだろう。

そのとき駐車場のヘッドライトが彼の注意を惹いた。観光客を詰め込んだダッジ・キャラヴァンがガソリン・ポンプのそばに停車しようとしていた。

チャブが顔をしかめた。「もう閉店だと言え」

「ええ？」

「早く！」とボードが吠えた。

シャイナーは言われたとおりにした。店の中に戻ると、二人組は小声で何か言い合っていた。

チャブという男のほうが言った。「おまえなら新兵として申し分ないと話してたところだ」

「なんで？」とシャイナーは尋ねた。

ボードが声を落として言った。「このままではアメリカは破滅する。それを救うことに興味はないか？」

「まあね。そりゃね」シャイナーはそう答えたものの、少し考えてから尋ねた。「でも、そのためにはおれは仕事を辞めなきゃならない？」

ボード・ギャザーはもったいぶってうなずいて言った。「ああ、すぐにな」

シャイナーは、政府が共産主義者やレズビアンやホモや混血人種の手に落ちることを人々がみすみす許した結果、アメリカがどこまで堕落したかという話を聞き、共産主義者がひねり出した〝差別撤廃措置〟——明らかに黒人が国家を乗っ取る手助けをするための法律——がなかったら、おまえはきっと今頃は〈グラブ＆ゴー〉のオーナーになっていただろうと教えられ、段々腹が立ってきた。

と同時に、世界が明確な意味を持ちはじめた。このお粗末な申しわけ程度の人生が自分のせいばかりではないことを知って、嬉しくなった。これは入り組んだ邪悪な策略の結果なのだ。まっとうな勤労白人に対する大いなる陰謀なのだ。これまでずっと自分は首根っこを重たいブーツで押さえつけられてきたのに、そのことに気づいてすらいなかったのだ。無知のために、いつも自分が悪いのだと思い込まされてきたのだ。高校を辞めたことも、軍隊の訓練から脱落したことも。もっと大きなもっと暗い力が自分を〝追いつめ〟て〝意のままに〟していることになど気づきもしなかった。〝おまえを奴隷にしている〟ともチャブは言った。

そんなふうに言われると、よけいに腹が立ってきたが、妙な興奮も覚えた。シャイナーの自尊心はこの二人組によって大きく変化した。ふたりはシャイナーに価値観とプライドを与えた。そして、何より自らの失敗に対する言いわけを与えた。ほかのやつらはみなおれを責めることしかしなかった！　シャイナーは安堵するとともに大いに勇気づけられた。

「あんたたちはどうしてそんなに物知りなんだい？」

「身をもって学んだからさ」とボードは答えた。

チャブが横から言った。「銃を持ってると言ったな？」

「うん」とシャイナーは言った。「マーリンの二二口径」

チャブは鼻を鳴らした。「それはちがうよ、若いの。おれはちゃんとした銃のことを言ってるんだ」

ボード・ギャザーはさらに詳しく、今まさに起ころうとしているNATO軍のバハマからの侵略と、アメリカに全体主義体制を敷くという自分たちの使命について説明した。〈ホワイト・レベル・ブラザーフッド〉のことに話が及ぶと、シャイナーは灰色の眼を大きく見開いて歓声をあげた。

「それなら聞いたことがある！」

「聞いたことがある？」チャブがボードにそのまるい小さな眼を向けた。ボードは肩をすくめた。

シャイナーは言った。「ああ。バンドだろ？」

「ちがうよ、まぬけ。バンドじゃない。義勇軍だ」とチャブは言った。

「きちんと統制された義勇軍だ」とボードがつけ加えた。「憲法の修正第二条にちゃんと書かれてる」

「ふうん」とシャイナーは言ったが、第一条を読んだことさえなかった。

ボード・ギャザーは秘密を打ち明けるように声を落とし、〈ホワイト・レベル・ブラザーフッド〉が長期にわたる武装抵抗――それも重装備の武装抵抗――の準備にかかっていることや、戦う相手はアメリカ一般市民の〝主権〟と呼ばれるものを脅かそうとしている、国内外を問わないあらゆる権力であることを話して聞かせた。

さらに、シャイナーの首のうしろに手をやると、親しげにマッサージして言った。

「それでおまえさんはどうする?」

「とてつもない計画だね」

「WRBにはいりたいか?」

「からかってるの?」

チャブは言った。「やつの問いに答えるんだ。イエスかノーか」

「もちろんイエスだ」とシャイナーはさえずるように言った。「でも、おれは何をすればいい?」

「協力だ」とチャブは言った。「簡単なことだ」

「というより任務と言ったほうがいいかもしれない」とボード・ギャザーが言った。

「テストみたいなものだと考えてくれ」

シャイナーの表情が曇った。彼はテストが苦手だった。とりわけ選択問題が。それで学力適正テスト《SAT》もしくじったのだ。

シャイナーの不安を察してチャブが言った。「いや、テストのことは忘れていい。とにかく力を貸してくれればいい。おまえの新たなるホワイト・ブラザーズのためにな」

シャイナーはとたんに顔を輝やかせた。

トム・クロームはジョレインの居間の様子を見るなり、（それで四度目だった）警察を呼ぼうと言った。家の中は証拠の宝庫だった。指紋、足跡、血液型が判明しそうな多量の血痕。しかし、ジョレイン・ラックスは、とんでもない、それは駄目と言うばかりで掃除を始めた。しかたなくクロームも手伝った。目茶目茶にされたピアノや、床板にあけられた弾痕に関してできることはあまりなかったが。血痕はアンモニア水を浸したモップでこすり取った。

掃除が終わり、ジョレインがシャワーを浴びているあいだに、クロームは死んだカメを裏庭のライムの木の下に埋めた。家の中に戻ると、ジョレインがローブをまとって立っていた。

水滴をしたたらせながら、水槽にレタスをちぎって入れていた。

「ほかはみんな元気そう」と彼女は静かに言った。

クロームは彼女をカメの水槽から引き離して言った。「どうして警察を呼びたくないんだ？」

ジョレインは腕を振りほどくと、箒を乱暴につかんだ。「わたしの話なんて信じてもらえるわけがない」

「どうして信じてもらえないことがある？　鏡を見てみろ」

「殴られたことを言ってるんじゃないの。宝くじのことよ」

「宝くじのことを信じてもらえない？」とクロームは訊き返した。

「わたしが当たり券を持っていた証拠はどこにもない。だから、それが盗まれたことを立証するのはむずかしいということよ」

それはもっともだった。何枚の当たり券がどこで買われたかという記録はコンピューターに残っている。しかし、その買い主まで特定することはできない。それは宝くじのチケットがビールや煙草と一緒に売られるからで、何十万もの客の名前を割り出すなど所詮不可能だ。で、当局は賞金の受け取りに関して唯一譲れない基準を設けている。当たり券を所持していること。当たり券を持っていなければ賞金は受け取れない。たとえいかなる理由があろうと。そうやって過去に何度も――こうした一生に一度の幸運が何度も――腹をすかせた子犬や歯の生えかけた赤ん坊や洗濯機やトイレや火事のせいで消えていた。

今回はそれに強盗が加わった。

トム・クロームの心は、ジョレイン・ラックスへの同情と、思いもよらないとびきりの特ダネにめぐり会えたという思いとのあいだで揺れていた。が、期待にふくらむ胸の内を隠し通せなかったのは明らかなようだった。ジョレインにこんなことを言われたところを見ると。「お願いだから、このことは記事に書かないで」

「でも、書けば連中をおびき出せるかもしれない」

「でも、わたしは永遠にお金を受け取れない。わからない？　やつらは刑務所送りになるまえにあのチケットを燃やしてしまうでしょう。燃やすか、あるいはどこかに埋めるか」

クロームはジョレインの確固とした規則的な箒の動きに促され、足を持ち上げ、場所をあけた。

「あの連中が怖じ気づいたら」と彼女は続けた。「千四百万ドルの当たり券は即、紙くず同然になる。自分たちのしたことが新聞の見出しになってるのを知ったら……それですべて終わり。わたしが警察に届け出ても同じことよ」

たぶん彼女の言うとおりなのだろう、とクロームは思った。しかし、犯人としてもジョレインが警察に届け出るぐらい当然のことと思っているのではないだろうか？

それがたいていの人間のすることだ。

気づくと、躁病にかかったかのような箒の音がとだえていた。見ると、ジョレインはキッチンにいて、箒に寄りかかり、開け放した冷蔵庫の冷気で顔の切り傷や打撲の痛みを和らげようとしていた。

トム・クロームは言った。「袋に氷を入れてあげようか？」

ジョレインは首を振った。部屋は静まり返り、水槽のポンプのうなりとカメたちがたえまなくレタスを食べる音だけが聞こえた。

ややあって、彼女が言った。「わかった、話すわ。宝くじのことを誰かに話したりしたら、戻ってきて殺すって言われたのよ。戻ってきて、わたしの子ガメたちを一匹ずつ殺して、最後にわたしを殺すって」

両腕に鳥肌が立ったのがクロームにはわかった。

ジョレイン・ラックスは続けて言った。「彼らは、ボーイフレンドに殴られたことにしろって言った。医者に行くならそう言えって。わたしは言い返した、〝何がボーイフレンドよ〟って。〝わたしにはそんなものいない〟って。そうしたら、背の低いほうが、〝これで今できただろ？〟って言って、わたしの胸を殴ったのよ」

不意にクロームは息ができなくなり、ふらつく足取りで裏口から外へ出た。ジョレインはすぐにあとを追った。彼はトマト菜園に膝をついてうずくまっていた。ジョレインは彼の髪を撫で、落ち着いて、と言った。ほどなくクロームの耳鳴りはおさまった。ジョレインは彼に、グラスに入れた冷たいジュースを持ってきた。ふたりは小鳥の水浴び場のほうに向けて置かれた鉄のベンチに並んで坐った。

ざらついた声でクロームが言った。「その男たちの顔はわかるか?」

「もちろん」

「そいつらは刑務所にぶち込まれるべきだ」

「トム――」

「きみのやるべきことを言おう。警察と宝くじ事務局に行って何が起きたかすべて話すことだ。宝くじのことも殺すと脅されたことも。きちんと申し立てをして、事件を報告する。で、いずれそいつらも姿を現わさなければならないのだから、事務局はそれを待ってさえいれば――」

「駄目」

「いいから、聞くんだ。連中はじきに姿を現わす。当たり券は半年以内に換金しなきゃならないんだから」

「トム、わたしが言いたいのはまさにそれよ。わたしには半年も待ってる余裕はないの。今すぐそのお金が欲しいのよ」

クロームは彼女を見つめた。「どうして?」

「どうしても」

「この際、金のことは忘れて――」

「それは無理」

「そいつらは獣みたいなやつらだ。きみを痛めつけたように、また誰かを痛めつけるかもしれない。もしかしたら、もっとひどく」

「必ずしもそうなるとはかぎらない」とジョレインは言った。「そのまえにわたしたちがやつらを止めれば」

ジョレインは本気だった。クロームにはそれ自体信じられなかった。彼女の気分を害したくないという気持ちがなかったら、笑いだしていただろう。

ジョレインは彼の右膝をぎゅっとつかんで言った。「わたしたちならできる。あなたとわたしなら、彼らを見つけられるかもしれない」

「古い言いまわしを借りて言えば、こうだな。どだい無理《ノー・ファッキング・ウェイ》だ」

「彼らは真っ赤なピックアップ・トラックに乗ってた」

「彼らが宇宙船エンタープライズ号に乗っていようと、おれは全然かまわない」

「トム、お願い」

クロームはジョレインの両手を取った。「おれの仕事じゃ、恐怖というのは実に健全で、自然な感情だ。なぜなら、死も災厄も幻想なんかじゃないからだ。死も災厄もこれ以上ないほど現実的なものだ」

「わたしにはあのお金がどうして要るのか話したら、また話はちがってくる?」

「いや、ジョレイン、そういうことはないだろうな」彼女の顔を見ると――連中が彼女にしたことを見ると、クロームは胸が張り裂けそうになった。

ジョレインはクロームから離れると、水槽のほうに歩いた。彼女のつぶやきが聞こえた――ひとりごとなのか、カメに話しかけているのか、あるいは彼女をこっぴどく痛めつけた男たちに対するつぶやきなのか。

「なんて言ったらいいか、ことばもないよ」と彼は言った。

ジョレインは振り向いた。だいぶ落ち着きを取り戻しているように見えた。「考えてみて」と彼女はいたずらっぽく言った。「わたしがあの宝くじの当たり券を取り戻したらどうなるか。あなたはとびきりの特ダネを逃そうとしてるのかもしれないのよ」

トム・クロームは笑った。「きみは容赦のない人だ。わかってるか、そのこと?」

「でも、まちがってないでしょ? ねえ、お願いだから、一緒にあのふたりを探して」

彼は言った。「もっといい考えがある。ちょっと電話を貸してくれ」

眼を覚ますと、母親がシャイナーの顔をのぞき込んでいた。彼の母親は、キリストの形をした道路のしみのところへ行くときに、毎週月曜日には必ず着る白いウェディングドレスを着ていた。そのドレスはキリスト教徒の観光客に大受けで、彼女が二百ドルもの寄付を集めて帰ってくることも珍しくなかった。寄付集めということで言えば、月曜日は彼女にとって一週間で一番の書き入れどきだった。

そんな恰好で彼女は今シャイナーに、その肥ったお尻を早く階下《した》へ持っていけ、と言っていた。サンルームに客が来ているから、と。

「あたしはもう一時間も遅刻をしてるんだから」シャイナーの母親は彼を思いきりひっぱたいた。シャイナーはちぢみ上がって毛布の下にもぐり込んだ。

階段を下りていく母親のウェディング・ドレスの衣ずれの音が聞こえ、ついで玄関のドアの閉まる音がした。

シャイナーはジーンズだけ穿いて階下《した》に降り、誰がやってきたのか見にいった。女のほうは案の定ジョレイン・ラックスだった。男のほうは知らない顔だ。

ジョレインが言った。「寝てるところをごめんなさい。でも、緊急の用件なの」

彼女は男を友人のトムだと言って紹介した。男はシャイナーの手を握って言った。

「コンビニエンス・ストアの昼間の店員がきみの住所を教えてくれたんだ。別にきみは気にしないだろうということで」

シャイナーはぼんやりとうなずいた。彼は2＋2の答えすら即座に導き出せるような若者ではなかったが、それでもジョレインの傷だらけの顔と、〈ホワイト・レベル・ブラザーズ〉の新しい仲間、チャブとボードの傷だらけの顔には、何かしら関係があることぐらい、さすがにわかった。だから、まずジョレインに、その顔の傷は誰にやられたのかと訊くのが礼儀だろうとは思ったものの、その質問をしながら知らんぷりを装うことができるかどうか、自信がなかった。

トムという男にソファに並んで坐られた。その服装から刑事とは思えなかったが、それでも注意するに越したことはない、とシャイナーは思った。

ジョレインが言った。「実は今、ちょっと困ってて。土曜日の午後にわたしがお店で買った宝くじのチケットのことなんだけど、覚えてるわよね。それをなくしてしまったのよ。どうしてなくしたのかは訊かないで。話が長くなるから。問題は、わたし以外にわたしが宝くじを買ったことを知ってる人は、あなた以外にひとりもいないということなの。あなたがたったひとりの証人なのよ」

シャイナーは緊張すると、急に声が小さくなるような男だった。「土曜日？」

ジョレイン・ラックスの顔を見るかわりに、まだシーツの皺の跡がついているたるんだ腹に眼を落とした。

そして、ようやく言った。「土曜日にあんたを見たかどうか、おれは覚えてないんだけど」

シャイナーの声があまりに低かったので、なんと言ったのか聞こえず、ジョレインは訊き返した。「ええ？」

「土曜日に店であんたを見た覚えはないんだけど。先週じゃないよね？」シャイナーはへそのまわりのカールした毛をいじりはじめた。

ジョレインはシャイナーに近づくと、彼の顎をぐいと持ち上げた。「ちゃんとわたしを見なさい」

ジョレインの青い爪が咽喉に食い込みそうになり、シャイナーは身をすくませた。

彼女は言った。「毎週土曜日、わたしは同じ番号を買ってる。毎週土曜日、わたしは〈グラブ&ゴー〉へ行って、宝くじを買ってる。で、今回何があったのか、それはあなたも知ってるわよね。わたしが宝くじに当たったってことはあなたも知ってるわよね」

シャイナーはジョレインの手を払いのけて言った。「あんたは土曜日に来たのかもしれないし、来なかったのかもしれない。どっちにしろ、おれは番号を見てない」

ジョレイン・ラックスは一歩下がった。かなり腹を立てているように見えた。トムという男が口を開いた。「なあ、きみ、二枚の当たり券のうちの一枚がきみの店から出たことは知ってるはずだ」

「うん、それは知ってる。タラハシーから電話で連絡があったからね」

「だったら、そのくじを買ったのがミス・ラックスでなければ誰なんだ?」

シャイナーは唇を舐めて考えた。くそっ、このいちかばちかの大芝居は、思っていたより厄介だ。でも、血の誓いは血の誓いだ。

彼は言った。「夜遅くに高速道路を降りてやってきた客がひとりいたな。クイック・ピックで買って、あとバドワイザー・ライトの六缶入りを買っていった」

「ちょっと待って。あなたはこう言ってるわけ?」とジョレインが声を張り上げて遮った。「どこかの見知らぬ男が当たり券のチケットを買っていったって」

「誰が何を買ったかなんて、おれにはわからないよ。おれはただ機械を動かすだけで、番号なんて気にとめてないもの」

「シャイナー、わたしが当たり券を買ったことをあなたは知ってる。なのにどうして嘘をつくの? どうして?」

「嘘なんてついてないよ」あいまいな声音になった。

トムという男が尋ねた。「夜遅くにやってきてクイック・ピックで宝くじを買ったその謎の男だが――そいつはどんなやつだった？」

シャイナーは震えを隠すために両手を尻の下に差し込んで言った。「知らない男だ。髪をポニーテールにしてて、背が高くて痩せた男だった」

「なんてこと」ジョレインは友人のほうに振り向いた。「さあ、あなたのご意見は、〝ミスター・ノー・ファッキング・ウェイ〟？」そう言うなり、シャイナーの家を飛び出した。

トムという名の男はすぐには立ち去らず、シャイナーを落ち着かなくさせた。それでも、最後には男がジョレイン・ラックスに腕をまわして、連れだってセブリング通りを遠ざかっていくのをシャイナーは窓から見送った。

煙草を吸いながら、ボードとチャブのことばを思い返した。あの女の言うことは全部否定するんだ、坊主。

だからそのとおりにしたのだ。それもうまく！

やったぞ、とシャイナーは思った。これでおれも同盟の一員だ。

しかし、そのあと午前中ずっと、ジョレインの友達が去りぎわに口にした台詞が頭から離れなかった。

もう一度話をしよう。きみとおれとで。

やなこった——とシャイナーは思った——話をしたけりゃ、まずおれを見つけるんだな。

6

メアリー・アンドレア・フィンリー・クロームは、プロザックにしろ何にしろ、どんな中毒にもなっていなかった。また慢性的な鬱というわけでも、情緒不安定なわけでも、頭がおかしいわけでも、自殺願望があるわけでもなかった。

しかし、彼女は頑固だった。そして、離婚した女になりたくないというのは彼女のきわめて強い欲求だった。

トム・クロームとの結婚はそもそも理想的なものとは言えなかった。新婚の頃から中身のないものに成り果てていた。それでも、妻への興味を急速に失ってしまう、自分のことしか頭にないハンサムな男をいつまでもつなぎ止めておくこと、それはフィンリー家の女たちのいわば伝統だった。

ふたりの出会いは、マンハッタンのラジオ・シティ近くのコーヒーショップ。メアリー・アンドレアは、カウンターの端でイプセンの伝記に没頭しているハンサムな男に気づくなり、そそくさとその男に接触を試みた。トムが読んでいたその本は彼が当時のデートの相手（ニューヨーク大学の演劇専攻の学生）から無理やり押しつけられたものだということも、彼としてはムース・スコーロン（ニューヨーク・ヤンキースの名選手）の伝記でも読んでいるほうがずっといいということも、もちろんメアリー・アンドレアは知らなかった。それでも、三つ離れたストゥールから近づいてきたとび色の髪の見知らぬ女に、以前『人形の家』の芝居で端役をやったことがあるので、その本は読んだことがあると話しかけられ、クロームがそれを歓迎したことに変わりはなかった。

一瞬にしてふたりは惹かれ合った。が、本人たちとしてはあまり認めたくないかもしれないが、それは肉体的なものだった。当時、トム・クロームは医療扶助制度の医療費請求に関する取材をしており、ある悪徳放射線技師を追及していた。その技師は毎週火曜日の午前中――脊髄X線写真の解読をしているというのが本人の主張だったが――実際にはダウンタウンのアスレティック・クラブでスカッシュをして、政府に数千ドルもの医療費を請求していたのだ。一方、メアリー・アンドレア・フィンリーは、サム・シェパードの芝居に出てくる落ち着きのない農夫の妻役を射止めるべく、オーディションを受けようとしているところだった。

ふたりは五週間デートをして、パーク・スロープ（ブルックリンの高級住宅地）のカトリック教会で結婚した。その後は互いに顔を合わせることが少なかったため、自分たちに共通点が何ひとつないということに気づくのに、普通より時間がかかった。トムは取材で一日じゅう忙しく、メアリー・アンドレアの舞台の仕事は夜や週末に集中していた。一緒に過ごす時間をどうにか確保できたときには、ふたりはできるだけセックスをした。セックスだけがあらゆる面でふたりが共有できる唯一の活動だった。セックスにのめり込んでさえいれば、お互いの仕事に関する話に耳を傾けずにすんだ。正直なところ、ふたりとも相手の仕事にはあまり興味がなかったのだ。

それでも、メアリー・アンドレアは、自分たちの結婚生活が破綻しはじめていることに少しも気づいていなかったので、こんなふうにしか思えなかった、ある日トムが悲痛な面持ちで部屋にはいってきたと思ったら、いきなり離婚話を切り出されたとしか。

だから、当然のことながら、彼女の答えは次のようなものだった。「冗談じゃないわ。五百年間、フィンリー家に離婚はないのよ」

「なるほど」とトムは言った。「それであの変わり者たちの説明がつく」

メアリー・アンドレアはこのやりとりをマウイの〈モナ・パシフィカ鉱泉治療センター〉——東西両海岸の役者仲間の何人かが高く推奨する施設——で、担当のカウンセラーに話した。カウンセラーがメアリー・アンドレアに、あなたたち夫婦にも幸せなときはあったのかと尋ねると、メアリー・アンドレアは、ええ、と答えた。およそ半年ぐらいは。

「七ヵ月かもしれない」と彼女は言い直した。「その後、停滞期が訪れたのよ。でも、それは若い夫婦にはよくあることでしょ? 問題は、トムが性格的に〝停滞期〟タイプではなかったってことね。あの人は上がるか下がるかどっちかじゃないと駄目なのよ。昇るか、落ちるか」

カウンセラーは言った。「なるほど」

「今、彼は弁護士と令状送達人にわたしの行方を追わせてる。まったくもって失礼な話よ」メアリー・アンドレアは誇り高い女だった。

「ご主人が結婚についての考えを変えるだろうと信じる根拠は何かあるんですか?」

「彼の考えを変えようなんて誰も言ってない、でしょ? わたしはただ、彼に離婚なんて馬鹿げた考えを捨ててもらいたいだけよ」

カウンセラーは困惑顔になった。メアリー・アンドレアは、制度としての離婚は時代遅れになりつつあるという意見を述べたあと、最後につけ加えた。「離婚なんて不必要で無用なものよ」

「そろそろ時間です」とカウンセラーは言った。「何か寝つきがよくなるものが必要ですか?」

「シャーリー・マクレーンをごらんなさい。彼女が亭主と一緒に暮らさなくなってもう何年になる? 三十年? たいていの人は彼女が結婚してることさえ知らない。それがうまくやる秘訣なのよ」

離婚は人を危険にさらされた無防備な状態にする、というのがメアリー・アンドレアの持論だった。ただ結婚さえしていれば、たとえ連れ合いと一緒に暮らしているわけではなくても、防御のための円錐標識がまわりに張りめぐらされるというわけだ。

「誰も手を出すことはできない」と彼女はさらにつけ加えた。「法的に言って」

カウンセラーは言った。「そんなふうには考えたこともありませんでした」

「まあ、確かにつまらないただの紙きれよ。でも、それを罠と思わず、防弾シールドと思えばいいのよ」とメアリー・アンドレア・フィンリー・クロームは言った。「シャーリーの考え方は正しいわ。アール・グレイを一杯持ってきてくれるように頼んでいただける?」

「気分はよくなりました?」

「ええ、とても。あと一日か二日で、あなたを煩わせることもなくなると思う」

「焦らないでください。あなたはここに休みにきたんだから」

「レモンも一切れ添えて」とメアリー・アンドレアは言った。「お願いね」

シンクレアは，トム・クロームがニュース編集室を横切ってやってくるのに気づくと、気持ちを落ち着けようとコーヒーを慌てて飲んで、舌を火傷した。そして、皺くちゃのハンカチを口にあてて立ち上がり、まわりの誰にも見え透いた表面的な誠意を示して花形記者を迎えた。

「久しぶりだな！」とシンクレアは勢い込んで言った。「元気そうじゃないか」

クロームはシンクレアのプライヴェート・オフィスを身振りで示して言った。「話がある」

「ああ、もちろん。聞いてるよ」

ガラスの内側でふたりきりになると、シンクレアは言った。「ジョーンとロディが今朝電話をかけてきた。ニュースはグレンジじゅうに広まってるようだね」

それはクロームにも容易に想像がついた。彼は言った。「あと一週間かそこらかかる」

シンクレアは眉根を寄せた。「どうして？」

「取材のためだ」クロームは冷ややかな眼でシンクレアを見たが、そうしたシンクレアの反応は最初からわかっていた。口にこそ出さないものの、〝特ダネには厄介事がつきもの〟というのがシンクレアの固い信念であることぐらい、まえからよくわかっていた。

シンクレアはわざとらしく椅子に背をあずけ、話の内容を反芻するようなふりをした。「それはつまり、われわれは今、特集記事の話をしてるわけじゃないということだね」

クロームは〝われわれ〟という集合代名詞を聞いて可笑しくなった。中堅のデスクはみな社命で経営管理の専門学校に行かされ、そこで退屈きわまりない駆け引きのやり方とともに、部下とのあいだで意見の不一致が生じたら〝われわれ〟という代名詞を使うようにと教えられる。議論の中で複数代名詞を使うと、部下に無意識のうちに社の圧力を感じさせることができる、というのがその理由だった。

シンクレアは続けて言った。「われわれは今、最大で二十五センチの長さの朝刊の社会面に載せる特ダネの話をしている。〝宝くじ、強盗に奪われる。嘆きの不運な女性《アンラッキー・レディ・ラメント》〟といった話を」

クロームは身を乗り出して言った。「もしそんな見出しが〈レジスター〉に載ったら、おれのほうからあんたの家に出向いて、ナイフであんた肺を切り裂かなきゃならなくなる」

シンクレアは、逃げ出す必要が生じたときに備えて、ドアは開けっ放しにしておいたほうが賢明だろうか、と思った。

「新聞には載せられない」とクロームは言った。「その女性は公には何も話してないんだ。警察にも届け出てない」

「でも、きみは彼女と話をしたんだろ？」

「ああ、でも、記録は取ってない」

シンクレアは一口コーヒーを飲むと、自らを鼓舞して言った。「だったら、記事にはならないということじゃないか。彼女の話も警察の話もなければ、記事にはならない」

「いや、そのうち書ける。ただ、少し時間が要る」

「ロディとジョーンがなんと言っていたかわかるかね？　噂じゃ、そのラックスという女はどういうわけか当選券をなくしてしまい、この強盗話をでっち上げたということだ。つまり、同情を惹くために」

クロームは言った。「あんたの妹夫婦にはしかるべき敬意を払いはするが、彼らの言ってることは明らかにたわごとだ」

シンクレアは自分の妹とその亭主を弁護したいという愚かな衝動に一瞬駆られた。が、駆られたときにはもうそんな衝動は消えていた。「トム、きみだってうちがどんなに人手不足かわかってるだろうが。一週間だなんて、それはただの特集記事じゃなくて、調査記事にしか割けない時間だよ」

「これはあくまで記事だ。それだけだ。われわれがもう少し我慢すれば、いい記事になる」

皮肉に対するシンクレアの日頃からの対処法は無視だ。彼は言った。「この女性が警察に話す気になるまで、われわれにできることはあまりない。当たった宝くじは盗まれたのかもしれないし、盗まれなかったのかもしれない。あるいは、そもそも最初から彼女はそんなものを持っていなかったか。高額の宝くじというのは、よく変わり者を呼び寄せるからね」

「確かに」

「だから私としては、きみには別の記事を担当してもらいたい」

クロームは眼をこすった。アラスカのことを思った。川でニジマスを捕まえているクマのことを。

シンクレアは言った。「コミュニティ・カレッジでやもめ暮らしに関する講義をやってる。〝現代のやもめ暮らし〟。こういうのはまずまちがいなく受けるはずだ」

クロームはあきれ果て、かえってなんの感情も湧かなかった。「おれはまだ独り身じゃなくてね。弁護士の話によれば、もうしばらくそうなることもない」

「ちょっとしたことでいい。それについて書いてくれ、トム。きみは現に独身生活を送ってるんだから。肝心なのはそこだ」

「ああ。独身生活ね」

「講義に出てみたらどうだね？　今週のテーマは裁縫だそうだ。きっと気の利いた記事になる。もちろん一人称で書いてくれ」

「男やもめのための裁縫教室」

「そのとおり」とシンクレアは言った。

クロームはひとりため息をついた。また例の〝気の利いた《キュート》〟記事か。この〝気の利いた〟ということばをクロームはどう思っているか、それを重々知りながら、シンクレアは言っているのだった。クロームとしては死亡記事でも書いているほうがまだましだった。あるいは、天気について書いているほうが。それとも、シンクレアの鼻の穴に大釘でも打ち込んでいるほうが。

シンクレアは根拠のない期待を勝手に抱いてクロームの答えを待った。クロームの答えはこうだった。

「旅先から電話するよ」

シンクレアはがっくりきた。「駄目だ、トム。悪いけど」

「おれはこの記事からはずれたんじゃないのか?」

「現時点では記事にならないということだ。警察の捜査報告か、このラックスという女性の話が得られるまで、ゴシップ以外に書けることはないんだから」

いっぱしの新聞記者みたいな口を利いてくれるじゃないか、とクロームは思った。このベン・ブラッドリー(〈ワシントン・ポスト〉元編集局長)。

クロームは言った。「一週間、時間をくれ」

「駄目だ」シンクレアはそわそわと、デスクの上に山になったピンク色の電話の伝言メモを片づけはじめた。「そうしてやりたいのは山々だが、できない」

トム・クロームは欠伸《あくび》をした。「だったら、辞めるしかなさそうだな」

シンクレアは身をこわばらせた。「つまらんジョークはやめてくれ」

「ついにおれたちは意見の一致を見たようだ」クロームはいい加減な敬礼をすると、オフィスを出た。

クロームが家に帰ると、家の窓がどれも大口径の銃で撃たれ、ガラスが割られ、ドアにケイティのメモがはさまれていた。

〝ごめんなさい、トム。みんなわたしのせいなの〟。

一時間後、彼女がやってきたときには、クロームは割れたガラスのほとんどを片づけていた。ケイティは石段を上がり、彼に五百ドルの小切手を差し出して言った。「ほんとに自分が恥ずかしい」

「これはすべておれが電話をしなかったからなのか?」

「ある意味では」

窓を割られたことについてはもっと腹が立ってもよさそうだった。が、考えようによっては、個人にとってのひとつのマイルストーンと見なすこともできなくはなかった。肉体関係が多額の保険金請求という事態に至った初経験。彼は思った、自分もついに貧乏白人のロマンスの冥府に足を踏み入れてしまったということか。

「まあ、中にはいってくれ」

「駄目なの、トミー。わたしたち、ここにいつまでもいられない。ここは危ないわ」

「そよ風は気持ちいいけど」

「ついてきて」ケイティは彼に背を向けると、急ぎ足で自分の車に向かった。サンダル履きにしてはかなりの早足だった。さらに、彼女は州間道路で二度ほどもう少しでクロームの車をあとに置いていきかけた。行き着いたのはドッグレース場の近くのメキシコ料理店だった。ケイティは隅のボックス席に人目を忍ぶようにして坐った。クロームはふたり分のビールとファヒータを注文した。

彼女は言った。「あなたに説明しなくちゃならない」

「あてずっぽうだが、きみはアートに打ち明けた」

「ええ、トム」

「そのわけを訊いてもいいだろうか?」

「あなたが約束どおりに電話をくれなかったんで、わたしは悲しくなった。すると、そのうち悲しみは罪悪感に変わった。あの人の……夫のすぐそばでベッドに横になりながら、この恐ろしい秘密を隠していることに対する罪悪感よ」

「でも、アートだって自分の秘書たちと何年も関係を持ってるんじゃないのか」

ケイティは言った。「それとこれとは別よ」

「確かに別といえば別だが」

「それに邪《よこしま》なことがふたつ重なったからといって、正しいことにはならない」

クロームは怒りを静めた。罪悪感にかけてはこっちはプロだ。彼はケイティに尋ねた。「アートはどんな銃を使ったんだ？」

「彼は自分じゃやらない。法律助手を使ったのよ」

「おれの家の窓を撃つのに？」

「ほんとうにごめんなさい」とケイティはまた謝った。

ビールが運ばれてきた。クロームはビールを飲んだ。ケイティは、判事である夫が相当嫉妬深い偏執狂だったことがわかったと言った。

「わたしとしてもすごく意外だった」

「信じられない。現役の判事が法律助手に金を払って、車からおれの家を銃撃させるなんて」

「あら、お金なんて払ってないはずよ。それだと犯罪になるでしょ？　そういうことに関してはアートはとても慎重だもの。法律助手の男はたぶん好意でやったのよ。点数稼ぎに。少なくともわたしが受ける印象はそれね」

「おれの印象を訊きたいかい？」

「トム、わたし、日曜日の夜は眠れなかった。アートに何もかも告白しなくちゃならなかったから」

「そうしたら、彼のほうもすぐさまきみに洗いざらい告白した」

「たぶんそのうちそういうことになるんでしょうね」とケイティは言った。「しばらくあなたは身を隠したほうがいいんじゃない？　彼はあなたを殺させるつもりだと思う」

ファヒータが運ばれてくると、トム・クロームはそそくさと食べはじめた。あなたはこのことをとても冷静に受け止めてる、とケイティは言った。クロームは同意した。ことのほかおだやかな気分だった。新聞社を辞めたという行為がなぜか理不尽で向こう見ずな心の平穏をもたらしていた。クロームは言った。「アートに具体的に何を話したんだ？　これはただのおれの好奇心だけど」

「何もかも」とケイティは答えた。「すべて事細かに。それがほんとうの告白というものでしょ？」

「なるほど」

「だから、夜中の三時に起きて完璧なリストをつくったのよ。一番最初のときから。あなたの車の中でしたことから」

クロームはトルティーヤ・チップに手を伸ばした。「それはつまり……」

「そう、あのフェラチオのこと。それと、そのあとのことも毎回全部。わたしがいかなかったときのことも」

「で、リストにそれを書いたのか？ 微に入り、細に穿ち？」彼はもう一枚チップを取り、深い溝を掘るようにしてサルサソースをすくった。

ケイティは言った。「昨日の朝一番にね。そして、それをアートに渡したの。彼が仕事に行くまえに。そうしたら、トム、すぐに気分がよくなった」

「それはご同慶の至りだ」クロームは、知り合ってから二週間のあいだに、ケイティといったい何回セックスをしたか思い出してみた。そして、それを紙の上に記録したらどんなふうに見えるか想像してみた。スポーツ欄に五・五ポイントの小さな活字で載っている野球の試合結果表が頭に浮かんだ。

ケイティが言った。「そうだ、忘れるところだった。写真を撮ってきてくれた？ 涙を流すマリア像の？」

「まだだ。でも、必ず撮るよ」

「急がないでいいわ」とケイティは言った。

「大丈夫。今夜また行くから」

「なかなかの事件なのね」

「どれも関連記事だけど、ケイティ。話題を変えるつもりはないんだけど、アートがおれを殺そうとしてるって？」

「いいえ、誰かに殺させようとしてるのよ」

「ああ、確かに。それが口先だけじゃないのは確かなのかい？」

「もちろん口先だけの可能性もあるけど、彼が怒り狂ってるのは事実ね」

「きみに暴力を振るったとか？」とクロームは尋ねた。「今後そういうことにもなりかねないとか？」

「それはないわね」ケイティはその質問にむしろ嬉しそうな顔をした。「ほんとうのことを言うと、彼、興奮したみたい」

「きみの告白に」

「そう。まるで自分が失いかけてるものに突然気づいたみたいに」

クロームは言った。「それはそれは」

勘定は彼が払った。駐車場に出ると、ケイティは彼の腕に触れ、壊れた窓ガラスを取り替えるのに五百ドルで足りるかどうか訊いてきた。そんなことは心配しなくていい、とクロームは答えた。

「トミー、わたしたち、もう会わないほうがいいと思う」

「おれもそう思う。こんなのはまちがってる」

彼のそのことばは彼女を元気づけたようだった。「あなたがそう言ってくれて嬉しいわ」

ほんとうに嬉しそうなその声音から察するに、ケイティはどうやら、トム・クロームと関係を持ったことを軽蔑すべき裏切り者の亭主に告白したことで、三人の人間を善なる道に導くことができたと思っているようだった、と。三人の良心を目覚めさせ、昇華させ、それぞれに教訓を学ばせることができた、と。精神的に成長させることができた、と。

寛大にもクロームは、この荒唐無稽な考えを台無しにするようなことばは慎むことにして、ケイティの頬に軽くキスをし、別れを告げた。

ディメンシオは、ハーディの店でカウンターについて坐っているドミニク・アマドーの隣のストゥールに坐った。ドミニクはクリスコ（焼き菓子用ショートニング）をスプーンですくって、グレーのスポーツ用ソックスに入れるという朝の儀式の最中だった。そのソックスを両手にかぶせて偽の聖痕を覆うのだが、クリスコは傷をじくじくさせてかさぶたができるのを妨げるのに役立つのだ。ドミニクの生計はひとえに、手のひらの穴がつい最近十字架に釘で打ちつけられた痕であるかのごとく、生々しく新鮮に見えるかどうかにかかっていた。万一傷が治ったりしたら、もう取り返しがつかないことになってしまう。

彼はディメンシオに言った。「ちょっと頼みたいことがあるんだが」

「今度はなんだ？」

「おいおい、どうしたって言うんだ、何かあったのか？」

「あんたはまだ聞いてないのか。あのいかれ女、宝くじの当たり券をなくしたんだと」

ディメンシオはドミニクが両手をスポーツ用ソックスに突っ込むあいだ、ソックスを広げてやった。片方のソックスは爪先がすり切れており、そこから白いショートニングが少ししみ出ていた。

ドミニクは手の指を曲げると言った。「これでだいぶよくなった。どうも」

「千四百万ドルが今やくそつぼの中だ」とディメンシオはぼやいた。

「強盗にはいられたって聞いたけどな」

「ばかばかしい」

「だけど、彼女が当たり券を持ってたことは、町じゅうみんなが知ってた」

「だからって、そんなことをする度胸のあるやつがどこにいる、ドム、真面目な話？」

とディメンシオは言った。

「確かに」グレンジで起こる強盗事件といえば、マイアミへ向かう途中か、その帰りの渡り労働者による常習的なホールドアップ強盗ぐらいのものだった。

ディメンシオは言った。「おれの考えを言おうか？　彼女は何かまぬけなことをして当たり券をなくしたんだ。で、人から笑い者にされないよう、強盗話をでっち上げたのさ」

「彼女は変わり者だって噂だからな」

「〝いかれてる〟と言ったほうがいい」

「いかれてる、か」とドミニクは言った。彼はジャム・ドーナツを食べていた。両手のソックスに砂糖がついた。

ディメンシオはドミニクに、ジョレインのカメの話をした。「あの家に百匹はいるんじゃないかな。それが普通の人間のすることか？」

ドミニクは眉間に皺を寄せて考え込んでから言った。「旧約聖書にカメは出てきたか？」

「そんなこと、どうしておれが知ってる？」涙を流す聖母マリア像を持っているからといって、ディメンシオは聖書をまるごと暗記しているわけではなかった。それどころか、聖書を最後まで読んだことさえなかった。コリント人のあたりからなかなか進まないのだ。

ドミニクは言った。「おれが思うに、彼女はたぶん何か見せものでもしようとしてるんじゃないかな。旅行者めあての。聖書にカメのことが載ってたかどうかは思い出せないけど。子羊と魚のことは載ってるよな。それから、もちろんでかいヘビのことも」

ディメンシオの注文したパンケーキが運ばれてきて、それにシロップをたっぷりかけると彼は言った。「もうこの話はやめよう」

「でも、ノアはカメを持っていかなかったか？　ノアはなんでもつがいにして舟に乗ったんじゃないのか？」

「ああ、そうだ。ジョレインはくそ方舟《はこぶね》を造ってるんだよ。それで説明がつく」ディメンシオは苛立たしげに朝食にかぶりついた。彼にしてみれば、カメの話を持ち出したのは、ジョレイン・ラックスがどんなに変わり者かを強調したかっただけだった。千四百万ドルの当たり券をなくしかねないいかれたやつだということを言いたかっただけだった。

よりにもよって彼女が当たり券をなくすとは！　ディメンシオは腹立たしかった。

この次にグレンジの誰かが宝くじに当たるなど、それこそ千年さきのことだろう。

ドミニク・アマドーが言った。「でも、なんでそんなに怒ってるんだ？　あんたの金じゃあるまいし」ドミニクは、ジョレインのことはよく知らなかったが、彼女はいつも彼の猫のレックスによくしてくれていた。レックスはひどい歯肉炎に悩まされており、一週間おきに獣医にかからなくてはならないのだが、ドミニクの娘を除くと、ジョレインは猫用の特注拘束衣をレックスに着せずに相手ができる唯一の人物だった。

「わからないか、ええ？」とディメンシオは言った。「おれたちみんなが大儲けできるチャンスだったのに。あんたも、おれも、町じゅうがだ。いいか、ちっとは考えてみろ。おれたちがこんな噂を流すのさ──ジョレインが宝くじに当たったのは神聖な土地に住んでいたからかもしれない、涙を流すおれの聖母に祈ったからかもしれない、十字架に架けられたあんたの手に触ったからかもしれないってな。そんな話が広まってみろ。宝くじを買ったやつはみんな、ご利益を求めてグレンジに来るようになるだろうが」

ご利益ビジネスのにわか景気。ドミニクには思いもよらなかった。

「一番おいしいところは」とディメンシオは続けた。「やってくるのがキリスト教徒だけじゃないってところだ。宝くじは誰でも買うだろ？　ユダヤ人も仏教徒もハワイの連中も……人種も関係ない。宝くじを買うようなやつらはあくまでそういうやつらさ。つまり、やつらが気にするのは運だけだ」

「つまり、金鉱みたいなものだったわけだ」とドミニクは同意して言い、顎についたジャムを袖で拭いた。

「それが今じゃ、すべてパアだ」とディメンシオは言い、うんざりしたようにフォークを皿の上に放った。千四百万ドルの当たり券を誰がなくしたりする？　くそったれルーシー・リカルド（テレビ『アイ・ラブ・ルーシー』の主人公）だって、千四百万ドルの当たり券をなくしたりなんかするものか。

　ドミニクは言った。「おれたちが聞いてる話以外に何かあったんだよ。そうにちがいない」

「ああ、そうとも。たぶん火星人の仕業なのさ。きっとUFOが真夜中に降りてきて――」

「いや、ちがう。おれは彼女が殴られて痣だらけだって聞いたけど」

「そうであっても驚かないね」とディメンシオは言った。「おれの考えを言おうか？　彼女は当たり券をなくした自分にあんまり腹が立って、野球のバットを持ち出して自分の頭をぶん殴ったのさ。おれだったら、そんなへまをしでかしたらそうするね」

「どうだかな」ドミニク・アマドーはそう言うと、中身のジャムがなくなったドーナツをまた食べはじめた。そして、ややあってディメンシオの興奮がいくらか治まったのを見て取ると、もうひとつ頼みごとをした。

「おれの足のことなんだが」

「答えはノーだ」

「穴をあけてくれる人間が必要なんだ」

「だったら、カミさんに頼め」

「頼むよ」とドミニクは言った。「作業場の準備もうできてるんだ」

ディメンシオはカウンターに六ドル置くと、ストゥールを降りて、ドミニクに言った。「足に穴をあけるなら自分でやってくれ。おれは今そういう気分じゃなくてな」

ジョレイン・ラックスにはドクター・クロフォードの考えていることがよくわかった。

ついにこの娘にもボーイフレンドができて、そのボーイフレンドにこっぴどく殴られたにちがいない。

「あんまりじろじろ見ないでください。自分がひどいありさまだっていうのはわかってますから」とジョレインは言った。

「私に事情を話してくれる気は？」

「ありのままに？　ありません」わたしに話す気がないとなれば、ドクター・クロフォードはますます自説を固めるだろうと思い、ジョレインはつけ加えた。「でも、先生の思ってるようなことじゃないわ」

ドクター・クロフォードは言った。「じっとしてろ、こら」

彼は、診察台にのっているウェルシュ・コーギーのミッキーに向かって呼びかけているのだった。ジョレインがなんとか押さえつけていたが、犬はフライパンの上の虫さながら、勝手気ままに暴れていた。コッカースパニエル、プードル、ポメラニアン――たいていの場合、小さな犬種のほうが扱いにくい。さらに性質《たち》も悪い。ほぼ例外なく嚙みつこうとする。いつかは体重五十キロのドーベルマンの世話ができないものか、とジョレインは思いながら、ウェルシュ・コーギーのミッキーに向かって言った。

「ほら、いい子にしなさい」そう言ったとたん、黄色い牙で親指をがぶりとやられた。それは強烈な痛みだったが、おかげでジョレイン・ラックスは犬の頭をやっと押さえつけることができ、その隙にドクター・クロフォードがワクチンを打った。ミッキーは注射針が刺されたのを感じるなり、ジョレインの指を放した。ドクター・クロフォードは冷静さを失わなかったジョレインを誉めた。

ジョレインは言った。「どうしてわたし個人の問題にするんです？　犬並みの脳味噌しかないんだから、噛むのが当然でしょ？　そういったしごく当然の理由もないのに、もっとたちの悪いことをする男の人をわたしは何人も知ってるわ」

ドクター・クロフォードはベタジン（消毒薬）を彼女の親指に塗った。ジョレインはそれがまるでステーキソースそっくりなのに気づいた。

「その唇にも少し塗るかね？」とドクターは尋ねた。

ジョレインは首を振り、次の質問に向けて身構えた。いったいどうしてそんなことになったんだ？　しかし、彼はこう言っただけだった。「何針か縫っておくのも悪くないけど」

「え？　ああ、その必要はありません」

「きみはどうも私を信頼してないようだ」

「ええ、全然」ジョレインはあいているほうの手で、ドクター・クロフォードの頭の禿げたところをぽんと叩いて言った。「わたしは大丈夫」

それから仕事が終わるまでのジョレインの一日を記すと次のようになる――猫（デ

イジー)、子猫三匹(名前なし)、ジャーマン・シェパード(カイザー)、おうむ(ポリー)、猫(スパイク)、ビーグル(ビルコウ)、ラブラドール・レトリヴァー(伯爵夫人)、ラブラドールの子犬四匹(名前なし)、それにツノイグアナ一匹(キース)。イグアナに白衣の上におしっこを大量にされたものの、ジョレインは噛まれたりすることも引っ掻かれたりすることもそのあとはなかった。

家に帰ると、トム・クロームのブルーのホンダがドライヴウェイに停まっているのが見えた。彼はポーチのブランコに坐っていた。ジョレインは彼の隣に坐り、地面を蹴った。軋んだ音を立てて、ブランコが揺れた。

ジョレインは言った。「わたしたちの取引きは成立したってこと?」

「ああ」

「あなたのボスはなんて言ってた?」

「〝すばらしい記事だ、トム。ぜひものにしろ〟」

「そう」

「今のが一語一句ちがわないボスのことばだ。それよりその白衣、どうしたんだ?」

「イグアナのおしっこ。白衣よりわたしの親指のことを尋ねてくれない?」

「見せてごらん」

　ジョレインは手を差し出した。クロームはわざと真面目ぶって嚙み痕を調べてから声を上げた。

「ハイイログマだ！」

　彼女は笑みを浮かべた。ああ、この人の手の感触はなんて心地いいんだろう。力強くてやさしくて……しかし、いつだってこんなふうに始まるのだ。鈍くて温かい疼《うず》きから。

　ジョレインはブランコを飛び降りると言った。「陽が沈むまであと一時間ある。あなたに見せたいものがあるんだけど」

　シモンズ・ウッドに着くと、ジョレインは〝売り地〟の立て札を指差して言った。

「これが、あの馬鹿どもが捕まるまで半年も待っていられない理由。もういつ誰にこの場所を買われてもおかしくないのよ」

　トム・クロームはジョレインに続いてフェンスを乗り越え、松や椰子の木々のあいだを歩いた。彼女は時々立ち止まり、アカオオヤマネコの糞やシカの足跡や木の上のカタアカノスリを指差した。

「十八ヘクタールある」

ジョレインが囁き声で話すので、クロームも囁き声で応じた。「いくらで売りに出されてるんだ？」

「三百万ドルとちょっと」と彼女は答えた。

クロームは建築規制について尋ねた。

「商業地」とジョレインは顔をしかめて答えた。

ふたりは小川を見下ろす砂地の断崖で足を止めた。ジョレインは地面に腰を降ろし、脚を組むと言った。「ここにいずれショッピング・モールや駐車場ができるわけよ。ジョニ・ミッチェルの歌にあるみたいに」

彼女の話すことはすべて書きとめておくべきだ、とクロームは思った。ジーンズの尻のポケットに入れたノートがしつこく訴えていた。おまえは今でも新聞記者だろうが、と。

紅茶のような色をした細い小川の流れを指差して、ジョレインが言った。「子ガメはあそこから取ってきたのよ。今は丸太の上に出てきてないけど。陽がまだ高いうちにぜひまた来るべきね」

ジョレインはまだ囁き声だった。まるで教会にいるみたいだった。ある意味ではそうなのかもしれない、とクロームは思った。

「わたしの計画をどう思う？」

クロームは言った。「すばらしいと思う」

「それはつまり馬鹿みたいだと思ってるってことね」

「いや、全然――」

「いいえ、そうよ。あなたはわたしの頭がいかれてると思ってる」ジョレインは頬杖をついて言った。「いいのよ、それで、お利口さん。でも、あなただったらあのお金をどうしてた？」

クロームが答えようとすると、ジョレインが静かにするように身振りで示した。シカが小川に現われた。雌ジカで、水を飲みはじめた。ふたりは宵闇が降りるまでそのさまを眺めてから、そっと高速道路のほうに戻った。クロームは、高木や低木のあいだを縫って歩くジョレインの白衣の白を追った。

家に戻ると、彼女は服を着替えて留守番電話のメッセージを聞くために寝室にはいった。寝室から出ると、クロームは水槽のそばに立って子ガメを見ていた。

「ねえ、聞いて」と彼女は言った。「チェイス・マンハッタン銀行から電話があった。あの馬鹿どもは、さっそくわたしのヴィザ・カードでトラック一台分も買いものをしたみたい」

クロームは振り返った。「クレジットカードも盗まれてたとは知らなかったな」

ジョレインはキッチンの電話に手を伸ばした。「今の番号を解約しなくちゃ」

クロームは彼女の腕をつかんだ。「駄目だ。これはすばらしい知らせじゃないか。やつらはきみのヴィザ・カードを持ってる。おまけにふたりともとことんまぬけときてる」

「ええ、わたしとしてもこれ以上幸せな気分にはなれない」

「きみはやつらを見つけたいんじゃないのか？　いいか、これでひとつ手がかりがつかめただろうが」

ジョレインは興味をそそられ、キッチン・テーブルについて坐ると、ゴールドフィッシュ・クラッカーの箱を開けた。塩が唇の切り傷にしみて、涙がにじんだ。

クロームは言った。「きみのやるべきことはこういうことだ。銀行に電話をして、正確にどこでカードが使われたのか調べるんだ。兄弟なり伯父さんなり、誰かにカードを貸したと言って。でも、解約はしない。やつらがどこにいるかわかるまで」

ジョレインは言われたとおりにした。チェイス・マンハッタン銀行の行員たちはこれ以上ないほど親切だった。彼女は書きとめた情報をクロームに差し出した。彼は言った。「ひええ」

「ふざけないで」

「銃器展示会で二千三百ドル？」

「それと、〈フーターズ（胸の大きなウェイトレスが売りもののレストラン・チェーン）〉で二百六十ドル」とジョレインは言った。「どっちが気持ち悪いか、いい勝負ね」

　銃器展示会はフォート・ローダーデイルの戦争記念講堂で開催されており、〈フーターズ〉はマイアミのココナッツ・グローヴ店だった。強盗たちは南に向かっている。

「荷造りだ」とトム・クロームは言った。

「大変、カメたちのことを忘れてた。あの子たちがどれほどすぐにお腹のすかせるかはあなたも知ってるでしょ？」

「一緒に連れていくことはできない」

「ええ、もちろん」とジョレインは言った。

　ふたりはATMに立ち寄った。ジョレインは金をおろして車に戻ると、金魚の形をしたゴールドフィッシュ・クラッカーをひとつかみ、口に放り込んで言った。「風のように運転して、相棒。わたしのヴィザは限度額が三千ドルなのよ」

「だったら、払ってやろう。明日の朝一番に郵便で小切手を送って、あの野郎どもを慌てさせるんだ」

ジョレインは冗談めかしてクロームのシャツをつかんだ。「トム、わたしの当座預金にはぴったり四百三十二ドルしか残ってないんだけど」

「きみは何も慌てることはないさ」とクロームは言って、横眼でジョレインを見やった。「そろそろ億万長者は億万長者らしく考えることにしたら？」

7

チャブの本名はオーナス・ディーン・ガレスピー、七人兄弟の末っ子として生まれた。そのとき、母親のモイラ・ガレスピーは四十七歳、母性本能が休眠状態にはいってすでに久しかった。オーナスの父親のグレーヴはあけすけな物言いをする男で、息子のオーナスに、彼の人生が不良品のペッサリーから始まったことや、ガレスピー夫人の子宮にチャブが出現したときの歓迎の気持ちは、〝ウェディング・ケーキの上のゴキブリ〟に対するのと同じ程度のものだったことを、ことあるごとに思い出させた。

それでも、オーナスは子供の頃、暴力を振るわれたこともなければ、ないがしろにされたこともなかった。ジョージア州北部の製材業者だったグレーヴ・ガレスピーにはまずまずの収入があり、家族に対して気前のいい夫であり、父親だった。ドライヴウェイにバスケットボールのゴールのある大きな家に住み、ガレージに収められたトレーラーの上には中古の水上スキー用モーターボートがのせられ、地下室には豪華なワールド・ブック百科事典が一セット置かれていた。オーナスの兄弟はみなジョージア州立大学に進み、オーナス自身も、十五歳にして早々にものぐさと大酒と無教養の人生を選ばなければ、同じ大学に進学していたはずだった。

なのに、彼は両親の家を出て、悪い仲間と交わるようになる。そして、ドラッグストアの写真現像係の職にありつくと、客が預けたネガを物色してきわどいショットを勝手に拝借しては、セックスのことしか考えていない高校生に現像した写真を売りつけて副収入を得るようになる（大人になっても、ボーイフレンドや夫にトップレスの写真を撮らせる女がこの世にいるというのは、オーナス・ガレスピーにとって驚き以外の何物でもなく、いつかそんな女と出会ってみたいものだと思っていたが、これまでのところそうした僥倖《ぎようこう》には恵まれていなかった）。

その後、二十四歳のときに思いがけず、家具倉庫で給料のいい仕事にありつき、お粗末な勤務実績と、完膚なきまでに実証された無能ぶりと、カーペット用の糊に対する危ない嗜好にも関わらず、急進的な労働組合のおかげで、六年も解雇されずに過ごす。その挙句、ある日、泥酔してフォークリフトをのろのろと運転し、清涼飲料の自動販売機にぶつかるのだが、彼はその事故を利用して法外な労災保険金を請求したのだった。

そのあとの長期に渡る〝リハビリ期間中〟は、酒を持参の釣りや狩猟三昧《ざんまい》の日々となるのだが、ある朝、娼婦の肩を抱き、仕留めた子ジカを肩に担いで森から出てきたところを保険会社の調査員に見つかってしまう。保険会社にとって、オーナス・ガレスピーがどこにも怪我などしていないことを証明するのはいたって簡単なことだった。で、その日をかぎりにオーナスは家具倉庫会社を解雇されるのだが、上訴の道はもちろん選ばなかった。

モイラとグレーヴは最後の小切手を切ると、自分たちの悪の申し子をそれきり勘当した。州を出るのにオーナスに励ましは要らなかった。未決ながら、保険金詐欺と密漁という重罪の告発に加え、成人してから所得税申告書を一度も提出していない理由を問う、あまり友好的とは言えない文書を国税庁からも受け取っていたのだ。国税庁は、自分たちの関心の高さを強調するため、平床トラックとふたりの不愉快な男を彼のところに差し向けると、彼の特別仕様のフォード・エコノライン・ヴァンを没収した。国税庁のその職員にとって、車を見つけるのは造作もないことだった。人魚の姿をしてイッカクにまたがった裸のキム・ベイシンガーの大きな絵が、車体の側面に入念に描かれたヴァンを探せばよかった。オーナスは映画『ナインハーフ』に出てくるこの美しいジョージア出身の女優に夢中になり、愛と献身の証しとしてこの壁画を思いついたのだった。

いずれにしろ、この愛車のエコノラインの差し押さえが、オーナス・ガレスピーがアメリカ政府に対して悪感情を抱く契機となった（彼の未払いの税金を肩がわりして払うことを拒み、どこに行けばヴァンが見つかるか、国税庁の職員に教えた両親に対しても、彼が同じように怒りの矛先を向けたのは言うまでもない）。出奔するまえに彼は自動車の運転免許証を燃やして、姓を捨てた。そして、自らをチャブと名乗ることに決めた（それは肥満の悩みを抱えていた少年時代に、兄や姉たちから呼ばれていた渾名《あだな》だった）。新しい苗字はなかなか決まらず、何かいいものを思いつくまで待つことにした。そうして、背中のリュックにいくらかの着替え、札入れに十七ドル、ジッパーつきのポケットに唯一まぎれもない資産である障害者用駐車許可証——労働者向けの無料サーヴィスで職場にやってきた医者から騙し取ったもの——を携え、ヒッチハイクでマイアミに向かったのだった。

マイアミでは、まったくの幸運と、ビールのおごり合いが素人偽造者との友情につながる。その偽造者はチャブを信用し、州刑務所でお務めをするあいだ、自分の印刷道具を彼に預けた。チャブは、その印刷道具で偽物の障害者用ステッカーを量産し、車を持っている地元の人々に売りはじめるのだが、彼のお気に入り営業スポットは、慢性的な駐車スペース不足で悪名高いマイアミ連邦裁判所で、チャブの仕事ぶりに満足している顧客の中には、速記者や保釈保証人、麻薬専門弁護士、さらにひとりふたり連邦政府の役人までいた。で、すぐに彼は評判になり、偽造車椅子ステッカーの信頼できる供給者として、郡内にその名を馳せるようになったのだった。

ダウンタウンに車を停めようとするたびに腹を立てていたボード・ギャザーに見いだされたのも、そのためだった。ダッジ・ラムをつい最近買ったばかりのボードは、矯正局の官僚主義につき合わせられているあいだ、三ブロックや四ブロックも離れた場所に新車を置きっぱなしにしておくのは、どう考えても無謀だと思っていたところだった。その界隈はどこもかしこもハイチ人やキューバ人だらけで、散歩にもってこいの土地柄とはおよそ言えないところで、ぴかぴかの真新しい彼のピックアップ・トラックが丸裸にされて車軸だけになる悪夢をボードは何度も見ていた。

会うなり、チャブはボードに親近感を持った。ボードの世界観とその込み入った説明には、聞いていてなんとも心地よい響きがあった。たとえば、チャブは両親に〝納税詐欺犯〟と蔑まれ、ひどく傷ついていたのだが、ボード・ギャザーはそんな彼に、純血の白人アメリカ男性は極悪非道の国税庁などに五セント硬貨一枚差し出すべきではないもっともな理由を次々と列挙して、彼の気持ちを和らげてくれた。自分では借金の返済を逃れているだけだと思っていたことが、実はまっとうな市民の合法的な抵抗なのだとわかると、チャブは心底嬉しくなった。

「ボストン茶会事件みたいなものさ」とボードは得意の歴史を例に取って言った。「あの連中だって、なんの説明もなく課税されることに抵抗しただろ？　おまえの戦いもそれと同じだ。現政府のもとで、白人は発言権を失った。それなのに、どうして金を払わなきゃいけない？」

チャブにはもっともな意見に聞こえた。しごくもっともな。そうやって物事を巧みに正当化するのは、ボード・ギャザーの最も得意とするところだった。

チャブの知り合いの何人か、特に退役軍人は、彼が障害者用駐車ステッカーで不当に金儲けをしていることにあまりいい顔をしなかったのだが、ボードはちがった。「考えてもみろよ」と彼はチャブに言ったものだ。「車椅子に乗った人間を実際にどれくらい見かける？　なのに、やつら用の駐車スペースは山ほどある。こんなのはすじが通らない。こんなふうに考えないかぎり……」

「どんなふうに？」

「そういう駐車スペースは、ほんとは障害者のための場所じゃないと考えないかぎり」ボードは考えるときの暗い顔をつくった。「障害者用駐車許可証は何色だ？」

「青だ」

「ふううむ。じゃ、国連軍のヘルメットの色は?」

「そんなこと、どうしておれが知ってる? 青か?」

「そのとおり!」ボード・ギャザーはチャブの腕をつかんで揺すった。「なあ、わかるだろ、ええ? 侵略だよ、侵略。その青い障害者用駐車スペースに駐車するのは誰だと思う? そう、兵士なのさ。国連軍の兵士たちなんだよ!」

「なんてこった」

「つまり、おれに言わせりゃ、おまえはその偽物の障害者用ステッカーでもって、国のためにとてつもない奉仕をしてるってことだ。おまえが一枚ステッカーを売るたびに、敵の駐車スペースがひとつ減るんだからな。それがおれの考えだ」

そう言われて以来、チャブもそう考えることにしたのだった。自分は詐欺師などではない、愛国者なのだ! と。人生はどんどん上向いてきてる。

今、おれは最高の相棒と一本道を歩いてる。

億万長者への道を。

ふたりは〈フーターズ〉でチキンの手羽先のバーベキューをコロナ・ビールで胃に流し込み、長い午後をだらだらと過ごしていた。

ふたりがちょっかいを出した、光沢のあるオレンジ色のショートパンツを穿いたウエイトレスは——なんとまあ——チャブが今まで見たこともないような、すばらしい脚をしていた。それにリンゴのゴールデン・デリシャスみたいな尻。

さらに、店の外には銃をふんだんに積み込んだピックアップ・トラック。

「乾杯だ」とボード・ギャザーがビアマグを掲げて言った。「アメリカに」

「アーメン」チャブはげっぷをした。

「これぞ人生ってもんだ」

「まったくだ」

ボードは言った。「女も銃も、いくらあったってありすぎることはない。それだけは言える」

伝票が持ってこられた頃には、ふたりはぐでんぐでんに酔っぱらっていた。ボードは泡だらけの口元に下卑た笑みを浮かべると、盗んだクレジット・カードを机の上に叩きつけた。ニガー女のヴィザ・カードは銃器展示会を出たら捨てることになっていたのをチャブはぼんやりと思い出した。銃器展示会では、そのカードを使ってTEC‐9とコブレイM11と中古のAR‐15ライフル、それに唐辛子スプレーの缶と弾薬数箱を買ったのだった。

チャブは銃砲店より銃器展示会のほうが好きだった。全米ライフル協会のおかげで、銃器展示会では事実上、連邦の銃規制もどこの州の銃規制も適用されないからだ。フォート・ローダーデイルの展示場をちょっとのぞいてみようというのは、チャブの考えだったが、盗んだクレジット・カードでそうした派手な武器を買うのには、さすがに抵抗があった。チャブにさえ愚かなほど危険な行為に思えた。

しかし、そこでまたもやボード・ギャザーが安心させてくれたのだ。彼はチャブに、銃器展示会の業者の多くは、実際にはアルコール・煙草・火器局《ATF》の囮《おとり》捜査官だが、盗難カードが使われたことが発覚しても、彼らにできるのは、ご大層な法執行官をJ・L・ラックスと彼女が新たに買ったことになっている武器弾薬のところに向かわせ、無意味な捜査をしゃかりきにさせるだけのことだ、と言った。

「つまり、やつらは見当はずれの獲物を追いかけるだけってわけだ。法を遵守してるアメリカ人を一日じゅう苦しめるかわりに」

盗んだヴィザ・カードをボードが使った二番目の理由は、政治的なものではなく、もっと現実的なものだった。ふたりとも金がなかったのだ。それでも、ボードは、万一チェイス・マンハッタン銀行が調査を始めた場合に備えて、銃器展示会を出たらカードを捨てるべきだというチャブの意見には同意していた。

が、チャブがそのことを相棒に思い出させようとしたときにはもう遅かった。並はずれて脚の長いウェイトレスが現われ、テーブルからヴィザ・カードをさっと持っていってしまった。

ボードは恭《うやうや》しく両手をこすり合わせた。「まさにあれのためだ、相棒。おれたちが戦ってるのは。自分たちの戦う理由に疑問が湧いてきたら、あのぴちぴちしたうまそうな脚と、彼女にふさわしいアメリカのことを考えるんだ」

「くそったれどもが」とチャブはだるそうに鼻を鳴らして言った。

そのウェイトレスは、彼の愛してやまないキム・ベイシンガーを強烈に思い出させた。白い肌、罪深い唇、黄色い髪。チャブはしびれるほどぞくぞくしてきた。あのウエイトレスにボーイフレンドはいるのだろうか？　あの女ならトップレスの写真を撮らせてくれるだろうか？　チャブは彼女に、ここに坐ってビールでも飲まないかと声をかけようと思った。が、そのときボード・ギャザーの姿が眼のまえで像を結び、自分たちがどんななりかということを思い出した。ボードは迷彩服にカウボーイ・ブーツ、顔はみみず腫れと嚙み痕だらけだった。チャブのほうもやはり傷だらけのむくんだ顔で、瞼の裂けた左眼を間に合わせの眼帯でどうにか隠しているという体たらくだった。

眼が見えないか、頭のいかれた女でないかぎり、こんな男たちに興味を示したりはしないだろう。それでも、ウェイトレスがテーブルに戻ってくると、チャブは大胆にも名前を尋ねた。ウェイトレスはアンバーと答えた。

「それじゃ、アンバー。質問してもいいかな。あんたは〈ホワイト・レベル・ブラザーフッド〉を知ってるか？」

「もちろん」とウェイトレスは言った。「去年の夏、ゲト・ボーイズの前座で演奏してた」

ヴィザ・カードのレシートにサインをしていたボードが顔を上げて言った。「ハニー、きみは重大な勘ちがいをしてる」

「そんなことないわ。コンサートで買ったTシャツも持ってるもの」

ボードは眉をひそめ、チャブはポニーテールを揺らして大声をあげた。「おまえ、きんたまを蹴られたな、ははあ！」

アンバーは、百ドルのチップが含まれたクレジット・カードのレシートを取り上げると、顔を赤らめながらも、精一杯温かい笑みを浮かべてそのチップに報いた。チャブはここぞとばかり床に片膝をつくと、そのオレンジ色のショートパンツを今日の午後の記念に買わせてくれと懇願した。すると、すぐにヒスパニックの用心棒がふたり現われ、ふたりの義勇兵はあっけなくレストランからつまみ出された。

チャブはそのあと新しい銃に囲まれて、トラックの座席に身を落ち着けると、くすくす笑いだした。「おまえの〈ホワイト・レベル・ブラザーフッド〉もこれまでだな」

「うるさい」とボード・ギャザーは一蹴した。「いつまでもくだらんことを言ってると、おまえの靴にゲロを吐くぞ」

「吐きたけりゃ吐けよ、相棒。おれはあの子に首ったけだ」

「嘘だろ？」

「いや、おれはあの子に首ったけだ。こりゃもう使命みたいなもんだ」

「やめとけって」

「いやだ」とチャブは言った。「おれを止めようなんてするんじゃないぞ」


義勇軍の名前についてウェイトレスが言っていたことがほんとうかどうか調べるために、彼らはケンダルのショッピング・モールにあるCD店に立ち寄り、ボードが面倒くさそうに棚のCDを調べて、ついにまぎれもない証拠を発見した。アラバマ州マッスル・ショールズで〈ホワイト・レベル・ブラザーフッド〉によってレコーディングされた『夜の怠慢』というタイトルのCDで、五人のメンバーのうち三人が黒人なのを見て、ボードはぎょっとした。チャブでさえ言った。「これは笑いごとじゃないぜ」

ボードはそのCDを半ダースばかり万引きし、チャブのトレーラー・ハウスに戻ると、TEC‐9で全部撃ち抜いた。スキート射撃の要領で、チャブがCDを空高く放り投げ、ボードがそれを狙って銃をぶっ放した。ふたりは銃が弾丸《たま》詰まりを起こすまでそれを続けると、ぼろぼろになったローンチェアを二脚広げて、さびついた石油のドラム缶を利用して焚き火をした。ビールの酔いが覚めてきた、とボードが文句を言い、チャブが安ウォッカの壜を開け、ふたりは空に星がまたたきはじめるまで壜をやりとりした。

そして、ついにチャブが言った。「おれたちの義勇軍には新しい名前が必要だ」

「おれはおまえより一歩さきを行ってる」ボードは壜を口に持っていって言った。「〈ザ・ホワイト・クラリオン・アーリアンズ（白く明快なアーリア人）〉。ちょうど今頭に浮かんだ」

「ふむ、気に入った」とチャブは言った。〝クラリオン〟というのがどういう意味なのか、今ひとつよくわからなかったのだが。確かクリスマス・ソングの中にそんなことばがあったはずだ。たぶん天使とでも関係があるんだろう。

「略してWC……」そこでチャブはことばにつかえた。〝アーリアン〟という単語がEから始まるのかAから始まるのかすぐには思い出せなかったのだ。

ボード・ギャザーが言った。「WCA。でも、なんで略す?」

「略さないとちょっと長ったらしいだろうが」

「最初のやつほどじゃない」

「でも、略したほうがいかしてる」とチャブは言った。

〈ホワイト・クラリオン・アーリアンズ〉。くそったれロック・バンドにしろラップ・ミュージシャンにしろ愛国者団体にしろ、今度こそこの名前をさきに思いついたやつが誰もいないようにとチャブは心底思った。

ボードがしわくちゃの迷彩服姿でローンチェアから立ち上がり、すでに空《から》になったウォッカの壜を掲げた。「WCAに乾杯! 武器から何から、準備は万端だ」

「そうだ」とチャブは言った。「WCAに乾杯!」


同じ頃、シャイナーはヴァリウム(精神安定薬)で朦朧とした頭で、左の上腕に、鉄十字風に今彫られたばかりの〝WRB〟の文字を惚れ惚れと眺めていた。そのイニシャルの下には、火を噴くライフルを鉤爪でつかんで雄叫びを上げている鷲の絵が彫られていた。

彫り師が仕事場にしているそのハーレー・ダヴィッドスンの販売店は、ヴェロ・ビーチにあり、シャイナーはホワイト・ブラザーの仲間入りをする約束の場所、フロリダ・シティに向けて南下する途中、そこで最初の小休止を取ったのだった。〈グラブ&ゴー〉はきれいさっぱり辞めてきた。どうして店に一個所しかない障害者用駐車スペースにシャイナーのインパラが停まっているのかとオーナーのミスター・シンに訊かれ、シャイナーはカウンターの中で堂々と肩をそびやかして答えたのだった。「許可証を持ってるから」

「ふうん。どういうことなんだね?」

「うしろの窓に貼ってあるだろ? 見える?」

「ああ、もちろん。でも、きみは肢体不自由者じゃない。警察が来るぞ」

シャイナーはわざとらしく咳をした。「肺が悪いんだ」

「それは肢体不自由とはちがう」

「でも、障害があるってことだよ。肢体不自由と障害とはちがうんだよ。軍隊で肺を痛めちゃって」

ミスター・シンはほっそりした茶色い両腕を振って足早に外に出ると、障害者用ステッカーをさらによく調べ、甲高い声で言った。「これはどこで手に入れたんだ？　どうやって？　今すぐ教えてくれ」

シャイナーは満面に笑みを浮かべた。ミスター・シンの反応はチャブの偽造の腕がいいことの何よりの証しだった。

彼はミスター・シンに言った。「本物だよ、ボス」

「ああ、確かに。でも、どうして？　きみは肢体不自由者でも身体障害者でもなんでもないのに。私につまらない嘘をつくのはやめなさい。すぐに車をどかすんだ」

シャイナーは答えた。「それが障害者に対する扱いか、ええ？　こんなところ、辞めてやるよ。このターバン野郎が」

そう言って、彼はレジから百ドル紙幣を三枚つかむと、「おい、何をしてる！　返せ！」と抗議の声を上げるミスター・シンを肘で押しのけて店を出た。

ミスター・シンはシャイナーが盗んだビデオテープについても怒鳴っていた。ボード・ギャザーの指示で、シャイナーは店のスロー・スピード監視カメラからテープを抜き取っていたのだ（ボードに言われたのだ）。テープがまだ巻き戻しされておらず、ジョレイン・ラックスが宝くじを買った十一月二十五日の監視記録の上に新たに重ね取りされていない場合に備えて。

ボード・ギャザーは、グレンジの当たり券をなぜ彼らが持っているのか、万一警察に尋ねられたりした場合、そのテープがいかに重要になるか、ことさら強調していた。ボードとチャブが〈グラブ&ゴー〉にやってきたのが当選発表日以降であることが、容易に立証されてしまうからだ。

で、チャブとボードと別れると、シャイナーは彼らの指示に従ってすぐにその罪深いビデオテープを抜き取り、未使用のテープと取り替えたのだった。インパラを猛スピードで飛ばし、グレンジの町境を越えながら、シャイナーは思った。取り替えたのがどうしてミスター・シンにばれてしまったのか。あの小男は、強盗にはいられないかぎり、いつもはビデオなど点検しないのに。

実はミスター・シンはジョレイン・ラックスとトム・クロームの訪問を受けていたのだ。そのことを知っていたら、シャイナーにもそのわけがわかっただろう。ミスター・シンは、ジョレインとクロームに言われて〈グラブ&ゴー〉の防犯カメラを調べ、それで週末の記録が写っている監視テープが新しいものと取り替えられているのを知ったのだった。

いずれにしろ、盗んだビデオテープに関するシャイナーの疑念はすぐに消え、あとはもうタトゥーを入れる作業に夢中になった。シャイナーのタトゥーを彫ったのは、上半身裸のひげづらのバイク乗りで、骸骨の形をした銀のピンで乳首に穴をあけていた。藍色のBの最後の曲線を彫りおえると、針を置き、壁のソケットからコードを引き抜いた。シャイナーは思わず頬がゆるむのを抑えられなかった。バイク乗りに乱暴に腕をアルコールで拭かれ、それが飛び上がるほど痛くても。

なんていかした鷲なんだ！　シャイナーは嬉しくてならなかった。ボードとチャブに見せるのが待ちきれなかった。

勇ましいレタリングを指差し、彼はバイク乗りに尋ねた。「WRBはなんの略か知ってるかい？」

「もちろん。彼らのアルバムは全部持ってる」

「ちがうよ」とシャイナーは言った。「バンドじゃない」

「だったらなんだ？」

「じきにわかる」

バイク乗りは利口ぶった人間が嫌いだった。「それまで待てない」

シャイナーは言った。「ヒントをあげよう。憲法修正第二条に書かれてる」

バイク乗りは立ち上がると、商売用のストゥールをいきなり部屋の隅に蹴飛ばして言った。「だったら、おれもおまえにヒントをやろう、このマスカキ小僧。金を払ったら、その生《なま》っ白《ちろ》いケツごと、とっととここから出ていくんだな」

ディメンシオは涙を流す聖母像を意味もなくいじくりまわしていた。すると、玄関の呼び鈴が鳴った。ジョレイン・ラックスが身だしなみのいい長身の白人男と一緒に立っていた。ジョレインは水槽の一方の端を持ち、白人の男は反対の端を持っていた。

「こんばんは」と彼女はディメンシオに言った。ディメンシオとしては、ふたりを中に入れるしかなかった。

「トリッシュは食料品店に行ってる」と彼は意味のないことを言った。

ふたりは水槽を床の上に——ディメンシオのゴルフ・クラブの横に置いた。玄関の石段を登るときに傾いたため、小さなカメたちはみな水槽の一方の端に寄っていた。

ジョレイン・ラックスが言った。「友達のトム・クロームを紹介するわ。トム、こちらはディメンシオ」

ふたりの男は握手を交わした。クロームは首のもげた聖母像をじろじろと眺め、ディメンシオはあたふたと動きまわっているカメに眼をやった。

「どうかしたの？」とジョレインは尋ねた。

「いや、大したことじゃない。片方の眼の穴が詰まっちまってね」ディメンシオにはもう嘘をついても意味のないことがよくわかっていた。ばらばらになった聖母像、チューブ、ゴムのポンプ――それらが居間のカーペットの上にところ狭しと散らかっていたので。どういうことかはどんな馬鹿でもわかるだろう。

ジョレインは言った。「つまり、そうやって彼女に涙を流させてたのね」

「ああ、そういうことだ」

トムという男が香水の壜に興味を示した。

「韓国製の偽物だ」とディメンシオは言った。「でも、よくできてる。涙にいい香りをつけるためだ。巡礼者はそういうのが好きなんだよ」

「いい考えね」とジョレインは言った。友達のトムのほうは疑わしげな顔をしていたが。彼女はディメンシオに、取引きがしたいと申し出た。

「あなたとトリッシュに、わたしが帰ってくるまでカメたちを見ていてもらいたいの。車の中に新鮮なロメインレタスが一袋ある。それがなくなったときのためにお金も置いていく」

ディメンシオは言った。「どこに行くんだ、ジョレイン？」

「マイアミでちょっとやらなくちゃならない用ができたのよ」

「宝くじがらみの用？」

トム・クロームが口を開いた。「あんたはどんな噂を聞いてる？」

「当たり券が盗まれた。そう聞いてるが」とディメンシオは言った。

ジョレイン・ラックスは、グレンジに戻ってきたらすべてを話すと約束した。「秘密めかしたことをしてごめんなさい。でも、ときが来たらあなたにもわかってもらえると思う」

「マイアミへはどれぐらい行ってるんだ？」

「わからない」とジョレインは言った。「でも、取引きの条件はこうよ。わたしの子供たちを世話してくれたら千ドル払う。それが一日でも、ひと月でも」

トム・クロームはショックを受けた顔をした。ディメンシオはその金額に口笛を吹いた。

ジョレインは言った。「わたしはすごく真面目に言ってるんだけど」

真面目でしかもいかれてる、とディメンシオは内心思った。カメの世話に千ドル？

「取引きというよりお恵みみたいなもんだな、それは」彼はクロームの眼を避けて言った。

「わたしもそう思うけど」とジョレインは言った。「ただ……トリッシュから聞いたんだけど、猫を飼ってるんだって？」

「猫なんざ、くそくらえだ」とディメンシオは言った。「すまん。汚いことばで」

「予防注射は受けてる？　ドクター・クロフォードのところであなたたちに会った記憶がわたしにはないんだけど」

「ただのまぬけな野良猫だよ。トリッシュがポーチに残飯を置いてるだけのことだ」

「わかった」とジョレインは言った。「でも、その猫がわたしの赤ちゃんの一匹でも殺したら、取引きはおしまいよ」

「そんな心配は要らない」

「全部で四十五匹。数えたのよ」

「四十五匹」とディメンシオは繰り返した。「ちゃんと見張ってるよ」

ジョレインは前金として百ドルと、レタスの資金に二十ドル渡して、残りは旅から戻ってきてからだと言った。

「トリッシュは大丈夫かな？　爬虫類と仲良くやっていけるかな？」

「ああ、あいつは爬虫類に眼がないんだ。特にカメには」ディメンシオはどうにか真顔を保った。

そして、クロームがボール紙でできた使い捨てカメラを取り出したのを見て、何を撮るのか尋ねた。

「あんたの聖母像なんだが……写真を撮ってもかまわないかな？　友達が欲しがってるんだ」

ディメンシオは言った。「いいよ。ただ、もとに戻すのにちょっと時間をくれ」

「ありがとう。もとに戻したら、涙を流させてくれないかな？」

「ほう、涙も写真に撮りたいのか？」

「できれば」とトム・クロームは言った。「そんなに面倒じゃなければ」

8

トム・クロームとジョレイン・ラックスがサウス・マイアミの大学にほど近い〈コンフォート・イン〉に着いたときには、もう午前零時をまわっていた。無惨な切り傷や疵が人眼を惹くのはわかりきっていたので、ジョレインはクロームがモーテルのチェックインの手続きをするあいだ、車の中から一歩も外に出なかった。ふたりは隣り合わせの別々の部屋を取った。

クロームは楽に眠りについた。失業し、銀行には千三百ドルあるきりで、おまけに、薬物中毒者のふりをして離婚を拒みつづけている別居中の妻がいる身ということを考えると、それはもう奇跡と言えた。それでも脳に病を得るのにまだ充分でないとすれば、ひと月たらず関係を持っただけの女の夫である嫉妬深い判事に眼をつけられ、深刻な危害を与えられようとしているという事実まである。あまつさえ、クロームはそうした頭痛の種をすべて棚上げにして、まだあまりよく知らない女のために、無謀にも自らを危険にさらそうとしているのである。彼女を襲って盗みを働いた、武器を持っている異常者二人組を追跡するなどという危険に。

なのに、彼は子犬のようにぐっすりと眠れた。小犬のように——それはクロームが明るい陽の光の中で目覚めたとき、部屋にやってきたジョレイン・ラックスが口にしたことばだった。

「世の中に悩みなんてひとつもないみたいに」と彼女は言った。「でも、それはわたしの仕事に関して何より愉しいことのひとつね。子犬や子猫の寝顔を見るというのは」

クロームは両肘をついて起き上がった。ジョレインは、ホールター・ネックのスポーツシャツとサイクリング用のパンツを身につけていた。彼女は脚も腕もほっそりとしていたが、なかなか筋肉質だった。どうして今まで気づかなかったのだろう、とクロームは自分を訝った。

「赤ちゃんも同じように眠る」と彼女は続けた。「でも、赤ちゃんを見てると悲しくなる。どうしてだかわからないんだけど」

「それは、彼らの未来には何が待ち受けてるか、きみが知ってるからだ」クロームは体を反転させてベッドから降りようとしたが、そこで自分が下着しか身につけていないことを思い出した。

ジョレインはタオルを彼に放った。「あなたってけっこうシャイなのね。うしろを向いててあげようか？」

「それには及ばない」バスタブの一件のあとでは隠すものなど何もない。

「シャワーを浴びてきたら？」と彼女は言った。「のぞかないって約束してあげる」

クロームがバスルームから出てくると、ジョレインは彼のベッドで眠っていた。彼はしばらくその場に佇み、彼女の規則的な寝息に耳を傾けた。このさきに待ちかまえている危険を思うと、こんなにもおだやかな気分でいられることが彼自身驚きだった。なじみのない使命感が体の中から湧き起こっていた。そして、そのことに力を与えられているのがわかった。が、その意味まで深く考えるのはやめておいた。ひとりの女がひどい被害を受けた。被害を負わせたやつらは当然それ相応の報いを受けるべきだ。彼女に手を貸すよりほかにこれといってすることもないということもあるが。しかし、銃を持った異常者たちを追って南フロリダを旅するほうが、現代のやもめ暮らしについて愚にもつかない特集記事を書くよりずっといい。

電話の声で彼女を起こしたくなかったので、彼は足音を忍ばせて隣のジョレインの部屋に行った。二時間後、腫れぼったい眼をして部屋にはいってきたジョレインが言った。「すごい夢を見た」

「いい夢、悪い夢？」

「あなたが出てきた」

「それ以上は言わないでくれ」

「熱気球に乗ってるの」

「ふうん」

「カナリア・イエローとオレンジ色のストライプの」

クロームは言った。「おれとしちゃ、かっこいい馬のほうがよかったけど」

「白？　黒？」

「どっちでもいい」

「ええ、そのとおりね」ジョレインは眼を大げさにぐるりとまわした。

「走りさえすれば」とクロームは言った。

「だったら、この次は馬にしてあげる」彼女は欠伸をすると、正座して床に坐り込んだ。「起きてから今まであなたは働きバチみたいに忙しくしてた、ちがう？」

クロームはジョレインに、この追跡に必要な資金をいくらか確保したと言った。当然彼女はその金の出所を知りたがったが、クロームはことばを濁した。彼が昨日退職したことをまだ知らない新聞社の信用組合が、快くローンを組んでくれたのだが、そんなことを言おうものなら、ジョレイン・ラックスはきっと大騒ぎするだろう。「連中をこのまま泳がせるために」

「きみのヴィザの支払い用に三千ドル用意した」と彼は言った。

「でも、それはあなたのお金なんでしょ！」

「おれのじゃない。新聞社のだ」と彼は言った。

「嘘！」

「きみは必要経費ってことばを聞いたことがないのかい？　宿泊費もガソリン代もみんなあとで返ってくる」

クロームは大物ぶって言ったものの、ジョレイン・ラックスがその嘘を信じたかどうか、どちらとも判断がつかなかった。彼女はただ爪先を揺らしただけで、それだけだとどちらとも取れた。

彼女は言った。「おたくの新聞社はこのことをよくよく記事にしたがってるのね」

「そう、おれたちはそういう世界にいるのさ」

「それがマスコミ業界ってわけよね。わかったわ。詳しい話を聞かせて」

「きみを痛めつけた連中だが」とクロームは言った。「彼らはまだきみの当たり券を換金してない。タラハシーに確認したんだ。そいつらは自分たちの名前すら届け出てない」

「わたしが警察に行かないことが確かめられるまで様子を見てるのよ。あなたの予想したとおり」

「一週間、おそらく十日ぐらいは待つんじゃないかな。チケットが熱くなりすぎてポケットに穴をあけるぎりぎりまで」

「それはつまり、あまり時間はないってことね」

「ああ。まあ、おれたちにつきがなければ、そいつらを探し出すのはむずかしいだろう」

「ということは……?」

彼女は同じ質問をすでにしていたが、クロームには今もまだ答えが用意できていなかった。そいつらは何者なのか、どこに住んでいるのか、銃器展示会で何を買ったのか。そういうこともまだわかっていないのだ。〈グラブ&ゴー〉から問題の夜のビデオテープを盗むのを忘れなかったことを考えると、クロームが当初考えていたほど彼らも馬鹿ではないことだけはわかったが。

トランクの中にレミントンがはいっていることをもう一度彼に思い出させて、ジョレインが言った。「ショットガンのいいところは誤差の許容範囲が大きいこと」

「きみはこれまでに人を撃ったことがあるのか」

「いいえ、トム。でも、銃のことはよく知ってる。父さんがしっかり教えてくれたから」

クロームは彼女に電話を差し出した。「心やさしいヴィザの人たちに電話するんだ。われらがクソ野郎どもはいったい何を企んでるのか、まずそこから調べよう」

シンクレアは、ただのはったりであってほしいという願望から、トム・クロームが辞めたことを〈レジスター〉の誰にもまだ話していなかった。優秀な記者というのは気まぐれで直情的なものだ。新聞業界の経営管理講座でそう教えられたのをシンクレアは思い出した。

そんなところへ警察まわりの女性記者が彼のオフィスにやってきて、その女性記者の取材報告コピーに、彼の心は手ひどく搔き乱された。その報告書には、クロームの家の窓が何者かに銃で撃たれたこと、クロームの消息がわからなくなっていることが書かれていた。血痕も死体もなく、警察はその事件を無差別の破壊行為と見ていたが、シンクレアにはもっと深い意味があるように思われた。

これからどうしたものか。そんなことを考えていると、妹のジョーンがグレンジから電話をかけてきた。興奮気味に、最新の噂話を伝えてきた。宝くじに当たったジョレイン・ラックスが、新聞記者らしい白人男性と昨夜町を出ていった、と。

「それって兄さんのところの記者じゃない？」

シンクレアは嫌な予感を覚えながら、ペンと紙を手探りで探した。記者の経験はなかったので、メモを取るのに慣れていなかった。

「もう一度最初から言ってくれ。ゆっくり話してくれ」

ジョーンはさらなるゴシップをまくし立てた。〈グラブ&ゴー〉の店員も姿を消したこと。その店員が、当初はジョレイン・ラックスに当たり券を売ったのは自分だと言っていたのに、あとでその意見を変えたことなどなど。

「なんとね」シンクレアはそう言って、手が攣《つ》りそうになりながらもメモを続けた。

「復唱させてくれ」

その不審な店員は事件に意外な展開をもたらしてくれそうだった。ジョーンはシャイナーについて地元の人間が知っていることを手短に兄に説明した。ジョーンの話がシャイナーの母親の生業と道路のイエス・キリストのしみに及ぶと、シンクレアは話を遮って言った。

「ちょっと待った。彼らは——その店員と新聞記者とラックスという女だが、一緒に旅をしてるのか？　そういうことなのか？」

妹は答えた。「そういう推理はいくらでもできると思うけど、わたしの個人的な意見を言わせてもらえば、彼らはバミューダ諸島に向かったんじゃないかな」

シンクレアはむっつりと〝バミューダ諸島〟とメモに書き留め、自らの疑念を示すために、そのあとにクエスチョン・マークを書き加えた。そして、情報を寄せてくれた礼を言った。また何か新しい情報があったら電話をするわ、とジョーンは陽気に請け合った。電話を切り、シンクレアはオフィスのブラインドを下ろした――それは（本人は気づいていなかったが）彼の部下全員にとって、緊急事態発生という信号だった。

これから自分はどうすべきか。シンクレアはひとり懸命に考えた。トム・クロームの今後が気になった。それはあくまで〝政治的に〟という意味にしろ。デスクというのは、自分の記者を管理しているという幻想を持ちつづけることを――少なくとも彼らの居所ぐらい大まかに把握していることを――期待される仕事だが、ことクロームに関するかぎり、事情はいささか複雑だ。彼と日々一緒に働くという気苦労とは無縁の高みにいる編集局長がクロームを貴重な人材と見なしているからだ。クロームが編集局長の信頼を得たのは、おおかたあの特集記事――ときに観客まで巻き込んで、ズッキーニやヤムイモや凍った雛鳥を使ったオナニーを披露して、始終物議をかもしていた若い女性パフォーマンス・アーティストの紹介記事——が功を奏したのだろうと、シンクレアは皮肉な見方をしていた。それはクローム自身かなり苦労した記事で、その若い女性アーティストの芝居がかった行為に、ささやかな象徴的意義を無理やり見いだすことでどうにか恰好をつけた記事だった。が、そのいくらか同情的な内容が幸いし、国家芸術基金の彼女への毎年一万四千ドルの補助金給付が復活し、そのことに痛く感謝した彼女がクローム（いつものことながら、市内にはいなかった）に礼を言おうと、新聞社にやってきて、かわりに編集局長本人（編集局長はもちろん彼女を外に連れ出した）が会ったのだった。クローム本人は、一週間後、給料に七十五ドルのボーナスが含まれているのに気づいて戸惑ったものだ。

人生は公平か。愚にもつかない問いだ。シンクレアもそれぐらい知っていた。思いがけず——と彼は思った——クロームが病院や留置所や死体保管所や、何かスキャンダルの現場に姿を現わしたりすれば、おれのキャリアが危険にさらされることはまずまちがいない。が、ふたつの決定的な過ちを犯したおれには、その状況をどうにもできない。過ちのひとつはクロームの辞職を許可したことだ。もうひとつはそれを新聞社の誰にも知らせていないことで、だから、上司たちはまだクロームがおれのもとで働いていると思っている。

それはつまり、万が一クロームが死んだり、トラブルに巻き込まれたりしたら、その責任はシンクレアにあるということだ。行方不明の記者を見つけるための知恵も動員力も持たないシンクレアは、必死になって言い逃れを考えた。そして、二時間かけて、トム・クロームと最後に会ったときの詳細をでっち上げた。クロームは明らかに以前から深刻なストレスを抱えていた、それが暴発して、辞めてやると叫んでシンクレアの机をひっくり返し、足を踏み鳴らして編集室から出ていった。そんな山場まで用意した。彼としては、取り乱した友の辞職など受け入れられるわけもなく、有給傷病休暇という分別ある処置をした。が、クロームのプライヴァシーを重んじて、誰にも――編集局長にも――このことは口外すまいと心に決めた。そういった〝詳細〟を苦労して書き上げた。

そして、それを六回ほど読み返した。そこには、部下の精神状態に疑問を投げかけ、事態を憂慮しながらも、組織に忠実な、絵に描いたような管理職がいた。経営管理における巧妙な詭弁《きべん》。

こんなものが必要になるとはまず思えないが、とシンクレアは思った。トム・クロームは、頭のおかしな宝くじ女のことなど忘れて、何事もなかったかのように〈レジスター〉の職場にまた戻ってくるはずだ。

それでも、一抹の不安が残った。彼は、虫がのたうつようなほとんど判読不能な自分の走り書きにちょっとばかり胃を締めつけられた。

バミューダ諸島だと？

チャブは盗んだ宝くじをどこにしまっておくか、まだ決めかねていた。ボード・ギャザーのコンドームと同じくらい巧妙な隠し場所がなかなか見つからないのだ。最初は自分の靴の中に入れていたのだが、夜になるまでに汗でじっとりと湿ってしまい、チケットの〝外観が損なわれた場合〟――これは法律用語で、濡れたり悪臭を放ったりしている場合も含まれる、とボードから大雑把に説明を受け、いずれにしろ、宝くじ事務局は換金に応じないと忠告されたのだった。チャブはそのことばに素直に従い、いつも持ち歩いているホローポイント弾の箱にチケットを移したのだが、またもやボードに異を唱えられた。もし火事にでもなったら、ズボンの中で弾丸《たま》が暴発して当たり券の番号が判読不能になってしまう、と。

ほかにチャブが思いついた唯一の隠し場所が、どこかの外国映画の刑務所もので見た巧みなやり方だった。その映画の主人公の囚人は、秘密の日記を肛門に隠していた。チューインガムの包み紙に豆粒のような文字で何もかも書きつけ、看守に気づかれないように小さく折りたたんで尻の中に突っ込んでいたのだ。チャブの衛生状態にボードがくだしている低い評価を考えると、彼が尻の穴計画に大反対するであろうことは容易に予想でき、当然、その予想は当たっていた。

「アルミホイルに包んだら？」とチャブは言ってみた。

「くそクリプトナイト（スーパーマンの超能力を無力化する物質）の中に隠してくれてもおれはかまわない。だけど、ケツの穴だけは駄目だ」

で、結局のところ、当たり券は大判のバンドエイドで、毛の生えていないチャブの右脚の腿の外側に貼りつけられることになった。そのあたりはチャブの強烈な汗にも比較的汚れていないように見えた（それはボードも認めた）。ボードは、もし風呂にはいりたいときには、あるいは万一はいりたいなどと思うようなことがあったら、そのときには忘れずにバンドエイドを剥がすようにと念を押した。

チャブとしてもそこまでの侮辱は聞き捨てならず、ボードに警告を発した。「口の利き方に気をつけないと、おまえの大切なトラックが取り返しのつかないことになるぞ。宇宙服がなきゃ近づけないようなことにな」

「おいおい、落ち着けよ」

そのあとふたりは、いつものように朝食のオレンジ・クラッシュ（オレンジ・ソーダ）とドリー・マディスン（ペイストリー）を買いにセブンイレブンに行った。ボードは新聞をくすねてグレンジの宝くじ強盗に関する記事を探し、何も書かれていないことを知ってほっとした。チャブが銃を撃ちたい気分だと言い出し、ふたりはＡＲ-15とビール一ケースを取りにボードのアパートに寄ってから十八マイル・ストレッチを南に向かい、小さな人造湖へ続く砂利道にはいった。そこからさほど離れていないところに、ボードがかつて四ヵ月ばかり過ごした刑務所がある。人造湖の畔では、ホルスターと耳栓をつけた身なりのいい男たちの一団に出くわした。そこに並んでいる車種――最新型のチェロキー、エクスプロアラー、ランドクルーザー――や、整然と駐車されている様子から、ボードは、家庭における防犯技術を磨くためにやってきた妻子持ちの郊外族だろうと思った。実際、その男たちはみな整然と並んで立ち、警官が使うような紙のシルエットを狙って、オートマティックやセミ・オートマティックを撃っていた。が、そんなグループの中に黒人がひとり、キューバ人らしい男がふたり、おそらくユダヤ人だろう、すらりとした強靱な体つきの男がひとりいるのがわかると、ボードは急に不安になり、義勇軍の指導者としての立場を自覚して言った。

「行こう。ここは安全とは言えない」

「まあ、見てなって」チャブは、しかし、そう言うと眼帯を剥がして、銃を撃っている男たちの列のほうへぶらぶらと歩いていった。そして、慣れた手つきでAR‐15を構えると、耳をつんざくほどの轟音を轟かせて、一瞬のうちに紙の的を全部ちりぢりに吹き飛ばした。さらに、何百メートルも頭上を飛んでいる、群を離れたコンドルも狙って撃った。郊外族の夫たちは無言のまま銃を片づけてすぐに引き上げた。耳栓も取らずに車で走り去る者もいた。その様子に、ボード・ギャザーは腹を抱えて笑った。

チャブはクリップを半ダースも使いきると飽きてしまい、ライフルをボードに渡した。ボードは撃つのは断わった。銃の爆音で二日酔いのための強烈な偏頭痛がまたぶり返してしまい、今はただひたすら静けさが欲しかったのだ。ふたりは湖の畔に腰をおろしてビールを飲んだ。

ややあって、チャブが言った。「で、いつ換金できるんだ?」

「もうすぐだ。でも、そこのところは慎重にな」

「あの黒んぼ女なら、ひとこともしゃべりゃしないよ」

「たぶん」とボードは言ったものの、彼女との取っ組み合いが脳裏に甦ると同時に、彼女がさほど怖がっているように見えなかったことが思い出された。怒り狂っていたのは確かだ。チャブがカメを撃ちはじめると、赤ん坊みたいに泣き叫びもした。しかし、あれだけ痛めつけられたというのに、震え上がって動物的なパニックに陥るということはなかった。もしこのことを誰かにしゃべったら、戻ってきておまえを殺すぞという脅しを理解させるのには、とりわけ苦労を要した。だから、ボードとしては信じたかった。彼女が自分たちの脅しに心底震え上がっていることを。不安に駆られていることを。

チャブが言った。「明日になったらおれとおまえでタラハシーに行って、金を手に入れよう」

ボードは辛辣《しんらつ》に笑った。「今日はまだ自分の顔を鏡で見てないのか？」

「交通事故にあったって言やいい」

「事故の相手は？　オオヤマネコか？」

「おれたちの見てくれがどんなにひどかろうが、やつらとしちゃ金を払わなきゃならない。不治の伝染病にかかってたって、くそ野郎どもは金を払わなくちゃならないんだよ」

ボード・ギャザーは、仲のいいふたりの友達が五百キロも離れた場所で買われた当たり券二枚を持ってきて、同じ宝くじの同じ額を換金するというのはどんなに奇妙なことか、辛抱強く説明した。

「だから、こうするんだ。おれもおまえも互いに知らない者同士のふりをするんだ。

宝くじ事務局に対しては」

「なるほど」

「誰に尋ねられようと、おれは千四百万ドルの当たり券をフロリダ・シティで買い、おまえはグレンジで買ったことにするんだ。おれたちは一度も顔を合わせたことなんかないことにな」

「わかった」とチャブは言った。

「それからもうひとつ。おれたちはタラハシーには一緒に行かない。ひとりが火曜日に行って、もうひとりは一週間ぐらいあとに行く。万全を期すためにな」

「で、そのあと」とチャブは言った。「金を一緒にする」

「よくわかってるじゃないか」

チャブは声に出して計算した。「最初の小切手が七十万ドルだとすれば、二倍で百四十万ドルか」

ボード・ギャザーは言った。「税込みでな。それを忘れるな」彼の頭痛は頭蓋骨がまっぷたつに割れそうなほどひどくなっていた。チャブのしつこさはその痛みを悪化させることこそあれ、和らげてはくれなかった。

「ただおれが訊きたかったのは」とチャブは言った。「どっちがさきに行くかってことだ。どっちがさきに金を換えにいくか」

「それにどんなちがいがある?」

「いや、ないとは思うけどさ」

ふたりはトラックに乗り込むと、砂利道を走り、ストレッチに戻った。窓の外を眺めているチャブにボードが言った。「気持ちはおれもおまえも変わらない。待たされるのが好きなやつはいない。それに、金が早く手にはいればはいっただけ、〈ホワイト・クラリオン・アーリアンズ〉を早く立ち上げられる。まずは新兵の募集を手早くやって、防空壕とかあれこれつくらないとな」

チャブは煙草に火をつけた。「だったら、それまでのあいだ金はどうする?」

「いい質問だ」とボード・ギャザーは言った。「あの黒人女はもうクレジット・カードを解約しちまったかな」

「たぶん」

「確かめる方法がひとつある」

チャブは煙草の煙で輪をつくった。「そりゃあるだろうよ」

「タンクのガソリンが四分の一になった」とボードは言った。「こういうのはどうだ。ハイウェイのシェルのガソリンスタンドで、セルフ・サーヴィスのポンプを試してみるんだ。でもって、もしヴィザがはねつけられたら、すぐずらかる」

「ほう？」

「ああ。それぐらいなんの害もない」

チャブは言った。「はねつけられなかったら？」

「その場合はもう一日愉しく過ごす」

「そりゃいい」チャブは満足げにもぞもぞ体を動かした。すでに手羽先のバーベキューと、つややかなオレンジ色のショートパンツ姿のブロンド美人の白昼夢を見ていた。


銀行のコンピューターで、ジョレインのヴィザ・カードが前日の午後の〈フーターズ〉以来使われていないことがわかった。

「さて、お次は？」と彼女は受話器を振って尋ねた。

「ピザを注文しよう」とトム・クロームは言った。「連中がまた馬鹿な真似をするのを今はただ待つしかない」

「馬鹿な真似をしなかったら？」

「きっとするさ」と彼は言った。「我慢できるはずがない」

ピザはヴェジタリアン・メニューで、運ばれてきたときには冷めていた。それでもふたりは食べた。そのあと、ジョレインは仰向けに寝転がると、両腕を首のうしろで組んで膝を曲げた。

「腹筋運動《シットアップ》？」とトム・クロームは尋ねた。

「これはクランチ」と彼女は言った。「手を貸してくれる？」

クロームは床に膝をついて、ジョレインの足首を押さえた。ジョレインはウィンクをして言った。「まえにもやったことがあるのね」

クロームは心の中で数を数えた。ジョレインは難なく百回やったあと、眼をきつくつぶってもう百回やった。一分間の休憩のあと、彼は言った。「これは驚いた」

ジョレインは顔をしかめて起き上がると、拳を腹にあてて言った。「あの連中にかなり痛めつけられた。三百五十回から四百回はできるのに」

「もうちょっと気楽に考えるんだな」

「あなたの番よ」と彼女は言った。

「遠慮するよ」

しかし、次の瞬間にはもうクロームは仰向けにされていた。が、彼女は腹筋運動のパートナーがするように彼の足首を押さえてはなかった。かわりに彼の胸の上にまたがり、腕を押さえていた。

「わたしがどう思ったかわかる?」と彼女は言った。「あなたがさっき言ったことについて。白でも黒でもかまわないって言ったことについて」

「あのときは夢と馬の話をしてたんじゃなかったっけ?」

「あなたはね」

トム・クロームはわざと体を萎《な》えさせた。できるだけ体の接触を避けようとした。接触自体はとてつもなくすばらしかったが。それでも、何か気をそらすことを考えた。全身の血を冷ましてくれるようなことを。たとえばシンクレアの顔を思い浮かべるとか。しかし、クロームにはどうしても思い出すことができなかった。

ジョレインは言った。「こうした話し合いをするのも大事なことじゃないかと思うんだけど……」

「それはまたあとで」

「だったら、やっぱりかまわなくないのね。白か黒か」

「ジョレイン……」

彼女は今、鼻と鼻が触れ合うくらいまで顔を近づけ、体を強く押しつけていた。「トム、ほんとうのことを言って」

クロームは顔をそむけた。萎えさせておくのはもはや無理だった。

い？」

「何？」

「あなたは今この瞬間、わたしが不器用な誘惑でもしてるんだって勘ちがいしてな

「トム？」

「今からおれのことはいかれ頭と呼んでくれ」

ジョレインは体を離した。クロームが起き上がると、彼女はベッドに腰かけ、彼に鋭い視線を向けていた。「シャワーを浴び直したら？」

「おれたちは仕事上のつきあいだと思ってたんだがね」と彼は言った。「おれは記者で、きみは取材の対象だと」

「だから、質問をするのは唯一あなただけってわけ？　それってフェアじゃないわ」

「だったら、いくらでも質問すればいい。でも、レスリングはなしだ」まったく、こいつには適わない、とクロームは思った。

ジョレインは即座に切り返した。「わかった。だったら訊くけど、あなたには黒人の友達が何人いる？　つまりほんとうの友達のことだけど」

「どんな肌の色にも親しい友達はあまりいない。おれはいわゆる社交的なタイプじゃなくてね」

「ふうん」

「職場で一緒に仕事をしてる黒人はいる。社説担当のダニエル。時々、一緒にテニスをする。それからジムとジーニー。ふたりは弁護士だ。一緒に夕食を食べる」

「それがあなたの答え?」

クロームは屈した。「わかった。答えはゼロだ。黒人の親しい友達はひとりもいない」

「思ってたとおりね」

「でも、つくろうとはしてる」

「ええ、そうでしょうとも」とジョレインは言った。「ちょっと出かけない?」

9

ジョレインの友達は二十分遅刻し、その間、トム・クロームは人生で最も長い二十分を過ごした。リバティ・シティの〈シローズ〉という酒場で待ち合わせたのだが、ジョレイン・ラックスはジンジャーエールを飲み、ビアナッツをつまんで待った。大きなフロッピー・ハットにピンクがかったまるいサングラスという恰好で。トム・クロームのほうは、どんな恰好をしていようと、そんなことは少しも問題にならなかった。彼はその店で唯一の白人だった。そのことに常連客の何人かが気づいたが、歓迎の気持ちはまったく示されなかった。

ジョレインが言った――カウンターに手帳を出してメモを取るように。「そうすれば、仕事のつきあいのように見える」

「いい考えだ」とクロームは言った。「手帳を部屋に置いてきてなければ」

ジョレインは舌打ちをして言った。「あなたたち男って、体に糊でくっつけてないと、ちっちゃなものは忘れちゃうのよね」

クロム染料で染めたような奇妙なカツラをつけた、ひょろりと背の高いオカマがクロームに近づいてきて、四十ドルでフェラチオをすると言ってきた。

クロームは言った。「いや、結構だ。デート中なもんでね」

「彼女のほうならただにしてあげるけど」

「そそられるわね」とジョレインは言った。「でも、やめておくわ」

オカマは骨ばった手でクロームの脚をつかんで言った。「ドリーはノーという答えは受けつけないの。それとドリーはバッグの中にナイフを持ってるんだけど」

ジョレインがクロームに身を寄せて囁いた。「彼に二十ドルあげて」

「冗談じゃない」

「はっきりしなさいよ」とドリーは言った。馬鹿げたつけ爪がクロームのふくらはぎに食い込んだ。「さあ、お兄さん。あんたの車に行きましょうよ。お望みなら、そのいかしたレディも一緒でいいわよ」

クロームは言った。「そのドレス、気に入ったよ。昔は仮装パーティで鳴らしたクチなんだね？」

オカマは気管支を震わせるような笑い声をあげ、クロームの脚をさらに強く締めつけて言った。「ドリーちゃんは今、男の子をぞくぞくさせちゃってるみたい」

「いや、おまえさんは男の子を苛々させせてるだけだ」

クロームはドリーの親指を時計まわりにひねり、関節をはずして、膝からドリーの手を離れさせた。ぽきりという音がして、酒場が急に静まり返った。ジョレイン・ラックスは感心し、彼がどこでそんな技を習ったのか教えてもらわなくては、と思った。

オカマは悲鳴を上げて床に膝をつくと、折れ曲がった指を撫でた。ドリーの名誉を挽回するのにふたりのクラック常用者が現われた。支離滅裂なことをぶつぶつつぶやきながら、手にしたナイフをきらりと光らせ、足をふらつかせながら近づいてきた。が、そこでどちらが最初に白人男にナイフを突き立てるか、何回ぐらい刺すか、議論を始め、その場の雰囲気が目一杯盛り上がったところで、ジョレインの友達が現われた。その友達の登場で騒ぎは一気に収束した。ドリーは脱げたスパイクヒールのパンプスの片方を置き去りにしたまま、慌てふためいて逃げ去った。

モフィットというのがそのジョレインの友達の名前だったが、ヤク中の二人組についても、泣きわめいていたオカマについても、何も言わなかった。体格はミドル級のボクサー並みで、〝値段の張る〟弁護士みたいな恰好をしていた。一分の隙なく仕立てられたグレーのスーツに、チェックのシルクのネクタイ。フレームの細い、まるいレンズの地味な眼鏡をかけ、小さな携帯電話を持っていた。ジョレインには抱擁で挨拶し、トム・クロームにはわずかにただ会釈した。

バーテンダーがモフィットに、ダイエットコークと種抜きオリーブを入れたボウルを出した。彼はオリーブをひとつ口に放り込むと、ジョレインにサングラスを取るように言った。

そうして彼女の顔を調べてから、クロームのほうを向いて言った。「彼女の言い分は電話で聞いた。でも、あんたの話も聞きたい。あんたが彼女にこんなことをしたのか？」

「いや」

「こんなことを訊くのは、あんたの言うことが事実じゃないことがわかれば、あんたはたちまち救急車に乗せられて――」

「おれじゃない」

「――死体袋に入れられることになるからだ」

ジョレインが言った。「モフィット、彼じゃない」

三人はブースに移った。モフィットはクロームに名刺を求め、クロームが札入れから一枚取り出すと、〈レジスター〉など聞いたこともないと言った。そんなモフィットをジョレインが、そんなにかりかりしないで、とたしなめた。

モフィットは言った。「すまん。マスコミの人間というのはどうにも信じられなくてね」

「いや、これは驚いた」とクロームは言った。「われわれはもてはやされたり、感心されたりするのに慣れっこな人種なもんでね」

モフィットはにこりともせず、ジョレインに向かって言った。「それでどうするつもりなんだ、ジョー？　おれに何をさせたいんだ？」

「助けてほしい。それと、お願いだから、警察に行けなんて言わないで。警察に話したりなんかしたら、当たり券はもう絶対に取り戻せない」

モフィットは見事なばかりにあっさりと同意した。そのとき彼の携帯電話が鳴った。彼は電源を切って言った。「おれにできることならなんでもする」

ジョレインはクロームのほうを向いて言った。「わたしたちは幼稚園のときからの幼なじみなの。彼はわたしの幸せについて個人的な関心を持っていて、わたしも彼に対して同じ気持ちを持ってる」

「その男にまで嘘をつくことはないよ、ジョー。おれはきみからクリスマス・カードをもらえるだけで幸せと思ってる男だ」モフィットはそこでテーブルに拳を打ちつけて言った。「きみにこんなことをしたやつらについて話してくれ」

「無知蒙昧《もうまい》な貧乏白人」とジョレインは言った。「筋金入りの反動主義者。何より赦せないのは、やつらがわたしをニガーのくされ売女って呼んだこと」

「すばらしい」とモフィットはこわばった声で言って、コーラに手を伸ばした。クロームはモフィットの左の腋の下のふくらみにそのとき気づいた。

ジョレインが言った。「わたしたち、そいつらを追ってるの」

「追ってる?」とモフィットは疑わしげな顔をして言った。「どうやって?」

「彼女のクレジット・カードだ」とクロームが説明した。「それがそいつらの痕跡になってる」

モフィットはそのことばに力づけられたようで、金色のクロスのボールペンを取り出すと、カクテル・ナプキンの束に手を伸ばして一枚取り、几帳面な小さな文字で、ジョレインの話を書きとめた。宝くじの購入からトム・クロームと出会ったいきさつ、強盗、暴行、赤いピックアップ・トラック、〈グラブ&ゴー〉からなくなったビデオテープのことまで。彼女が話を終える頃には、モフィットは三枚のナプキンの両面を使いきっていた。彼はそれをきちんと折りたたむと、スーツの内ポケットに入れた。

トム・クロームが言った。「ひとつ訊きたいことがある」

ジョレインがクロームをこづいて、それには及ばない、と言った。モフィットは苛立たしげに体をもぞもぞさせた。

「あんたはどこかに勤めてるのか?」とクロームは言った。「普段はどんな仕事をしてるんだ?」

「それは想像に任せるよ」とモフィットは言うと、ジョレインに向かって言った。「一日か二日したら電話をくれ。オフィスじゃないほうに」

そう言って立ち上がり、店を出ていった。酒場はその後も静かなままで、ドリーとその仲間が戻ってくる気配はなかった。

ジョレインが慈しむように言った。「可哀そうなモフィット。わたし、いつもあの人をやきもきさせちゃうのよ。心配性だってことがわかってるのに」

「それで銃の説明もつく」とクロームは言った。

「ああ、あれね。彼は政府の仕事をしてるのよ」

「何をしてるんだ?」

「そのうち彼に説明させる」とジョレインは言って、ブースからするりと出た。「またお腹がすいてきちゃった。あなたは?」

アンバーのボーイフレンドはトニーといい、まえまえからアンバーに、仕事を辞めるようにうるさく言っていたのだが、彼女が〈フーターズ・ガール・カレンダー〉の準ミス・セプテンバーに選ばれると、態度をころりと変えた。以来、意気揚々と週に三、四回レストランに姿を現してはビールを飲み、酔いがまわればまわるほど、大きな声でアンバーの自慢をするようになった。そうやって、彼女は売約ずみだと、彼なりのやり方で穏健にまわりの客に知らしめているわけで、それは彼女にもよくわかっていた。

〈フーターズ〉がアンバーとあと三人のウェイトレスに、宣伝用ポスターのモデルになってくれないかと話を持ちかけたのはもう何ヵ月もまえのことだが、そのポスターは、フォート・ローダーデイルのビーチに屯《たむろ》している、さかりのついた大学生たちに無量で配られることになっていた。アンバーがトニーにその話をすると、彼はなぜか急にジムにかよいはじめ、ステロイド注射もうちはじめた。そして、十ヵ月後には十五キロ体重を増やし、アンバーが彼にタンクトップを着るのを禁止するほどの火ぶくれのような吹き出物を両肩につくっていた。

最初はアンバーも、トニーが不意打ちのようにレストランに現われることを歓迎していた。ほかのウェイトレスが彼をとてもハンサムで逞しい男と思っていたからだ。

だから彼女は、トニーが恥ずかしげもなくまだ両親に金を無心していることも、高校一年のときから教科書がまるで進んでいないことも、仕事が長続きしないことも、ベッドの上では大したことがないことも決して打ち明けなかった。が、過激なトレーニングを始めてからというもの、トニーは徐々に気むずかしく粗暴な男になり、シャワーを浴びている彼女の髪を引っぱり、濡れたまま無理やりベッドに連れていくようなことも一度あった。で、彼女としては別れることも考えたのだが、ほかにいい男も現われず、トニーはトニーで（少なくとも袖のあるシャツを着ていれば）見かけは悪くなく、アンバーの暮らす世界ではそれはそれで値打ちのないことではなかった。

仕事場に不意に姿を現わすのはもうやめてほしかったが。トニーの登場は気が散るだけでなく、収入にも響いたからだ。記録をつけてみたところ、トニーが現われると必ずチップが三割方減っていた。そんなわけで、ふんぞり返ってドアからはいってくる恋人の大きな図体が見えたその水曜日の夜――ただでさえ水曜日の夜は実入りがはかばかしくないのだ――準ミス・セプテンバーとしては、喜びも愛情も顔に表すことができなかった。〈フーターズ〉の陽気な雰囲気の中で、トニーは示威的な態度をますます増長させ、皿を運ぶ〝おれさまのプリンセス〟をことあるごとに捕まえては、大っぴらに抱きしめたり、キスしたり、尻を叩いたりするのだ。トニーがそうやって見せびらかすのは、アンバーにちょっかいを出そうとするほかの客の気を萎えさせるのが目的で、実際、その目的は達せられるのだが、それはまたチップを気前よく払おうという客の気持ちも殺いでしまうわけだ。不幸なことに。

その夜のアンバーの唯一の頼みは、七番テーブルにいる気色の悪い貧乏白人の二人組で、昨日クレジット・カードで彼女に百ドルのチップを残してくれた客だった。背の低いほうは洗濯したばかりの迷彩服を着て現われたが、ポニーテールの相棒のほうは——彼女のショートパンツを買おうとしたほう——服を着替えてもいなければ、ひげを剃ってもいないようだった。左眼に貼られている自転車のタイヤ用のゴムのパッチだけは新しく取り替えられていたが、その背後に何があるのか、アンバーは努めて考えないようにした。ふたりとも顔にはまだ無惨な切り傷のかさぶたが残っていて、まるでお互いに剃刀で傷をつけ合ったかのようで、実際、アンバーにはその可能性も捨てきれなかった。

が、実利的な目的に照らせば、彼らは粗野でもなければ気色悪くもなく、嫌悪を催させる相手でもなかった。ふたりは手羽先の皿を分け合っている、ハンサムでセクシーで洗練されたメル・ギブソンとトム・クルーズだった。アンバーはそのように彼らに接した。それは簡単なことではなかったが、百ドルは百ドル、背に腹は替えられない。

「ハニー」とポニーテールが言った。「〈ホワイト・レベル・ブラザーフッド〉のことは、あんたが言ってたとおりだった。彼らはくそいまいましいロックバンドだった」

「彼らのライヴはぜひ聞きにいくべきよ」とアンバーは言って、テーブルに冷やしたコロナビールを二本置いた。

ずんぐりした迷彩服のほうが、そのロックバンドの名前はジョークか何かなのかと尋ね、「メンバーにあんなに黒人がいるところを見ると」とつけ加えた。

アンバーは言った。「そうね、たぶんうけを狙ってるんでしょうね」

ポニーテールがビール壜の水滴がついた手のひらをこすりながら言った。「ボードは笑いごとじゃないと思ってる。おれもそう思ってる」

アンバーの顔に張りついたポスター・スマイルが揺らぐことはなかった。「彼らの音楽は最高よ。わたしが知ってるのはそれだけね」

そう言って、彼女はあいた皿を下げ、オニオンリングの追加注文を取ると、床をすべるようにしてテーブルを離れた。が、厨房に行くにはトニーのテーブルのすぐそばを通らなくてはならなかった。案の定、トニーは彼女のショートパンツのゴムのウェストバンドをつかんできた。

「今はやめて」とアンバーはトニーに言った。

「あのいけ好かないやつらは誰だ？」

「ただのお客よ。さあ、仕事に戻らせて」とアンバーは言った。

トニーはうなるように言った。「おまえに言い寄ってきてたんじゃないのか？　おれにはそんなふうに見えたが」

「こんなことしてたらボスに叱られる。もう放して。いいわね」

「まずキスをしてからだ」トニーは片腕で彼女を抱き寄せた。

「トニー！」

「トニーにはキスを。それでいい」

彼はレストランの店内のど真ん中で彼女に舌を入れてきた。貧乏白人の二人組もそれを見ているのに、アンバーは眼の端で気づいた。トニーも気づいたのにちがいない。アンバーが身を引き剥がすと、彼の顔には満面の笑みが浮かんでいた。

数分後、彼女がオニオンリングをテーブルに運んでいくと、ポニーテールが言った。

「あんたはキム・ベイシンガーにそっくりだな。みんなそう言ってるよ」

「ほんとう？」アンバーは嬉しそうなふりをした。自分ではダリル・ハンナに似ていると思っているのだが。

「ボードもそう思ってる。だろ?」

「そっくりだ」と迷彩服は言った。「それから言っとくと、こういうことに関しちゃおれのほうを信用してくれ。おれにはいい眼がまだ両方とも残ってるからな」

アンバーは言った。「嬉しいことを言ってくれるのね。ほかに何か注文は?」

「実を言うと、ある」とポニーテールが言った。「あんたがあの男にやったみたいな熱いキスをおれも注文したいんだが」

アンバーは真っ赤になった。迷彩服が潤んだ流し目で言った。「ああ、あれはメニューのどこにも載ってない」

ポニーテールは、アンバーがキスにあまり乗り気でないのを見て取ると、顔を上に向けて、汚れた指先で自転車のタイヤ用パッチを叩いた。「これのせいだ。あんたは身体障害者に偏見があるんだ、だろ?」

アンバーはチップが危機に瀕していることを(有能なウェイトレスなら当然のことながら)敏感に察知した。「いいえ、ちがうの。説明するわ。あれはわたしのボーイフレンドなのよ」

二人組は同時に椅子の上で身をよじり、フロアの反対側にいるトニーをもう一度品定めした。そのふたりの視線に、トニーは挑むような嘲笑で応じてきた。

ポニーテールが言った。「嘘だろ？　あんなやつがあんたのボーイフレンドだって？　あんなキューバ人が？」

キューバ人ではない、とアンバーは答えた。トニーはロスアンジェルスの人間だと。「時々、彼は調子に乗りすぎるのよ。気分を害したのなら、ごめんなさい」

口いっぱいにオニオンを頬ばって、ボードというほうが言った。「メキシコ人だな。やつらはカリフォルニアじゅうにいるって聞いたことがある」

カウンターの待機位置に戻る途中、アンバーはトニーのテーブルのそばで立ち止まり、何があったのかつっけんどんに話した。「あなたのせいで、わたしがお客さんみんなにキスしてるみたいに、あの人たちに思われちゃったじゃないの。サーヴィスのひとつみたいに。さあ、これで満足？」

トニーの眼が急に淀んだ。「あの薄汚いやつら、おまえにキスを迫ったのか？」

「みんなのためにもう帰って」とアンバーは小声で言った。

「ふざけるな。冗談じゃない」

「トニー、お願いだから……」

トニーは鼻の穴を広げて胸をふくらませ、肘を曲げて筋肉を示した。今ここに欠けてるのはトレーニング用の鏡だけ、とアンバーは思った。

トニーはきっぱりと言った。「あのろくでなしどもに思い知らせてやる」

「それはもう無理ね」とアンバーはいつのまにか二人組が姿を消したテーブルを苦々しく見やって言った。「もう行ってしまった」

それでも、現金が置かれていることをちょっぴり期待して、急いでテーブルに戻ってみた。案の定、何もなかった。勘定まで踏み倒されたのだ。最悪、とアンバーは思った。この分は給料から引かれることになる。

そこで彼女はいきなりペンキの溶解液のような、トニーのコロンのにおいに包まれているのに気づいた。彼がすぐうしろにやってきたのだ。「あなたのせいよ」彼女はそう言って、厨房に下がった。予想どおり、トニーは猛然とドアから飛び出していった。

二時間後、なんと貧乏白人の二人組がまた戻ってきて、同じテーブルについて坐った。

彼女は努めてほっとしたような顔をしないようにして言った。「どこに行ってたの？」

「ちょっと新鮮な空気が吸いたくなってな」とポニーテールが言い、煙草に火をつけた。「おれたちが恋しかったのかい？　あんたのボーイフレンドのキス・マシーンはどこへ行った？」

アンバーは聞こえなかったふりをした。「ご注文は？」

迷彩服がひとりに二本ずつのビールと手羽先をもう一皿注文してきた。「さっきの勘定につけといてくれ」そう言って、二本のずんぐりした指でヴィザ・カードをちらりと見せた。

アンバーが飲みものの用意ができるのを待っていると、女バーテンダーが彼女に電話を差し出して言った。「あなたによ、ハニー。誰だかあててみて」

もちろんトニーだった。わめいていた。

「ちょっとちょっと、落ち着いて」とアンバーは言った。「何言ってるんだか全然わからない」

「おれの車！」と彼は叫んでいた。「誰かがおれの車に火をつけやがった」

「なんですって！」

「おれの家のドライヴウェイで！　放火しやがったんだ！」

「いつ？」

「たぶんレスリングをしに出てるときだ。まだ燃えてる。五人がかりで火を消して
……」

女バーテンダーがコロナのトレイを持ってやってきた。アンバーはトニーに、車のことはなんて言えばいいかことばもないけれど、仕事に戻らなくては、と言って、「休憩時間に電話する」と約束した。

「アンバー、おれのミアタが！」

「ダーリン、話はよくわかったから」

彼女がビールと手羽先を二人組のところへ持っていくと、ボードという男のほうが言った。「シュガー、きみはおれたちのロックンロールの先生だ。〈ホワイト・クラリオン・アーリアンズ〉っていうバンドはあるかな？」

アンバーはしばらく考えてから答えた。「聞いたことがないけど」

「よかった」とボードは言った。

「よかったなんてもんじゃない」とポニーテールが言った。「くそラッキーってもんだ」

ジョレイン・ラックスはトム・クロームに、親指ひねりの技を教えてほしいとねだっていた。「〈ヘシローズ〉であなたがあのオカマにやってみせたあれよ」

信号で車を停めると、クロームは実演しようと彼女の左手を取った。

「あまり痛くしないで！」と彼女は大きな声を出した。

彼はただのひとつの動作で相手の親指をひねり上げ、使いものにならなくする方法をやさしく示した。こんな技をどこで習ったの？　とジョレインは尋ねた。

「社命で護身術の講座を受けにいかされたことがあったんだ」とクロームは言った。「特集記事の取材で。なのに、インストラクターはニンジャ・タイプで、体重は六十キロもないほどだった。なのに、あらゆる種類の卑劣な小技を知っていた」

「ふうん」

「眼に指を突っ込むなんていうのも役に立つ」とクロームは言った。「陰嚢をひねりつぶすのには絶大な効果がある」

「記者をしてると、そういうことが思いがけず役立つものなの？」

「いや、役に立ったのは今日が初めてだ」

信号が青に変わって車を発進させても、クロームがしばらく手を放さずにいてくれたことがジョレインには嬉しかった。ふたりはノースウェスト・セヴンス・アヴェニューの〈バーガーキング〉に寄って、車の窓を開けて駐車場で食べた。インターステイトからの騒音は聞こえてくるものの、そよ風がひんやりとして心地よかった。昼食のあと、ふたりはジョレインの子供の頃をめぐるツアーに出かけた。幼稚園、小学校、高校。彼女が夏のあいだ働いていたペットショップ。彼女の父親がかつて経営していた電気器具店。初めてのボーイフレンドとデートをしたガレージ。「彼は父さんのグランプリの手入れをしてたんだけど」とジョレインは言った。「潤滑油の注入はうまかったけど、人間関係は下手だったわね。リックというのが彼の名前」

「今はどこに?」

「さあ、想像もつかない」

クロームは運転を続けた。ジョレインは、ふと気がつくと、自分の人生で重要な意味を持つ男たちのことをあれこれ話していた。「モーテルに手帳を置いてきたこと、悔やんでない?」

クロームは笑みを浮かべたが、眼は道路からそらさなかった。「おれは記憶力抜群だからね」そう言って路線バスを追い越した。「モフィットはどうなんだ? 彼はその六人のリストにはいってないのか?」

「彼はただの友達」ジョレインはそう答え、クロームの興味が単に職業上のものなのかどうか思い、そうではないことを願っている自分に気づいた。「彼はわたしのふたりの姉の両方とつきあってたことがあった。わたしの親友とも従姉妹《いとこ》とも。それからジャクソン病院のわたしの上司の看護士とも。でも、わたしとはデートをしなかった」

「どうして？」

「お互いそんなふうに決めてたの」

「ふうん」とクロームは言った。〝お互い〟というのは信じられなかったが。ジョレイン・ラックスはどうしておれを求めなかったのか——モフィットはそんな自問を墓場まで持ち込むにちがいない。

「わたしたちはずっと昔から仲間なのよ」と彼女は話していた。「お互い相手のことを知りすぎたのね。そういう関係なのよ」

「なるほど」クロームはそう言い、パトカー二台と救急車がスピードを上げて通り過ぎるあいだ、道路脇に車を寄せた。サイレンの音が小さくなるのを待って、ジョレインが言った。「それに、モフィットはわたしには真面目すぎる。さっきあなたにもわかったでしょ？　だけど、なんでわたしはあなたにこんな話をしてるの？　わけがわからない」

「おれはとても興味深く聞いてるけど」

「でも、記事には全然関係ない」

「どうしてわかる?」とクロームは言った。

「わたしがそう言ってるから。とにかくこんなのはよけいな話よ」

彼は肩をすくめた。

「わたし、いったい何を考えてたんだろう?」とジョレインは言った。「あなたにこんな話なんかして。まず第一に、あなたは男で、こと男に関して、わたしの勘はまったくあてにならないのに。第二に、あなたはあろうことか新聞記者で、新聞記者を信じるなんて、いかれ頭のまぬけぐらいのものなのに。ちがう? で、最後に忘れてならないのは――」

「おれは骨の髄まで白人なのに」とクロームは言った。

「あたり」

「それでもきみはおれを信用してる」

「ほんとに不思議よね」ジョレインはフロッピー・ハットを脱いで後部座席に放った。「公衆電話に寄ってもらえる? 手遅れにならないうちにクララに電話しておかなくちゃ」

クララ・マーカムというのは、シモンズ・ウッドの売買を地主から任されている不動産仲介業者で、シモンズ・ウッドを買う意志のあることをジョレインは宝くじに当たった夜に電話で伝えていた。その二日後には、ちょっと事情があって手付け金を用意するのにもうしばらくかかるかもしれない、と告げざるをえなくなったわけだが、クララは、ほかからオファーがあってもすぐには受けず、そのまえに必ずジョレインに連絡すると約束してくれていた。彼女はジョレインの友達だった。

クロームは百二十五丁目通りのサブマリン・サンドウィッチの店のまえに公衆電話を見つけた。ジョレインが不動産屋に電話をすると、クララ・マーカム本人が出た。

「すごいのね、こんなに遅くまで働いちゃって」とジョレインは言った。

「忙しいのよ」

「わが友ケニーの調子はどう？」

ケニーはクララの肥りすぎのペルシャ猫だった。見事なまでの頬ひげを生やしているので、クララはカントリー・シンガーのケニー・ロジャーズに因んで命名したのだ。

「だいぶ回復してきてる」とクララは言った。「クロフォード先生には、毛髪結石の危機は脱したって言っておいて。でも、実はほかに残念なニュースがあるの」

ジョレインは深く息を吸い込んだ。「やっぱり。どこからオファーが出たの？」

「シカゴの労働組合の年金基金」

「で、彼らはショッピング・モールをつくるつもりなの？」

「ジョレイン、彼らはあらゆるものをつくるつもりみたい」

「提示額は?」とジョレインは沈んだ声で尋ねた。

「ちょうど三百万ドル。手付け金はその二割」

「ああ、なんてこと」

クララは言った。「一週間以内に返事が欲しいって言ってる」

「わたしには三百万以上出せる。でも、もう少し待って」

「ええ、ジョー、できるかぎり時間を稼ぐわ」

「あなたにはほんとうに感謝してる」

「クロフォード先生に塗り薬をありがとうって忘れずに言っといてね。ケニーもありがとうって言ってるって」

ジョレイン・ラックスは電話を切ると、縁石に坐り込んだ。サブマリン・サンドウィッチの店からどっと出てきたティーンエイジャーの一団が、彼女に危うくつまずきそうになった。

トム・クロームも車から降りた。「ほかに買い手が現われたんだね」

ジョレインはいかにもやるせないといったふうにうなずいた。「期限は一週間。わたしの宝くじを取り戻すのにたったの七日間しかない」

「それはつまりおれたちは頑張るしかないってことさ」クロームはジョレインの両手を引っぱって立ち上がらせた。

シモンズ・ウッドとして知られる土地は、グレンジの初期入植者を父に持つライトホース・シモンズが一九五九年から所有してきたもので、ライトホースはゆるやかに起伏した緑の広がりを個人の猟場として利用し、定期的にそこを訪れてはハンティングを愉しんでいた。が、その地に生息するほとんどすべての生きものを撃ち尽くすと、そのあとは釣りを始めた。フライ・ロッドはライフルほど熱く血をたぎらせてはくれなかったが、生きのいい小さなブルーギルやブラックバスを小川から釣り上げるのもそれはそれで愉しめた。が、最後には彼も年老いて魚を殺すこともしなくなった。

皮肉なことに、長きにわたるライトホースによるシモンズ・ウッドの管理に終止符を打ったのは、ハンターの銃弾だった。悲劇はたそれがれどきに起こった。ライトホースは小川の土手に立って身をかがめ、ふとした拍子に呑み込んでしまったレッドマンの嚙み煙草を吐き出そうとしていた。夕闇の中、大きな麦わら帽と黄褐色のスウェードのジャケットを身につけた老人が身をかがめた姿は——少なくともひとりの近視の不法侵入者にとっては——まさしく水を飲んでいる六本枝角の牡ジカを思わせた。

銃弾はライトホースの右の膝蓋骨を撃ち砕き、三度の外科手術を経ても、ライトホースには、たえまのない不快な痛みに悩まされることなくシモンズ・ウッドを歩きまわることが、もはやできなくなってしまった。保険契約にうたわれていた条項から電動車椅子が与えられたが、それは起伏のある土地にはなんとも不向きなもので、ある雨の朝、彼は松の切り株につまずき、車椅子ごとひっくり返り、四時間近くも身動きひとつできず、興奮しやすい野生の雄豚——もともとは狩猟の獲物として、ライトホースの父親がグレンジに持ち込んだ豚の子孫——に全身を泥だらけにされてしまう。その事故以来、ライトホースは二度とシモンズ・ウッドに足を踏み入れようとはしなかった。さらに、法的な手続きを経て、シモンズ・ウッドを農業地から商業地に区分変更する。それでも、その地を売る気にはどうしてもなれず、その結果、シモンズ・ウッドは長いこと（銃声に夜明けの静寂が破られることもなく）手つかずのまま放置され、ついに野生動物たちがまた姿を見せはじめるようになったのだった。が、ライトホースが七十五歳でこの世を去ると、彼の遺産管理人たちが売りに出したのだ。老人の息子や娘にとって、森はどんな感傷的な愛着も抱かせるものではなかった。彼らの眼には、ヴェネズエラのいくつかの新しい油井《ゆせい》やぐらやニューハンプシャーの冬のスキー・コテージ同様、潜在的に莫大な利益を秘めたものでしかなかった。

買い手として名乗りを上げたのは、〈左官業インターナショナル中西部協会〉の投資マネージャーを務めるバーナード・スカイアーズという男で、バーナード・スカイアーズに任されているのは、組織犯罪によって——具体的に言うと、シカゴのリチャード・ターボーン・ファミリーによって——労働組合の年金基金から毎年不正に何百万ドルも汲み上げられているのを隠蔽するために、基金の一部を投資するという微妙な仕事だった。

バーナード・スカイアーズの生計は——おそらくは彼の命も——ただひとえに、莫大な額の金をもっともらしいやり方で消失させられる投資先を見つける才能にかかっており、彼が土地開発に愛着を抱くようになったのはいわば自然のなりゆきだった。シモンズ・ウッドを将来莫大な利益を上げるショッピング・センターとして思い描いたことなど、もちろん彼には一瞬たりともなかった。グレンジは大型ショッピング・モールの建設にはまるで適さない。（容易に人を信じない国勢調査員によれば）グレンジは八〇年代と九〇年代のにわか景気のときですら、不振に喘いだフロリダで唯一の地方自治体だそうだ。高速道路を使ってやってくる観光客のささやかな流入によって、そもそも少ない人口がいくらかは増すものの、グランジを訪れる平均的な人々の統計的な実体は、小売商店主がいくらひいき目に見ても、〝低・低価格帯の購買者層〟にしか分類されない。どんな大型有名店も全国チェーン店も、出店しようなどとは夢にも思わない土地柄だった。バーナード・スカイアーズの投資計画は、もちろんそれを承知した上でのものだった。

そもそも目的は莫大な投資をして失敗することにあるのだから。年金基金は銀行のような役割を果たし、シモンズ・ウッドの購入資金を提供する。が、実際には、リチャード・ターボーンと彼の共同経営者たちの息のかかった建設会社が一連の契約を結ぶだけのことなのだ。シモンズ・ウッドもブルドーザーで整地され、切り拓かれるぐらいはするだろう。基礎のコンクリートが流し込まれ、おそらく塀のひとつやふたつも建てられることだろう。

が、そこから不運続きとなる。労働力と資材の不足。天候による工事の遅れ。建設ローン返済の滞り。思いがけず破産を申請する工事請負業者。さらに追い打ちをかけるように、テナント周旋業者が意気消沈して、完成まぢかの〈シモンズ・ウッド・モール〉に出店を希望する業者などほとんどないことを報告する。事業はエンストし、頓挫し、現場は廃墟と化す。フロリダにはそういった廃墟があちこちにある。

シモンズ・ウッド開発事業のほんとうの損失額がどれほどになるにしろ、〈左官業インターナショナル中西部協会〉の帳簿に赤インクでその額が記されるときには、それはすでに二倍になっており、それこそバーナード・スカイアーズがターボーン・ファミリーの裏金を隠す方法だった。労働組合の職員の中に不正を疑う者がたとえいたとしても、あえて追及しようなどと思う愚か者などいるわけがない。それに、全体的に見れば、年金基金はきちんと利益を上げているのだ。その点については、スカイアーズも細心の注意を払っていた。国税庁の税吏でさえその数字に異議をはさむことはない。不動産投資というのは誰もが知るように常に危険な賭けなのだから。勝つこともあれば、負けることもあるのだから。

損失が計上され、それ自体もう誰にも顧みられなくなったら、バーナード・スカイアーズは保険コングロマリットか、もしくは日本人に——馬鹿げたモールを完成させるなり、壊してつくり直すなりできる資金の持ち主に——シモンズ・ウッドを転売することを考えるはずだった。が、目下のところ、バーナード・スカイアーズが熱心に取り組んでいるのは土地売買契約の締結だった。

できるだけ早い時期での契約締結がリチャード・〝アイスピック〟・ターボーンの意向だった。「電話はするな」と彼はスカイアーズに言い渡していた。「とびきりいいニュースをおれに伝えられるまでは。どんなことをしてでも手に入れろ。わかったな？」

言われるまでもなかった。

ディメンシオにとって、その日はすべり出し上々とは言いがたかった。グラスファイバーの聖母像がまたしても不調なのだ。どうしてもうまく泣いてくれないのだ。今回は貯水ボトルと眼をつないでいるビニールの送水管に折り目がついてしまったのが原因で、一方の涙管からはほとんど涙が出ないのに、もう一方からは動脈血のように勢いよく涙がほとばしり出るというありさまで、額に涙をひっかけられたグァテマラの巡礼者が奇跡の信憑性について声高に異議を申し立てはじめた。その手厳しい非難の声は運よくスペイン語で発せられたために、ほかの観光客には理解できなかったが。聖母像のそばについていたトリッシュが、朝食のテーブルについているディメンシオに排水トラブルを詳しく伝えると、彼は、すぐにポンプをはずしてもう泣かせないようにしろと命じた。

「でも、今日はバスが来るのよ」とトリッシュはディメンシオに思い出させた。「ウエスト・ヴァージニアからの巡礼バスが」

「なんてこった」

ディメンシオは、一週間ごとに聖母像の落涙スケジュールを変えていた。泣く日だけでなく、泣かない日もなければいけないからだ。そうでなければ、神秘的な意味合いがなくなってしまう。さらにディメンシオは、最初の訪問で聖母マリアが泣かないことをむしろ喜んでいる巡礼者がいることにも気づいていた。そういう連中には休暇で再度グレンジを訪れる理由ができる。ヘラジカをこの眼で見ようと、毎年毎年イエローストーン国立公園を訪れる観光客と同じことだ。

だから、ディメンシオはこれまで、聖母像がうまく作動しないと妻から言われてもさして驚くことはなかった。週の半ばはたいてい暇だったし、予定外の泣かない日をつくるいい機会にもなるからだ。が、いまいましい巡礼バスのことをすっかり忘れていた。ウェスト・ヴァージニア州ホイーリングから六十人あまりの巡礼者がやってくるのだ。代表の伝道師はムーニーだかムーディだか、そんな名前で、一年おきに新しい巡礼者を引き連れてきてはフロリダじゅうを騒々しく歩きまわっていた。トリッシュがライム・パイを焼き、ディメンシオはそれにスコッチのボトルを添える。そのお返しに伝道師は、ディメンシオの祭壇に気前のいい献金をすることを信心深い信徒たちに呼びかける。そんなありがたい団体客が来るのである。涙は不可欠だった。

こうしたときの聖母像の噴水トラブルは深刻な危機を意味する。一方、修理のために聖母像を引っ込めて、朝の参拝を打ち切りにするわけにもいかない。そんなことをしたら、最も信じやすい人たちの疑惑まで招いてしまう。ディメンシオはカーテンの陰からこっそり前庭の様子をうかがい、像のまわりを注意深く歩きまわっているカモの数を数えた。九人いた。

「何かいい案が浮かんだ？」とトリッシュが尋ねた。

「静かに」と夫は答えた。「考えさせてくれ」

が、静かにはならなかった。部屋はむしゃむしゃとものを噛む音に満ちていた。ジョレインのヌマガメが朝食を愉しんでいる音だ。

ディメンシオは陰気な視線を水槽に向けた。ロメインレタスを食べやすいようにちぎってやるかわりに、水槽にまるごと放り込んだのだ。それを見て、狂乱状態に陥った子ガメたちは葉っぱの坂道をかじりながら登っていた。

それが妙に印象的な光景であることは、ディメンシオも認めざるをえなかった。レタスをむさぼり食う四十五匹のカメ。ふとディメンシオの頭に考えがひらめいた。「あの聖書はまだあるか？」と彼は妻に尋ねた。「挿し絵入りのやつだ」

「うん、どこかにあると思うけど」

「それからペンキが要る。模型屋でプラモデルの飛行機用に売ってるみたいなやつだ」

「バスが来るまであと二時間しかないんだけど」

「心配するな。そんなに時間はかからない」ディメンシオは水槽のところまで歩くと、身を屈めて言った。「さあ、スターになりたいやつはどいつだ?」

10

十一月二十八日、霧雨に山々が煙る朝、メアリー・アンドレア・フィンリー・クロームはマウイ島の〈モナ・パシフィカ鉱泉治療センター〉を退院すると、ロスアンジェルスに飛び、その翌日にはもう、ネットワーク放送される新発売の家庭用妊娠検査薬のコマーシャルのオーディションを受けていた。それが終わると、スコッツデールに飛んで地方巡業劇団に合流し、ミュージカル版『羊たちの沈黙』で、勇猛果敢な主役の若いＦＢＩ捜査官クラリスを演じた。メアリー・アンドレアのそうした足取りは、情報筋を通してトム・クロームの離婚専門弁護士、ディック・ターンクウィストに伝えられ、彼は令状送達人に、アリゾナのディナー劇場の舞台裏で待つよう指示した。が、メアリー・アンドレアはその待ち伏せ情報をどういうわけか聞きつけ、キャスト全員のコーラスがあるフィナーレのさなか——

〝おお、人食いハンニバル
おまえはなんとおいしくも邪悪なことか！〟

……誰がどう見ても芝居とは思えない痙攣《けいれん》を起こして倒れた。救急隊員が舌をだらりと垂らした女優をストレッチャーにベルトで固定して救急車まで運ぶあいだ、令状送達人は手をこまねいてただ見ているしかなかった。で、結局のところ、そうしたことの次第がディック・ターンクウィストの耳にはいる頃には、メアリー・アンドレア・フィンリー・クロームは奇跡的に意識を取り戻し、スコッツデール病院を退院し、レンタルしたサンダーバードで砂漠に姿を消していた。

ディック・ターンクウィストはその悪いニュースをトム・クロームにファックスで伝え、トム・クロームは、高速道路をはさんでマイアミ大学のキャンパスの向かい側にある〈キンコーズ〉でそのファックスを受け取った。が、文面に眼を通したのは、しばらくジョレインを乗せて車を走らせ、彼女が決めた〝張り込み場所〟の街灯の下に車を停めてからだった。

弁護士のその報告書を読みおえたクロームがファックス用紙を切れ切れに破るのを見て、ジョレインが言った。「その女の人は何を望んでるのか、わたしにはよくわかる」

「おれもだ。彼女は結婚を永久に続けることを望んでるのさ」

「いいえ、トム。彼女もいつかは離婚する気になる。でも、それは彼女主導でなければならない。そういうことよ」

「ありがとう、ドクター・ブラザーズ（著名な心理学者）」クロームは妻の未来など考えたくもなかった。そんなことを考えはじめたら、子犬のように眠ることなどもう決してできなくなる。それどころか、頭が割れるほどの頭痛と歯茎からの出血に襲われて目覚めることになる。

彼は言った。「きみはわかってない。これはメアリー・アンドレアにとってスポーツなのさ。おれと弁護士の追及をかわすというスポーツだ。競争みたいなものだ。彼女のゆがんだドラマ願望を満たすためのものなのさ」

「訊いてもいいかな、あなたは彼女にいくら払ってるの？」

クロームはけたたましい笑い声をあげた。「一セントも。一セントも払ってない。それがこっちの戦略だ。今まであらゆる手段を試してきた。月々の小切手を打ち切り、クレジット・カードを解約し、共同口座も解約し、彼女の誕生日を忘れ、ふたりの記念日も忘れ、彼女の母親を侮辱し、ほかの女と寝て、その数を思いきり誇張した。それでも、彼女は離婚しようとしない。裁判所に姿を見せようとすらしないんだよ」ジョレインは言った。「あなたが試してないことがあとひとつだけある」

「それは法に反することだ」

「黒人女とつきあってるって話すのよ。たいていそれでうまくいく」

「メアリー・アンドレアは毛ほども気にしないね。おい、あれを見てみろ」トム・クロームは駐車場の反対側を指差した。「あれは例のピックアップ・トラックじゃないか?」

「よくわからないけど」ジョレインは勢い込んで身を乗り出した。「でも、そうかもしれない」


その使い捨てカメラが郵便で届いた朝、ケイティ・バトゥンキルはそれを一時間仕上げのフォト・スタジオに現像に出した。トム・クロームはグレンジでかなり健闘してくれていた。彼の親指の写真は二枚だけ、あとは聖母像の祭壇の写真が数枚。その大写しの写真の中で、聖母像の眼は泣いているとしか思えない光を放っていた。

ケイティはハンドバッグにその写真を忍ばせ、夫と早めのランチを取るためにダウンタウンへ車を走らせた。結婚生活のすべてを共有し、何から何までオープンにするという自分の新しいポリシーを守るため、彼女はそのスナップ写真をテーブルの上のパンのバスケットとサングリアのピッチャーのあいだに置いた。

「トムは約束を果たしてくれた」と彼女は説明のつもりで言った。

アーサー・バトゥンキル・ジュニア判事はサラダ用フォークを置き、写真を手に取って一枚ずつめくった。彼のそのもの憂げな表情とピストンのような咀嚼《そしゃく》のリズムは、ケイティに草を食《は》む羊を思い起こさせた。

彼は言った。「で、これはいったいなんなんだね？」

「聖母マリア像よ。涙を流すっていう」

「涙を流す」

「ほら、ここを見て」とケイティは指差した。「この聖母像はほんものの涙を流すって言われてるの」

「誰がそんなことを言ってるんだね？」

「言い伝えよ、アーサー。ただそれだけのことよ」

「インチキくさいな」彼は妻に写真を返した。「で、きみのボーイフレンドの記者がこれをくれたわけだ」

ケイティは言った。「わたしが彼に頼んだの。それに、彼はもうボーイフレンドじやない。もう終わったのよ。あなたに何度も話したとおり、もうその話はしたでしょ、でしょ？」

彼女の夫はワインを一口飲み、キューバン・ブレッドをかじった。「ちゃんと私は理解できてるのかどうか、確認させてくれ。きみたちの関係は終わった。それなのに彼はまだきみに個人的な写真を送ってくる」

ケイティはワイングラスの脚をスプーンで叩くことで苛立ちを伝えた。「あなたってほんとうにちゃんと話を聞かない人ね。判事のくせに」

彼女の夫はくすくす笑った。ケイティはその卑屈な態度を見て思った。こうしてすべてに正直であろうとするのは、アーサーのような嫉妬深い人間に対してはかえってよくないことなのだろうか。もしかしたら、害のない秘密のひとつやふたつは、そのまま胸にしまっておくのが賢明なのかもしれない。

夫が少しは努力をしてくれたら、とケイティは思った。夫も自分と同じように心を開く努力をしてくれたら。そう思って、彼女はいきなり言ってみた。「それはそうと、ダナは元気？」

ダナというのは、アーサー・バトゥンキル・ジュニア判事が最近寝ているふたりの秘書のひとりだった。

「元気だ」と彼は宇宙飛行士のような冷静さで言った。

「それじゃ、ウィロウは？　まだあのプロ野球選手とつきあってるの？」

ウィロウはもうひとりの秘書で、アーサーの愛人第二号だった。

「彼らはまだ一緒に暮らしてる」と判事は答えた。「でも、オスカーは野球から足を洗った。肩の回旋腱板を壊したとかなんとか、そんなことで」

「それはそれは」とケイティは言った。

「腱炎だったかもしれない。いずれにしろ、学位を取るために大学に戻ったそうだ。レストラン経営学を勉強してるとウィロウは言ってた」

「それはいいことよ」とケイティは言いながら思った――もうオスカーの話はたくさん。

　判事は注文したタラの幼魚の料理が運ばれてくると、ほっとしたような顔をした。タラは焼かれてパスタの上に盛られ、その上にカニ肉とアーティチョークがのっていた。ケイティはさして思い入れもなく選んだ新鮮野菜入りキッシュを食べていた。夫が自らの不義のすべてを告白してくれると本気で期待していたわけではなかったが、ひとつぐらい認めても命に関わるわけでもないだろうに、と思った。ウィロウなら、手始めに勇気を出して告白するのには手頃な女なのに。彼女はいい女でもなんでもないのだから。

ケイティは言った。「ゆうべはしょっちゅう寝返りを打ってたわね」

「気づいてたんだね」

「また胃の痛み？」

「それで眼が覚めた」アーサーは料理で頬をふくらませながら言った。「で、きみのあの驚くべきリストを読み直した」

それはそれは、とケイティは思った。

「きみときみの恋人の」彼はそう言って大袈裟に嚥下《えんげ》した。「あのなんとも破廉恥で淫らで汗まみれの事細かな記録をね。回数を数えてたなんて信じられない」

「それが嘘偽りない告白というものでしょうが。少しやりすぎだということなら、謝るけど」

「十四日間で十三回とは！」彼女の夫は薄いグリーンのパスタをフォークに巻きつけて弄びながら言った。「その中には三回のフェラチオも含まれてる。ちなみにその回数は十四日間ではなく、この十四ヵ月間できみが私にしてくれたより二回も多い」

ケイティは胸につぶやいた——まったく、数を数えていたのはどっちなんだか。「アーサー、そのお魚、冷めないうちに食べちゃって」

「私にはきみがわからない、キャサリン。私がこれだけのことをきみにしてるのに、私の胸にナイフを突き立てるとはね」

彼女は言った。「やめて。あなたは事実上何もないことに対して興奮してる」

「三回のフェラチオというのは〝事実上何もないこと〟とは言わない」

「あなたはなんにもわかってないのね。なんにも」彼女はテーブルの下に手を伸ばして太腿にのせられた夫の手を払った。

「きみの恋人は」と彼は言った。「今どこにいる？　ルルドか？　エルサレムか？　いや、トリノかもしれない。屍衣に覆われるにふさわしい姿となって」

「アーサー、彼はわたしの恋人じゃないし、わたしは彼がどこにいるのかも知らない。それでも、あなたは偽善者の人でなしよ」

判事はナプキンで丁寧に口を拭いた。「すまん、キャサリン。そうだ、これからどこかに部屋を取ろう」

「ひとりで取るのね」と彼女は言った。

「なあ」

「だったら、ひとつ条件がある。トム・クロームのことをうだうだ言うのはもういい加減にして」

「わかった」アーサー・バトゥンキル・ジュニアは陽気に言うと、ウェイターに手を振って勘定を頼んだ。

トム・クロームの家が爆発したのはその数時間後のことだった。

朝食を食べにいく道すがら、ボード・ギャザーとチャブは車を停めると、ハイウェイ一号線でヒッチハイクをしていた移民労働者の二人組をからかった。チャブが三五七口径をちらつかせるそばで、ボードが二人組に練習問題をさせた。

アメリカ合衆国第十四代大統領の名を挙げよ。

憲法の署名がおこなわれた場所は？

憲法修正第二条を復唱せよ。

『若き勇者たち』で主演した俳優は？

チャブは内心、練習問題に答えなくてはならないのが自分ではなくてほっとしていた。そのふたりのメキシコ人の答えはあまりはかばかしくなく、ボードは滅茶苦茶なスペイン語で、グリーンカードを見せろと彼らに命じた。男たちが怯えて財布を差し出すと、ボードは道路の脇の砂利の上にその中身をぶちまけた。

「合法的な移民か?」とチャブは尋ねた。

「こいつらの願望としては」

ボードはブーツの尖った爪先で移民労働者のわずかな持ちものを蹴った。運転免許証、農場労働者用身分証明書、子供のパスポート用写真、祈禱カード、郵便切手、バスの無料乗車券。チャブは入国カードもあったような気がした。が、ボードが踵でずたずたにしてしまった。さらに、彼は男たちの財布から現金を抜き取ると、とっととうせろ、下男ども《ムチャーチヨス》、と怒鳴った。

いくらあった? とトラックの中に戻ってチャブが尋ねた。

「全部合わせて八ドル」

「ふん」

「いいか、おれたちのような白系アメリカ人が正当な所有権を有する八ドルだぞ。腐れ不法入国者が。チャブ、やつらの医療費や食料割引券の金を払ってるのは誰だと思う? おれやおまえだ。何十億ドルという金が毎年毎年よそ者に費やされてるんだぞ」

いつものことながら、チャブにはそうした問題に対する相棒の知識に疑問を抱く理由を何ひとつ見いだすことができなかった。

「いいか、何十億ドルだぞ」とボード・ギャザーは続けた。「だから、これを強盗だなんて思うな、相棒。これは払い戻しだ」

チャブはうなずいた。「あんたがそう言うなら」

セブンイレブンから戻ると、チャブのトレーラーの近くに見慣れない車が斜めに停まっているのが見えた。塗装の剝げたシヴォレー・インパラで、しかもかなり古い型だ。チャブの偽の障害者用駐車許可証がバックミラーに吊り下げられていた。

「用心するに越したことはない」とチャブは言ってベルトから銃を抜いた。

トレーラーのドアは開いており、テレビの光が洩れていた。ボードが手をメガホンがわりに口にあてて言った。「誰だか知らないが、そこから両手を上げて出てこい!」

シャイナーが戸口に現われた。髪を極端に短く刈り、上半身裸で呆けたような薄笑いを顔に浮かべていた。「おれだよ!」と彼は声高らかに言った。

最初、ボードとチャブには誰だかわからなかった。

「ほら」とシャイナーは言った。「おれだよ。あんたたちの新しいホワイト・ブラザーだよ。ほかの義勇兵たちはどこ?」

チャブは銃を下げた。「その頭、どうしたんだ?」

「剃ったんだよ」

「理由を訊いてもいいだろうか？」

「これでスキンヘッドになれるから」とシャイナーは答えた。

ボード・ギャザーは口笛を吹いた。「怒らないでくれな、坊や。その頭はおまえさんにすごくよく似合ってるとは言いがたい」

問題は頭皮にあった。青白いドーム型の頭の表面に赤らんだ傷跡が縦に走り、忌まわしい刻印のように光っていたのだ。

チャブが尋ねた、マイアミの荒くれのニガーか、キューバ人に焼き印でも押されたのかと。

「いや。クランクケースの上に頭をのせて眠りこけちまったせいだ」

ボードが腕組みをして言った。「で、そのクランクケースだが、そいつはまだ使えてるのか？」

「もちろん。エンジンもちゃんと動いてる」シャイナーは一生懸命説明した。その不幸な事故が起きたのはほぼ二年前の土曜日の午後のことだった。彼はビールを四、五缶飲み、マリファナを二、三本吸い、たぶんルーフィ（睡眠薬）を半錠飲んだところで、インパラをチューンアップしようと思いたった。そしてエンジンをかけ、ボンネットを開けたとたん、酔いつぶれて頭からシリンダー・ブロックに倒れ込んでしまったのだ。

「エンジンが思いきり熱くなっててね」とシャイナーは言った。

チャブはもうそれ以上つきあう気がしなくなった。トレーラーの中にはいると、大便をし、テレビを消し、冷えたバドワイザーを漁り、また外に出てきた。ボード・ギャザーとシャイナーが並んでインパラのフロント・フェンダーに坐っているのが見えた。

来るようにとボードが手を振って言った。「おい、おれたちの坊やはちゃんと言いつけどおりのことをしてくれたみたいだ」

「なんの話だ？」

「あの黒人女が宝くじのことを訊きにこいつの家に来たそうだ」

「そうなんだ」とシャイナーが言った。「だから、宝くじを当てたのは彼女じゃないって言ってやったんだ。別の土曜日と勘ちがいしてるんじゃないかって」

チャブは言った。「よくやった。で、彼女はどうした？」

「かんかんに怒って、ドアから飛び出していったよ。こっぴどく殴られた顔をしてたけど、あれはあんたたちがやったんだろ？」

ボードはシャイナーに、最後まで話すように促して言った。「店はどんなふうに辞めたんだ?」

「ああ、ミスター・シンに、いくら青い車椅子のタグをミラーからぶら下げてたって、障害者用の駐車スペースには駐車できないって言われてさ。それでおれはどうしたか。キャッシュ・レジスターから未払い分の給料を引っつかんで、とっとと店を出てきたんだ」

ボードがそれにつけ加えた。「ちゃんと監視カメラのビデオテープを持ってな。おれたちが言ったとおり」

「ああ、グラヴ・コンパートメントに隠してある」シャイナーはインパラの車内のほうに頭を傾げた。

「やるじゃないか、おまえも」とチャブは言い、いいほうの眼でウィンクをしてみせた。が、実際のところ、シャイナーにことさら感心しているわけでもなかった。ボード・ギャザーもまた疑問を抱いていた。シャイナーは人の尻にくっついてまわることしかできないような、見るからに冴えない男だった、このさき軽警備の更正施設で長く侘びしい年月を過ごしそうな雰囲気をありありと漂わせていた。

「ほら、見てよ」とシャイナーは言って、しまりのない左腕を曲げてみせた。「過激で斬新なタトゥーだろ？　ＷＲＢ。自分の身分をはっきりさせるために入れたんだ」

チャブは缶ビールのふち越しに、〝説明してやれよ〟とでもいった視線をボードに送った。

「どう？」とシャイナーは陽気に尋ねた。「七十五ドル。きっとあんたたちもやりたがるんじゃないかって思ってさ」

ボードはフェンダーから降りると、迷彩服のズボンの尻についた錆を叩《はた》いて言った。「実はおれたち、名前を変える必要に迫られてな」

シャイナーは腕を曲げるのをやめて言った。「それってもう〈ホワイト・レベル・ブラザーフッド〉じゃないってこと？　なんで？」

「おまえさんが言ってたロックバンドの話はほんとうだった」とボードは言った。

「そうなんだよ」とチャブが横から言った。「ややこしいのはごめんだからな」

「だったら、新しい名前は？」

ボードが教えると、シャイナーはもう一度繰り返してくれと言った。

「〈ホワイト・クラリオン・アーリアンズ〉」とボードはゆっくり繰り返した。

シャイナーは唇を一文字にすると、二の腕に焼きつけられたイニシアルをむっつりと見つめた。「ということは、新しいイニシアルは……ＷＣＡ？」

「くそっ」シャイナーは小声で毒づいた。が、顔を上げると、どうにか微笑んだ。「まあ、いいか」

ぎこちない沈黙が流れ、シャイナーは両腕を組み替えた。タトゥーを隠すように。チャブでさえシャイナーが気の毒になってきてシャイナーに言った。「でも、その鷲はなかなかいかしてる」

「いや、まったくだ」とボード・ギャザーも相づちを打った。「すごく獰猛そうないかした鷲だ。鉤爪でつかんでるのはなんだ？　M-16か？」

シャイナーは急にまた勢いづいて言った。「そのとおり。彫り師にM-16って頼んだんだ」

「そいつはそいつで得意になってやったことだろうよ。ビールでもどうだ？」

「そのとおり」

そのあと、彼らは〈スポーツ・オーソリティ〉に行くと、（盗んだヴィザで）テントと寝袋と空気マット、蚊帳《かや》、ランプの燃料、その他もろもろのアウトドア用品を買った。NATOの突撃部隊が予告なしに沿岸から攻めてきた場合に備え、あらゆる準備を整えておくべきだというのがボードの考えだった。チャブとちがってシャイナーは迷彩柄のスポーツウエアを心から気に入ってくれた。ボードはそれに気をよくして、自腹で彼にトレバーク柄の軽量パーカを買ってやった。トレーラーに戻って試着するのが待ちきれない、とシャイナーは言った。

そして、トレーラーに戻ると、着替えるために中に駆け込んだ。それを見てボードが言った。「まるでクリスマスの朝の子供だな」

というより、ただの阿呆だ、とチャブは思った。「そういえば、おまえ、帽子を余分に持ってなかったか？　あのスキンヘッドはもう勘弁してもらいたい」

ボードは自分のトラックの中から、オーストラリア陸軍風の湿ったブッシュ・ハットを見つけてきた。白カビがうまい具合に迷彩柄に溶け込んでいた。シャイナーはそれを得意になってかぶり、首のところでひもをしっかり結んだ。

三人は午後を人造湖で過ごしたのだが、若い新兵に殺傷能力の高い銃を持たせるのは無理だということがわかるのに、大して時間はかからなかった。チャブはAR-15を違法に改造してフル・オートマティックに仕立てていたのだが、体力的にも精神的にも、それが〈ホワイト・クラリオン・アーリアンズ〉の最新メンバーの手に負える代物でないことはすぐにわかった。シャイナーはチャブからライフルを受け取ると、コマンチのような雄叫びをあげて撃ちはじめたのだ。「バハマはどっちだ！　くそったれNATOの共産主義者どもはどこから来やがる！」さらに、くるりと向きを変えると、やみくもに乱射しはじめた。弾丸《たま》が湖水の表面を跳飛し、石灰岩の丸石を蹴散らし、ガマとタムラソウを刈り取った。

ボードとチャブはトラックの陰に隠れた。ボードがぶつぶつ言った。「とんでもないやつが来ちまったな。箸にも棒にもかからない役立たずが」

チャブはざらざらした声で悪態をついた。「酒が要る」

数分後、シャイナーはやっとAR‐15を手放した。それ以降、シャイナーに許されたのは、本人が持参した古いマーリン二二口径でほかに迷惑のかからない射撃をすることだけだった。夕暮れになり、三人は火薬と饐《す》えたビールのにおいを体にしみ込ませてチャブのトレーラーに戻った。腹はへっているかとボードに尋ねられると、シャイナーは牛一頭でも食べられそうだと言った。

チャブはもうこれ以上、一時間でもこの脳天気な阿呆と一緒にいることに耐えられなかったので、傲然とシャイナーに命じた。「おまえはここに残れ。残って見張りをしろ」

「見張るって何を?」とシャイナーは尋ねた。

「銃だ。それと、今日おれたちが買ったもの全部」とチャブは言った。「新入りってのは、たいてい見張りの任務に就くもんだ。だろ、ボード?」

「そのとおり」ボードもまたシャイナーと一緒にいることに嫌気が差してきていた。「テントやら何やら、どれもサヴァイヴァリストには大切な必需品だからな。見張りなしでここを離れることはできないだろうが」

「嘘だろ、もう飢え死にしそうだよ」とシャイナーは言った。

チャブが彼の肩を叩いて言った。「鳥の手羽先を買ってきてやるから。おまえ、とびきり辛いのは好きか？」


銀行の記録から、ジョレインのクレジット・カードは二晩続けて同じ場所の〈フーターズ〉で使われていることがわかった。その無謀な行動にクロームは勇気づけられた。宝くじ強盗どもは明らかに犯罪のプロとは言えなかった。

しかし、いくらなんでも三回続けて同じ店に行くほど大胆な馬鹿もいないはず、とジョレインは言った。それでもこれが自分たちの握っている最大の手がかりだ、とクロームは反論し、そして今、彼とジョレインはレストランの外で、障害者専用駐車スペースに駐車している赤いピックアップ・トラックを見張っているのだった。

「あれがやつらか？」とクロームは尋ねた。

「わたしの家に来た連中は肢体不自由者なんかじゃなかったけど。ふたりとも」とジョレインはむっつりと答えた。

ふたりの男――ひとりは背が高く、ひとりは低い――はトラックから降りると、車椅子も松葉杖もステッキの助けさえも借りずにレストランへはいっていった。

「奇跡としか思えない」とクロームは言った。

彼らが自分を襲ったのと同じ男たちかどうか、ジョレインには自信がなかった。

「ここからじゃ遠すぎる」

「だったら近づこう」

クロームはひとりで店にはいると、隅のテーブルを選んだ。一分後、ジョレインも店にはいった。フロッピー・ハットにロリータがかけていたようなサングラスをして。彼女はカウンターに背中を向け、クロームのテーブルにつくと言った。

「ナンバー・プレートを見た?」

「もちろん。それと、バンパーのステッカーをどう思う? 〝ファーマンを大統領に〟だとさ」

「彼らはどこ?」と彼女は張りつめた声で尋ねた。「わたしのほうを見てない?」

「おれが思ってるテーブルでまちがいなければ、やつらはおれたちのどっちにも気づいてない」

きわめて特徴的なその二人組は店の反対の隅にいた。可愛らしいブロンドのウェイトレスとおしゃべりをしていた。そのウェイトレスの魅力的な笑みを見るなり、白人の二人組が夜な夜な危ないクレジット・カードを使ってこの店に通いつめている謎が解けた。クロームは満足した。男たちはふたりとも見るからにその微笑にうっとりとしていた。ひとりは帽子も含めて全身を迷彩服で固め、相棒は汚らしいポニーテール、片眼にゴムのパッチを貼っていた。そして、ふたりとも顔に深い切り傷を負っていた。

「ひとりはハンターみたいな恰好だった、だろ？」

ジョレインはうなずいた。「そう」

「ちょっと見てみてくれ」

「わたし、すごくビビってる」

「大丈夫だ」とクロームは彼女を安心させた。

彼女はすばやく振り返り、ちらっと彼らを見て、「ああ」とうめき声を上げ、また体をもとに戻した。

クロームは彼女の手を軽く叩いた。「やったな、相棒」

ジョレインの表情は大きなサングラスに隠れて読めなかった。「車のキーをちょうだい」

「どうして?」とクロームは尋ねはしたものの、答えはわかっていた。彼女は車のドアを開けたいのではない、トランクを開けたいのだ。

ジョレインは言った。「彼らが店を出るのを待って――」

「駄目だ、ここじゃ」

「トム、わたしたち、レミントンを持ってるのよ。彼らに何ができる?」

「駄目だ」

ウェイトレスがやってきたが、ジョレインはうわのそらだった。クロームはハンバーガーとコーラをふたり分注文し、ウェイトレスが立ち去ると、混み合ったレストランの駐車場などというのは、相手が誰であろうとショットガンを撃つのに理想的な場所とは言えず、酔っぱらった頭のおかしな反動主義者が相手となればなおさらだ、と説明した。

ジョレインは言った。「わたしはわたしの宝くじを取り返したいだけよ」

「すぐに取り返せる。連中を見つけたんだから。それが何より重要なことだ。あいつらはもうおれたちから逃れられない」

もう一度彼女は肩越しにうしろをこっそり振り返り、ポニーテールのほうを見て身震いした。「あの顔は忘れられない。眼帯をしてたかどうかは覚えてないんだけど」

「たぶんきみがやつの眼をつぶしたんだよ」とクロームは言った。
ジョレイン・ラックスは弱々しく微笑んだ。「そうだといいんだけど」

11

トム・クロームの家が爆発したことで、シンクレアは管理職としてこれまでで最も深刻な危機を迎え、午後のあいだずっと弁明のメモを書き直しては、編集局長から呼び出しがかかるのを待っていた。クローム同様、硬派記事を得意とする記者あがりの編集局長には世間を暗く見る傾向があった。歳は四十代半ば、骨ばった体格で、気性が激しく、頭には早々と白いものが混じり、アレルギー体質の無愛想な不信心者。レーザー光線のような鋭い眼つきと気短かな性格でよく知られた男だった。

シンクレアが彼と最後に話をしたのは、七週間ほどまえの電話での簡潔なやりとりで、〝月経前症候群についてのコラムなどばかばかしくて話にならん。わかったか！〟というものだった。定期的に組んでいる特集記事に月経前症候群を扱うというのは、珍しくシンクレアが思いついた妙案だったのだが。そのコラムは月一回掲載されることになっていたが、編集局長にそのアイディアを蔑まれると、すぐにシンクレアは部下のひとりに責任を転嫁した。

状況が最もおだやかなときでさえ、編集局長と直接顔を合わせるというのは神経をひどくすり減らされる体験なのだ。だから、六時を少しまわった頃、トム・クロームの件で話がしたいと編集局長に言われ、シンクレアが顔面蒼白になったのも無理からぬことだった。局長のオフィスにはいるや、彼はカヴァーのかかった肘掛け椅子に坐るよう無愛想に指示された。マホガニーの机の向こう側で、シンクレアのボスは警察の報告書に眼を通していた。もっとも、シンクレアには（警察の報告書というものをこれまでに一度も見たことがなかったので）それがそういうものだとはわからなかったのだが。クロームの家が火事になったことを彼が知ったのは、ゴシップ好きの地方記事編集部の記者とトイレで交わした短いおしゃべりを通じてだった。そのニュースを聞いて、彼はもちろん驚いたが、それ以上に、しかるべき経路を経て正式に自分に知らされなかったことに落胆した。なんといっても、自分はクロームの直属の上司なのに。今はもう誰もEメールを信用しなくなったのだろうか。

編集局長は、しばらく考えてから鼻を鳴らし、体をひねってサイドキャビネットの上に警察の報告書を放った。シンクレアはその瞬間をとらえ、簡潔にまとめた例のメモを見せた。編集局長はそれをまるめて彼に投げ返した。メモはシンクレアの膝の上に落ちた。

編集局長は言った。「それはもう見た」

「ええ？……いつ？」

「ありとあらゆるヴァージョンを見せてもらったよ、この馬鹿者」

「はい」

何があったのか、シンクレアは即座に悟った。コンピューターの端末ボタンをひとつ叩けば、編集局長は社で編集されている膨大な記事をどれでも呼び出すことができるのだ。シンクレアは、編集局長が特集記事部門で進行していることに注意を払っているなどありえないと高《たか》をくっていたのだが、明らかにそれは思いちがいだったようだ。編集局長は、最初のいい加減な草稿からずっとクロームに関するシンクレアのメモをチェックしていたのだ。

シンクレアは体がほてり、息苦しくなってきた。まるめられたメモを膝からつかむと、慎重にポケットにしまった。

「私にとって実に興味深かったのは」と編集局長は言った。「きみがその弁解の文句をつくる過程だ。新しい版になるたび、次々に浮かび上がるトムの精神状態のより暗い面。さらに、書き加えられるこまごました出来事……笑わずにはいられなかったよ。

きみはどうやら商売を誤ったようだな、シンクレア。作家にでもなったほうがよかったんじゃないか、ええ？」編集局長は絨毯の上の糞でも見るような眼でシンクレアを見た。「水でも飲むかね？　それともコーヒーがいいか？」

シンクレアは力無くぼそりと言った。「いえ、結構です」

「きみの〝メモ〟は単なるたわごとということで、お互い合意してもいいだろうか？」

「はい」

「よろしい。それじゃ、いくつか質問がある。ひとつ。トム・クロームの家が放火された理由について、何か心あたりは？」

「いいえ」

「誰かが彼に危害を加えたがってる理由について、何か心あたりは？」

「いえ、はっきりとは」

「彼は今どこにいるのか、それはわかってるのか？」

「噂ではバミューダ諸島だと」

編集局長はさも可笑しそうに笑った。「きみはバミューダには行かない、シンクレア。きみが行くのはきみがトムを最後に派遣したところだ。そして、彼を見つける。シンクレア、きみはなんともひどい顔をしてる」

「だと思います」

「もうひとつ。トムはまだうちで働いてるのかね？」

「私の知るかぎり」シンクレアはなけなしの説得力を掻き集めて言った。

編集局長は眼鏡をはずすと、ティッシュで勢いよくレンズを拭きながら言った。「だったら、トムの知るかぎりでは？　彼が辞めることを真剣に考えてた可能性は？」

「それは……そう、あるかもしれません」

息苦しさでシンクレアは次第に頭がぼんやりしてきた。心臓発作でも起こしかけているのかもしれない。救急車や救急治療室で幽体離脱という奇妙な体験をした危篤患者についての記事は、何度も読んだことがある。彼は今、編集局長のサイドキャビネットの上をふらふらと漂いながら、気力を完全に奪われた自分を見つめていた。その感覚は、臨死体験者がよく言うような、苦痛のない、夢を見ているような感覚とはおよそかけ離れていた。

「警察は今夜、燃え残った家の現場検証をする」と編集局長は言った。「トムの追っていた記事と火事が関係があるのかどうか調べるそうだ」

「まるで想像もつきません」シンクレアはカバのように激しく息を吸い込んだ。感覚がゆっくりと指先と爪先に戻ってきた。

編集局長は言った。「彼は何を書いてたんだ？　正確に教えてくれ」

「急ごしらえの特集記事です。その場かぎりの」

「内容は？」

「宝くじに当たったある女性に関する記事です」シンクレアはそう言って、衝動的につけ加えた。「黒人女性の」このひとことで――シンクレアは思った――おれが少数派に関して肯定的な記事に気を配っていることが、編集局長にも充分伝わるはずだ。もしかしたら、それがおれを苦境から救う助けになるかもしれない。ならないかもしれないが……

編集局長は眼をすがめるようにして言った。「それだけ？……ただの宝くじに関する記事？」

「そうです」とシンクレアはきっぱりと言った。

彼としては、強盗事件の線から追ってみたいと言ってきたトム・クロームの要求を退けたことを編集局長に知られたくなかった。そんな決断を下したことがわかれば、意気地なしで先見の明のない男と見なされるのは明らかだ。とりわけ、トム・クロームがどこかの排水溝で他殺死体となって発見されたりしようものなら。

「その宝くじの女性はどこに住んでるんだ？」と編集局長は尋ねた。

「グレンジという小さな町です」

「なんの裏もない特集記事。そうなんだな?」

「ええ、もちろん」

編集局長は眉をひそめた。「きみはまた嘘をついてる、シンクレア。しかし、きみを雇った責任はおれにある」彼は立ち上がると、椅子の背からスーツのジャケットを取った。「グレンジに行って、トムを見つけるまで帰ってくるな」

シンクレアは黙ってうなずき、妹に電話をしようと思った。妹とロディが空き部屋に泊めてくれるだろう。町を案内して、情報源に渡りをつけてもくれるだろう。

「来週はアメリア賞の発表がある」ジャケットに袖を通しながら編集局長は言った。

「クロームを推薦した」

「クロームを?」

またもやシンクレアは不意を突かれた。アメリア賞というのは、現代の特集記事の尼僧院長的存在として広く知られる故アメリア・J・ロイドを偲んで創設され、年々活躍のめざましかった記者に贈られる全国規模の賞だった。アメリア・ロイドのきめ細かな注意力をもってすれば、どんな出来事も平凡なもの、取るに足りないもの、見逃してもいいものとは言えなくなる。手づくり菓子のバザーも、工芸品展示会も、慈善の長距離行進も、綴り字コンテストも、ショッピング・モールの開店セレモニーも、献血運動も、イースターの卵探しも。アメリアの神業のような文章はそれらすべてにみずみずしい命を吹き込んだ。そして、短くも流星のように輝かしいキャリアの中で、彼女の署名記事は〈ニューオーリンズ・タイムズ・ピカユーン〉、〈セントルイス・ポスト特電〉、〈タンパ・トリビューン〉、〈マイアミ・ヘラルド〉、〈クリーヴランド・プレーン・ディーラー〉などの紙面を優雅に飾った。そんなアメリア・J・ロイドがクリーヴランドでフリーメーソンのパレードを取材中、暴走した小型のデューセンバーグに撥ねられ、非業の死を遂げたのは、彼女がまだ三十一歳のときのことだった。

ひと握りのエリート新聞社を除くと、どこの新聞社も毎年発表されるこの賞に特集記事をエントリーさせる。ささいな出来事でも報道の価値があると見なし、表彰されるのはこの賞だけで、〈レジスター〉でも例年、誰を推薦するか決めるのは、特集記事及びファッション部門担当デスクの仕事だった。が、シンクレアはトム・クロームだけは絶対に推すまいと固く心に決めていた。なぜなら、クロームの記事にはどんなものにも審査員が不愉快に思いかねない辛辣で皮肉めいた棘があるからだ。加えて、残酷な運命のいたずらで、万が一にもクロームが優勝してしまったら（あるいは三位以内に入賞でもしたら）ほかの部下の眼のまえで彼から肉体的な危害を受けるかもしれない、と本気で恐れてもいたからだった。クロームは常々、たとえ五百ドルの賞金が出ようと出まいと、アメリア賞をもらうなど恥さらし以外の何物でもないと公言していたのだ。

だから、シンクレアは彼にひとこともないまま、シンクレアの選んだ候補者をトム・クロームに換えたと編集局長に言われ、当然のことながら動揺した。

「きみにはメモでも書いて知らせるつもりだった」と編集局長は悪びれたふうもなく言った。

シンクレアはどう答えたらいいものか少し考えてから言った。「確かにトムは今年はすばらしい仕事をしてくれましたけど、どういう分野の記事から選んだんです？」

「対象は彼が今年書いたすべての記事だ」

「それはそれは」シンクレアはさらに考え込んだ。すべての記事？　規定では最低でも八つの記事が要求される。また、一般的には明るく前向きな記事が望ましいと考えられている。アメリア・J・ロイドがかつて書いていたような。シンクレアは、トム・クロームにはこれまでのキャリアの中で、〝明るい〟という意味を持つ形容詞を八つ使ったことさえないのではないか、と思った。それに、そもそも編集局長は一年分もの切り抜きから記事を選ぶ時間をどうやって見つけたのか。

「きみは覚えてるか？」と編集局長はブリーフケースに書類を入れながら言った。「〈レジスター〉が全国的な賞を取ったのが何年前のことか。全国的な賞ならなんでもいい」

シンクレアは首を振った。

「八年前だ」と編集局長は言った。「アメリカ新聞デスク協会賞で三位。時間勝負の記事だった。いいか、八年もまえなんだ」

シンクレアは質問することを期待されているような気がして尋ねた。「それはどんな記事でしたっけ？」

「トルネード、小学校を襲う。二人死亡、二十三人負傷。誰が書いたかわかるか？おれだ」

「嘘でしょ？」

「そんなに驚いた顔をすることはないだろうが」編集局長はブリーフケースをぴしゃりと閉めた。「実はもうひとついいニュースがある。われわれが受賞することが決まったのさ。それも最優秀賞を。だから、来週それが報道されるときには、ぜひともトムにはニュース編集室にいてもらいたいんだ」

シンクレアは頭がくらくらしてきた。「彼が優勝するってどうしてわかるんです？」

「審査員のひとりが教えてくれたんだ。きみの好奇心を満たすために言っておくと、その審査員というのはおれの別れた妻だ。別れた妻たちの中でまだおれと話をしてくれてる唯一の女だ。グレンジへはいつ発つ?」

「明日の朝一番で」

「くれぐれも社に恥をかかせることのないように。

編集局長はドアに向かった。ドアまであと三歩というところで、シンクレアが言った。「報告は随時したほうがいいでしょうか?」

「毎日欠かさずにな、アミーゴ。それと真面目な話、この件を台無しにしたら、ただじゃすまんぞ。そのことは肝に銘じておけ」


アンバーと自分との関係は徐々に進展している。チャブはそう思い込んでいた。ひと晩ごとに彼女はさらに親しげに、そしてさらに饒舌になっているように思われた。そんなのはただの妄想だ、とボードは思っており、実際、チャブにそう言った。彼女は自分の客なら誰にでも愛想よく話しかけている、と。

「いや、そんなことはない」とチャブは言った。「彼女がおれを見る眼を見りゃわかる」

「おれにはぞっとしてるふうにしか見えないけどな。その眼帯のせいで」

「馬鹿を言うな」チャブはそう言ったものの、ボードの言うとおりかもしれないと内心いささか気になった。アンバーは傷痕や眼帯にはあまりそそられないタイプの女なのかもしれない。

ボードは言った。「そいつはもうはずしたほうがいいかもな」

「もうやったよ」

「ええ？　嘘だろ？」

「タイヤ用接着剤でくっつけたんだけど」とチャブは言った。「セメントみたいに強力なんだ」

射撃のときのチャブの効き眼は右眼だった。だから、ふさがっているのが左眼でよかったとボードは言った。「それでも、やっぱり眼帯がないほうがいい」と彼は言い添えた。「眼帯をしてると、銃撃戦のときに死角ができやすいからな」

チャブは鶏の骨にかぶりつき、派手に髄までしゃぶって嚥下した。「銃のことなら心配するな。死角でさえおれの視力は一・五だ」

アンバーが空《から》のビール壜を下げにきた。チャブがからかって彼女のボーイフレンドのことを尋ねた。

「今はここにはいないわ」

「それぐらいわかってるよ、ダーリン」

そこでチャブは、トニーのクソ野郎のスポーツカーが燃えたことについて、ひとことほのめかしたい誘惑に駆られた。自分とボードの仕業だということをさりげなく伝えたくなった。そうすればアンバーにもおれが本気であることがわかるだろう。一方、彼女がそこまで察することができる頭の切れる女かどうか自信がなかった。あるいは、彼女が放火の話を好意的に受け止めてくれる女かどうかも。

「おかわりは?」とアンバーは尋ねた。

チャブは言った。「仕事が終わる時間は?」

「遅いわ」

「どれくらい?」

「うんと」

ボードが横から言った。「ビールをもう四本」

「すぐにお持ちします」とアンバーは恭しく言うと、そそくさと引き下がった。

「くそ」とチャブは悪態をついた。きっと眼帯のせいだ。もっとも、おれが近々億万長者になることを知ったら、彼女もこんなものなど気にしないだろうが。

落ち着け、ボードがチャブに言った。「めだたないようにしてろって言っただろ? 忘れるな。それと、どう見てもおまえはあの子をビビらせてる」

チャブは親指と人差し指で歯にはさまった鶏の骨のかけらを器用に取り除いて言った。「おまえが自分の手のひら以外の何かと最後にファックしたのはいつだ?」

ボードは、白人男子として自分には自分の種を蒔《ま》くことにことさら慎重になる義務があると応じた。

「自分のなんだって?」チャブはせせら笑った。

「聖書に書いてある。種ってな」

「銃と女はいくらあってもありすぎることはない。おまえ、自分でそう言ってたよな」

ああ、言ったさ、とボードは思い、言ったことを後悔した。宝くじの賞金を手に入れるまでは、〈フーターズ〉のウェイトレスだろうと誰だろうと、チャブには女に狂ってほしくなかった。金が手にはいりさえすれば、セックスする時間などいくらでもできるのだから。

ボードはなんとかその場を乗り切ろうとした。「どんなものにも良質なものとろくでもないものがある。おれたち白人男子には責任がある。おれたちは絶滅寸前の種《しゅ》なんだからな。ユニコーンみたいな」

チャブは、しかし、納得しなかった。ただ、以前持っていた四五口径のセミ・オートマティックのことを思い出した。ユーゴスラヴィアとかルーマニアとか、そういった辺鄙《へんぴ》な国で造られた代物で、四発目か五発目に必ず一発は不発になるのだ。「確かにあれはろくでもない銃だった」と彼は言った。「でも、おれはろくでもない女には会ったことがない」

ふたりは閉店時間までそういう論議を交わして過ごした。ボードは、万が一子供ができたときのことを考え、義勇軍の兵士が肉体関係を持つのは純粋なヨーロッパ系白人キリスト教徒の女にかぎるべきだという態度を崩さなかった。チャブは（ただでさえ乏しいチャンスをさらにせばめたくはなかったので）、白人男子は道徳的見地から、自らのすぐれた遺伝子をあちこちに広める義務があり、それゆえ人種や宗教や親の遺産にかかわらず、相手が望めばどんな女とでもセックスをすべきだと主張した。

「それに一目瞭然じゃないか」と彼はつけ加えた。「アンバーは〈アイヴォリー・スノー（洗濯用洗剤）〉みたいに真っ白だろうが」

「ああ。だけど、彼女のボーイフレンドはメキシコ野郎だ。つまりそいつにやられて、彼女もメキシコ人化してるってことだ」とボードは言った。

「おいおい」

「とにかく、おれたちは慎重になるべきだということだ」

店長が明かりを二回点滅させた。客が次々と帰りはじめた。ボードは持ち帰り用に手羽先をひと箱頼んだが、黒人のウェイター助手にもう厨房は終わってしまったと言われてしまった。いずれにしろ、盗んだヴィザ・カードでまた今夜も法外なチップを加えて勘定を払った。アンバーが車で送ってもらいたがるかもしれないというわずかな可能性を考え、駐車場で少し時間をつぶそう、とチャブが言った。十五分後、彼女が髪を梳《と》かしながらドアから出てきた。チャブにとっては、色褪せたジーンズ姿の彼女も、露出度の多いお仕着せのショートパンツ姿に劣らず、美人に見えた。で、ボードに、トラックの中で彼らが待っていることが彼女にわかるようクラクションを鳴らしてくれと言った。ボードは断わった。

チャブが窓を開けて彼女の名前を呼ぼうとすると、ほかでもないトニーが漆黒のムスタング・コンヴァーティブルの新車に乗って現われ、アンバーが乗り込むのを待って、そのまま走り去った。

「どういうことだ？」チャブはがっかりして言った。

「忘れることだ」

「あのケツの穴は車を二台も買えるほど金持ちってわけか」

ボードは言った。「たぶんレンタカーだろう。さあ、もう忘れろって」

ほろ酔い加減ながら、ボードは障害者用駐車スペースからバックでどうにかピックアップ・トラックを出した。駐車場の反対側に停まっているブルーのホンダにはなんの注意も払わなかった。そのホンダがハイウェイ一号線を南に向かう車の流れに乗って、彼らのあとを尾けていることにも気づかなかった。

反動主義者の二人組に家に押し入られて暴行されるまで、大人になってからというもの、ジョレイン・ラックスが暴力を振るわれた相手はたったふたりだけだった。ひとりは黒人で、ひとりは白人。ふたりともその時々のボーイフレンドだった。

黒人のほうは警官だったロバート。彼は、女性ドライヴァーにセックスを強要した明白な証拠を突きつけられ、それをジョレインになじられ、彼女の横っつらを張り飛ばしたのだ。が、その翌朝、彼は下着の引き出しの中でとぐろを巻いているヒメガラガラヘビを発見することになる。その発見は彼にとって、飛び上がって悲鳴を上げ、寝室じゅうを駆けまわらずにはいられなくなるほどのものだった。ジョレイン・ラックスは慎重にヘビを捕まえて近くの原っぱに逃がし、ヒメガラガラヘビに噛まれても命に関わることはまずないと言い、ロバートの女の子のような反応をからかった。彼はその夜も、ベッドサイド・テーブルに撃鉄を起こした官給品のリヴォルヴァーを置いて寝た。それはジョレインと別れるまでついに終わることのなかった彼の長年の習慣だった。

彼女を叩いた白人の男はよりにもよって共依存症の脊柱指圧療法師、ニールだった。ある夜、ジョレインが普段より一時間遅くジャクソン記念病院から帰宅したときのことで、帰宅が遅くなったのは、〝人事〟に問題を抱えた短気なコカイン・ディーラーのせいだった。その日、多種多様な銃の犠牲者が四人もジョレインが勤務していた救急治療室に一斉に運ばれてきたのだ。その銃の乱射事件は十一時のニュース番組のトップで伝えられた。にもかかわらず、脊柱指圧療法師のニールは納得せず、ジョレインが遅くなったのはハンサムな胸部外科医か、新任の麻酔科医のひとりといちゃついていたからだと決めつけ、嫉妬と怒りを込めて、渾身のパンチを放ったのだ。が、その一撃はジョレインのハンドバッグをかすめただけだった。ジョレインはすぐさま彼に馬乗りになると、切れのいい二発のジャブで彼の鼻をへし折った。たちまち脊柱指圧療法師のニールはすすり泣いて赦しを請い、アパートメントを飛び出すと、彼女にダイアモンドのテニス・ブレスレット（小粒の宝石を数珠のようにつないだブレスレット）を買ってきた。そのブレスレットは、結局のところ、ふたりが別れた夜に新品同様のまま彼に返された。

そんなわけで、どんな肌の色の男であれ、彼女は殴られることには慣れておらず、相手が殴りたくなるようなことを自分からする気もなければ、暴力を大目に見る気もなかった。殴られたら迅速で容赦ない報復をする。彼女は体じゅうのあらゆる繊維組織レヴェルでそう信じていた。だから、まずはトム・クロームのホンダのトランクに入れたショットガンのことを考えずにはいられなかったのだ。

「いい考えはまだ浮かばないの？」と彼女は言った。「だったら、わたしにはひとついい考えがあるんだけど」

クロームは言った。「それはよくわかってる」

彼は少しスピードを落として、赤いピックアップ・トラックとの距離を取った。トラックはわずかに左右に揺れながら走っており、思いがけずスピードを上げたりした。どこから見ても酔っぱらい運転。新米パトロール巡査でもすぐにわかるだろう。クロームとしては、反動主義者の二人組に事故など起こしてほしくなかった。同時に、飲酒運転で彼らが路肩に停車させられるような事態にもなってほしくなかった。ああいう連中は警官にさえ何をしでかすかわかったものではない。それに、彼らがおとなしく留置場にぶち込まれるようなことになったら——何件の重罪で逮捕状が出ているかにもよるが――出てくるまでに数週間はかかるだろう。ジョレイン・ラックスにはそんな時間の余裕はなかった。

クロームの狙いは二人組が住んでいるところまであとを尾《つ》けて、そのあと見張ることだった。

「言い換えればストーキングね」とジョレインは言った。

彼女の声音に含まれているのが嘲りではなく、苛立ちならまだそのほうがいい、とクロームは思った。「もしまちがってたら訂正してくれ。おれたちの目的はきみの宝くじを取り戻すことだ。きみの目的はそうではなくて、ただあの馬鹿どもを撃ち殺して家に帰ることというなら、そう言ってくれ。そういうことならおれは手を引く」

彼女は両手を上げた。「ごめんなさい、悪かった」

「きみは腹を立ててる。おれもきみだったら、きっと同じようになるだろう」

「腸《はらわた》が煮えくり返ってる」と彼女は言った。

「冷静に、冷静に。獲物はすぐそこにいるんだから」

「車のナンバーは覚えてる？」

「もう言っただろ？　覚えてる」

「あ、またスピードを上げた」

「わかってる」

「見失わないで」

「ジョレイン!」

「ごめんなさい。もう黙るわね」

結局、ふたりはピックアップ・トラックをはるばるホームステッドまで追いかけることになった。途中、トラックは高速道路の路肩に三回停まり、どっちかひとり、あるいはふたりとも呑気に外に出て用を足した。そういうときには停まらずにそのまま走りつづけ、かなりさきまで行ってからすばやく暗がりに車を寄せて停め、ピックアップ・トラックにまた追い越されるのを待った。二人組はハイウェイ一号線を降りると、東に折れ、そのあとトマト農場の中央を貫いている砂利道を南に向かった。そこまで来ると、ほかに走っている車はなく、トラックの車輪に蹴散らされて砂埃がもうもうと立ち昇るだけになった。砂埃はかすかに殺虫剤の臭いがした。

ジョレインは車から頭を出し、空気を呑み込むふりをして叫んだ。「緑の大地! 土にまみれた男たち!」

クロームは車のスピードを落として、ヘッドライトを消した。そうしておけば、バックミラーに映ったライトで相手に気づかれる心配はなくなる。数キロ進むと、トマト農場がヤシの木とデイド郡特有のマツに変わり、道は徐々にカーヴして、幅の広い用水路と併行して走りはじめた。ジョレインはさざ波の立っている水面の向こう側に眼を凝らした。粗末な掘っ建て小屋や小型のトレーラー・ハウスや遺棄された車が見えた。

半マイルばかり前方で、ピックアップ・トラックのブレーキランプが砂埃の渦を透かして明るく光った。クロームは即座にホンダを停めると、エンジンを切った。静寂がトラックの運転者も同じことをしたことを示していた。

クロームは言った。「いいところだ」

「〈スター・アイランド（オーランドにある高級リゾートホテル）〉とは言えないけど」ジョレインは彼の腕に触れた。「もうトランクを開けてもいい？」

「まだだ」

赤いトラックの姿は見えなかったが、ドアが閉じられる音が聞こえた。やがて男の声が用水路伝いに暗闇に低く響き渡った。

ジョレインが囁いた。「いったいなんなの？」

トム・クロームが答えようとしたとき、銃声が夜を引き裂いた。

人里離れた辺鄙な場所にひとり取り残され、シャイナーは神経をぴりぴりさせていた。聞こえてくるのはグレンジのはずれの森で聞こえる音と似たり寄ったりだった。カエル、コオロギ、アライグマ。しかし、ここではどんな鳴き声も物音もより大きく、より不気味に聞こえた。バハマで野営しているNATOの軍隊のこと以外、シャイナーには何も考えられなくなっていた。

ほんの百三十キロばかり、メキシコ湾流のすぐ向こうだ、とボード・ギャザーは指を差して言っていた。

前進する青いヘルメットの敵兵の亡霊を呼び起こすのは、シャイナーの貧弱な想像力でも少しもむずかしいことではなかった。ボードとチャブが別の場所でビールを飲んでいるあいだに、シャイナーは、アメリカ合衆国が今にも侵略されようとしているという考えにもうすっかり取り憑かれていた。

で、命令に背いて、チャブのトレーラーハウスからAR‐15を取り出し、窓の格子を伝って華奢な造りの屋根に登り、かびの生えたブッシュ・ハットと新品の迷彩柄のパーカ姿で待ちかまえることにしたのだった。バハマ諸島までは見えなかったが、砂利道と農場の用水路は遠くまで見渡せた。

陸からか海からか、とシャイナーは思った。やつらのお手並み拝見だ。

両手に抱えたライフルはずしりと重く、ぴりぴりした神経をなだめてくれた。彼は思った、NATOの共産主義者どもはどんな銃を担いでるのだろう？　ロシア製だろう、というのがボード・ギャザーの推測だった。あるいは北朝鮮製。シャイナーは、撃ち殺した最初の兵士から記念に銃を奪い取ることを心に決めていた。耳も切り落としてやろう。軍隊にいたのはたったの三週間だが、ベトナム戦争の体験者という教練指導軍曹から、そんな身の毛もよだつ習慣について聞いたことがあった。切り取ったNATO軍兵士の耳をどうするかまでは考えていなかったが、母親に見つからない場所に隠しておくつもりだった。銃と一緒に。道路のしみのキリストを見つけてからというもの、彼の母親は銃を毛嫌いしていた。

トレーラーの屋根の上で一時間ばかり過ぎた頃、シャイナーは腹を突き刺されるような激しい空腹感に襲われ、そっと屋根から降りると、チャブの冷蔵庫を漁り、固くなったふた切れのペパロニ・ピザと骨抜きサーディンの缶詰を見つけた。それを抱えてまた見張り場所に戻ると、わざとゆっくり口に運び、ひとくちひとくち味わった。侵略が始まれば、ピザなどずっとずっとさきまで食べられなくなる。

疑わしい物音を耳にしてAR-15を二度ほど撃った。一度目は（敵の工作兵ではなく）チャブのごみの缶を倒したまぬけなオポッサムで、二度目は（潜水特殊部隊員ではなく）スイレンの葉陰で水をはねさせたクイナだったことがあとでわかった。

無事が何より、とシャイナーは思った。

しばらくすると、片頬をライフルの冷たい銃床に押しつけて、うつらうつらしはじめた。新兵訓練所に戻った夢を見た。腕立て伏せをしようとする彼を屈強な黒人軍曹が見下ろし、ホモ、オカマ、タマなし野郎となじっていた。夢の中で、シャイナーは現実より腕立て伏せがうまくできず、軍曹の叫び声は徐々に大きくなった。その軍曹がいきなり腰の銃を抜き、もう一度膝が地面についたらそのケツを吹っ飛ばすぞと怒鳴った。当然のごとく、次の腕立て伏せはそのとおりになった。同時に、軍曹は怒り狂ってシャイナーの背中を重いブーツで踏みつけ、銃身を震えるシャイナーの尻に突きつけて引き金を引いた——

その衝撃でシャイナーは飛び起き、ＡＲ-15を胸のまえで構えた。また音がした。それは銃声というよりドアの閉じる音に似ていた。夢の続きではなかった。これは現実だ。誰かが近くにいる。うなりをあげる夜の闇の中に。もしかしたらＮＡＴＯの兵士かもしれない。ドアが閉まったように聞こえた音は、ソヴィエトの戦車のハッチが閉まる音だったのかもしれない。

ボードとチャブはトレーラーのほうへ歩きだし、恐ろしく張りつめた怒鳴り声がいきなり屋根の上から聞こえてきて、びっくり仰天した。「誰だ！　誰だ！　名を言え！　名を言え！」

それに彼らが答える間もなかった。暗闇にオレンジとブルーの火花が炸裂した。ほとばしるオートマティック・ライフルの炎を見て、ふたりはピックアップ・トラックの下に飛び込み、悪態をついて身をちぢめ、シャイナーが銃を撃ちおえるまで耳を覆った。

やがてチャブが呼ばわった。「おれたちだ、この馬鹿たれ！」

「おれたちって誰だ？」屋根の上の声が言った「名を言え！」

「おれたちだ、おれたちだよ！」

「名を言え！」

ボードが大声を張り上げた。「〈ホワイト・クラリオン・アーリアンズ〉。おまえの兄弟だ」

かなり長い沈黙のあと、「くそっ、なんだよ。出てきてよ」という声がした。

トラックの下から這い出て、チャブが言った。「とんだスキンヘッドが来ちまったな」

「しっ」とボードは言った。「聞こえるか？」

「ええ？　なんてこった」

砂利道に車がもう一台。大急ぎで走り去っていく音がした。

チャブが銃を手探りして言った。「どうしたらいい？」

「追いかけよう」とボードは言った。「ジョン・ウェイン・ジュニアを屋根から降ろしたらすぐ」

12

バックミラーにヘッドライトが映った。トム・クロームは胸をきゅっと締めつけられたようになった。ジョレイン・ラックスが振り返り、うしろを見て言った。

「映画みたい」

しっかりつかまってるんだ、とクロームはジョレインに言うと、ブレーキを踏み込むことなく、路傍に連なる砂利の小山を乗り越え、農道からはずれた。車は上下左右に揺れ、細いモクマオウの木立の中で停車した。

「ドアのロックをはずすんだ」と彼は言った。「でも、おれが言うまでは外に出るなよ」

ふたりは前部座席の上で身をちぢこまらせた。互いの顔は数センチと離れていなかった。ピックアップ・トラックが近づいてくる音が聞こえた。踏み固められた農道を走る特大のタイヤの音が轟いた。

唐突にジョレインが言った。「カリスマ主婦のマーサ・スチュアートなら、こんなときどうするかな？」

クロームは思った、しかたがないことだ、彼女も動転しているのだろう、と。

「真面目に訊いてるんだけど」とジョレインは言った。「こういうときまったく役立たずな女っているものよ。マクラメ編みとかプランターの世話を急いでしなくちゃならないというのとはわけがちがうから。マーサおばさんをテレビで見たことない？球根を植えたり、パイを焼いたりしてる彼女を」

「じっとしてるんだ」クロームはそう言って顔を上げ、外の様子をうかがった。

「わたしってすごく不器用なのよね。それはもうひどいものよ。でも、銃の扱いなら――」

「静かに」

「わたしたちはたまたま銃を持ってる」

「ジョレイン、静かに！」

「申し分のないショットガンを」

暗闇の中、クロームにはジョレインがじりじりと近づいてくるのがわかった。頰と頰が触れた。気づくと驚いたことに、クロームは彼女にキスをしていた。大袈裟に考えることはない。彼女を落ち着かせるためのキス、妹にするような軽いキスだ。彼はそう自分に言い聞かせた。

ジョレインは顔をそらした。が、何も言わなかった。ピックアップ・トラックは急速に近づいてきていた。クロームは彼女の腕が肩をかすめるのを感じた。まるで彼を抱き寄せようとでもかのするように。

そうではなかった。彼女は車のキーに手を伸ばしていた。それを器用にイグニッションから引き抜くと、次の瞬間にはもうドアを開けて外に転がり出ていた。

「駄目だ！」クロームは叫んだ。が、ジョレインはすでにトランクのほうにまわっていた。彼が追いついたときには、もうすでにレミントンは彼女の手の中にあった。すぐ近くの路面が明るくなり、トラックのライトの白い輝きの中、驚いた虫たちがやみくもに動きまわっているのが見えた。クロームはすばやくジョレインをモクマオウの木陰に引っぱり、彼女の体に両腕をまわして、ショットガンをぎこちなくふたりの体のあいだに固定した。

「行かせて」と彼女は言った。

「安全装置はかかってるんだろうな？」

「馬鹿なこと言わないで、トム」

「しっ！」

ピックアップ・トラックは通り過ぎていった。そのとき男たちの興奮した声が聞こえた。トム・クロームはトラックが消え、夜の静寂が完全に戻るまで、ジョレインを押さえつけた腕をゆるめなかった。

彼は言った。「近かった」

ジョレインはショットガンをトランクに戻すと、憎々しげに言った。「ふん、このマクラメ編み男！」

ディメンシオはまだジョシュア・ムーディ尊師の称賛を浴びていた。出発するまえに、尊師は好奇心旺盛な信者たちに向かってこんなことを言っていた。

「奇跡を訪ねる旅をして三十三年、これまで私が眼にした中でこれほど驚くべきものはほかにありません」

彼がそう言ったのは十二使徒のカメたちのことだった。

ウェスト・ヴァージニアからのキリスト教の巡礼者たちは泣き叫び、恍惚となって、トリッシュの柳編み細工の献金バスケットに（ソフトドリンクやTシャツ、エンゼルケーキ、日焼け止めの売り上げとは別に）都合二百十一ドルというお布施を納めた。

賞賛を終えると、ムーディ尊師はディメンシオを脇に引っぱって尋ねた。「いったいどうしてこんなことを思いついたのか、正確なところを教えてくれないか？」

「さきほどお話ししたとおりで」

「おいおい、私はきみが生まれるまえからこういうことをしてるんだぞ」伝道師は雪のように白い眉の片方を吊り上げて言った。「いいだろうが。誰にも洩らさないから」

ディメンシオは落ち着き払って嘘を押し通した。「あるときまではカメたちも普通だったんです。それがある日、水槽をのぞいたら、使徒たちが現われてたんです。十二人全員」

「そうだろうとも」ムーディ尊師は苛立たしげにため息をついて、ディメンシオの腕を放した。「聖なる亡霊の現われた場所がよりにもよってカメの甲羅とはな。いやはや、まったく」

「亡霊じゃないです」とディメンシオは取りすまして言った。「ただの肖像じゃないですか」

ムーディ尊師が興味を覚えたのはカメを使うというアイディアだった。ディメンシオのような門外漢がどこからこんな独創的な発想を得たのか。しかし、この男はどうしたって口を割るまい。職業的な礼儀から伝道師はあきらめることにして、ディメンシオと友好的に握手をすると、「きみはなんともすばらしい男だ」と言い残して巡礼者たちを引き連れ、バスに戻っていった。

ディメンシオは歩道に立ち、バスが見えなくなるまで手を振りつづけた。そして、悦に入ってほくそ笑み、涙で湿った現金の山の仕分けをしている妻のほうを向いた。

「やった！」と彼女は有頂天になって言った。

「信じられないほどうまくいったな」

「あんたの言うとおりだったね、ダーリン。あの人たちは何にでも飛びついてくる」

ディメンシオは子供の頃、ハイアーリアのノミの市で、絵が描かれたカメが売られているのを見たことがあった。甲羅にはバラやヒマワリがラッカーで描かれており、旗やハートやディズニー・キャラクターまであった。で、彼はジョレインのカメに宗教的な人物の顔を描くのも、その不合理さの程度で言えば、似たようなものだろうと思ったのだ。涙を流す聖母像が故障してしまった以上、実際、そのアイディアはディメンシオにとって、ムーディ尊師の訪問によってもたらされる利益を逃さないための唯一の頼みの綱だった。

それで、トリッシュが美術用品をそろえて家に帰ってくると、彼はジョレインの大きな水槽から生きのいいカメを十二匹選んだ。そして、絵を描くという繊細な作業にはいるまえに、どうやったら使徒の顔を沼に生息する爬虫類の甲羅に可能なかぎり恭しく描けるか、妻としばらく話し合った。ディメンシオも彼の妻も、十二使徒の名前の半分も挙げることができなかったので、聖書を調べてみた（あいにくそれには全員の肖像画はそろっていなかった）。そこでトリッシュは亡くなった父親の遺品を入れた箱の中を探り、世界の偉大な名作を集めたタイム・ライフ社の写真集を見つけた。その中にはレオナルド・ダ・ヴィンチの最後の晩餐も載っており、トリッシュはそれを破って夫の眼のまえの作業台に置いた。

「こいつはすばらしい」と彼は言った。「でも、誰が誰なんだ？」

トリッシュは指を差した。「これがユダだと思う。いや、アンデレかな」

「キリストは？」

「これ」とトリッシュは諭すように言った。「この真ん中の人」

ディメンシオは彼女を部屋から追い出すと、腰を据えてカメの絵つけを始めた。手の込んだものにしようとしても無意味だった。溝だらけの甲羅は一ドル銀貨ほどの大きさしかなく、そこに絵を描くのは至難の業だった。それでも顎ひげはあったほうがいいな、と彼は自分につぶやいた。聖書の中の大物はみんな顎ひげを生やしている。ほどなくディメンシオはこつをつかみ、左手でカメを押さえ、右手で絵筆を自由に操れるようになった。彼の手先は繊細で狂いがなく、三時間たらずですべての作業が終わった。どの聖人も豊かなひげが顔を縁取っており、ディメンシオはできるだけひとつひとつちがったものに仕上げていた。

その小さな顔をじっと眺めてトリッシュが尋ねた。「どれがどれ?」

「そんなこと知るもんか」

実際、ディメンシオの思惑どおり、そんなことは問題にはならなかった。ある巡礼者がマタイだと思ったカメが別の巡礼者にとってはヨハネだったりした。

ムーディ尊師の信奉者たちは、トリッシュがプラスティックの園芸フェンスでこしらえたカメの柵のまわりに興奮して群がった。ディメンシオは十二使徒ひとりひとりの名前を挙げ、もがき合うカメの群れをわざと曖昧《あいまい》に指差した。巡礼者たちは納得しただけではなかった。感動していた。ディメンシオは小さな囲いの真ん中にグラスファイバーの聖母マリアを安置した。しかし、今日というこの特別な日に聖母マリアが泣くはずがなかった(ディメンシオは巡礼者たちにそう説明した)。巡礼者たちはその説明にみなうなずいた。息子の側近たちの思いがけない訪問を聖母が嘆くわけがない。

この十二使徒のカメは予想以上の大ヒットだった。ディメンシオは翌朝もこの手を使おうと決め、正午にはもう彼の庭は大混雑になった。が、ディメンシオがキッチンでサンドウィッチを用意していると、トリッシュが息せき切って飛び込んできて、カメたちが日向で干からび、甲羅の絵の具が剝げはじめていると言った。ディメンシオは、グラスファイバーの聖母像のまわりに小さな堀をめぐらせ、そこに園芸ホースで水を満たすという方法で、その問題を解決した。そのあとしばらくして、神の啓示を受けたというサウス・カロライナからの旅行者が、カメたちが泳いでいるのは聖水かと尋ねてきた。ディメンシオがそうだと請け合うと、男は一カップ四ドルで売ってほしいと言ってきた。ほかの参拝客たちもこぞって列をつくった。ディメンシオはすぐにまた堀の水を足さなければならなくなった。

思いがけない幸運に彼の顔は文字どおり輝いていた。カメ信仰！ ムーディ尊師の言うとおりだ。これを天才的なアイディアと言わずしてなんと言う。

参拝は順調に続いた。が、午後も半ばを過ぎた頃、ドミニク・アマドーが現われ、ディメンシオの庭から溢れた参拝客たちを集め、なんとも露骨なやり方で自分の手ににじみ出た聖痕を見せはじめた。トリッシュが熊手で彼を追い払った。その諍いはジエリー・ウィクス市長の眼のまえで起き、市長は恥知らずなドミニクの味方についた。仲裁にはいるつもりなどさらさらないようだった。

ウィクス市長は、一目で巡礼者でないとわかる三人の連れを伴って聖堂にやってきており、連れのうちふたりは、ディメンシオも顔見知りの町はずれの住人だったが、三人目は知らない顔だった。彼らを認めると、ディメンシオはこれから銀行に行くふうを装った。実際、そのとおりだったのだが。

「頼むよ」と市長は言った。「時間は取らせないから」

「タイミングの悪いときに来てくれたもんだね」ディメンシオは分厚い三つの封筒の最後のひとつに札を詰めているところだった。

「ええ？」

ジェリー・ウィクス市長は言った。「ジョレイン・ラックスのことなんだ」

ディメンシオは考えた。くそっ。ほんとの話にしちゃあまりにできすぎてると思ったよ。あのカメはどこかから盗んできたものなんだ。

トリッシュが玄関のドアから顔をのぞかせた。「もっとレタスをちょうだい！」

ディメンシオは銀行に預ける金を引き出しにしまって鍵をかけると、冷蔵庫のところまでレタスを取りにいった。「じゃあ、まあ、ちょっと坐ってて」彼は三人の訪問者に無愛想に言った。「すぐに戻るから」

ロディとジョーンは、今回のような重要なジャーナリズムの仕事でシンクレアの手助けができることに興奮していた。実際、その重要なジャーナリズムとやらが週の農業収穫高のレポートだったとしても恍惚となっていただろう。ロディはガソリン・ポンプの検査をする州の役人で、ジョーンは郡の小学校で三年生を教えていた。ふたりともまだそれほどグレンジに知り合いがおらず、宝くじに関する取材でそっちへ行くのだが、何日か泊めてもらえないか、とシンクレアに頼まれただけでもう有頂天になっていた。そもそも自分たちの情報がもとになっているわけで、そのためにこそシンクレアはジョレインとともに消えた花形記者を探しにくるのだ。そんな彼の力にならないわけにはいかないではないかとばかり、ふたりとも使命に燃えていた。宝くじにまつわるこの不思議な出来事は、グレンジで起きたここ数年で最も大きな騒動で、ロディもジョーンもその只中にいられることが嬉しくてならなかった。そんなわけで、シンクレアは町に着いて二十分と経たないうちに市長に紹介され、トム・クローム失踪の模様を市長に話した。市長は困惑し、いささか狼狽しながらも耳を傾けてから言った。

「何が起こったにしろ、グレンジの人間に責任のあることではないから、どうかご安心ください。グレンジの住人はフロリダ一心の温かい人々ですから」

シンクレアは膝の上の手帳を落とさないように気をつけ、一語一句書き取った。本物の記者もこんなふうにするのだろうと思いながら。緊張をみなぎらせた速記者のように、冠詞ひとつ、前置詞ひとつ洩らさず。ほんとうのところ記者はどうしているのか、それはよくわかっていなかった。が、グレンジに来るまえに記者たちにアドヴァイスを求めるには、彼はプライドが高すぎた。

シンクレアのその正確なメモ取り手法に関する唯一の欠点は、語り手が何か言い、シンクレアがそれを書き取るまで、張りつめた長い沈黙ができるということだった。おまけに彼は極端に筆がのろかった。何年もコンピューターのキーボードに向かってきたせいで、手の中のペンの感触にはどうしてもなじめなかった。さらに悪いことに、彼は潔癖性で、コメントの細部まで洩らさず書き取るだけでは飽きたらず、句読点まで労を惜しまずにいちいち打っていた。

ロディとジョーンは、ジョーンの兄が永遠とも思われるほど長い時間手帳に覆いかぶさっているあいだ、忠実に神経を張りつめさせていたが、市長のほうは徐々にそわそわしはじめた。

「別に私のほうはかまいませんが」ついに市長は言った。「テープレコーダーをお使いになりたければ、そうしていただいても」

さらに張りきってそのことばまで書きとめた。それがシンクレアの唯一の反応だった。

ジェリー・ウィクスはロディのほうを振り向いて尋ねた。「どうしてこんなことまで書くんだね？」

「さあ」

「私がテープレコーダーについて言ったことなんて、誰が気にする？」

「ぼくにはよくわかりませんけど、市長さん、でも、彼には何か理由があるんでしょう」

シンクレアは途中まで書いたところでその手を止めると、恥ずかしそうに顔を上げ、ペンのキャップを閉めた。ジェリー・ウィクスはほっとした顔で、ジョレイン・ラックスが町を出るまえに最後に会った人物に会いにいこうと提案し、その人物はディメンシオという男で、とても有名な聖堂を持っていると説明した。シンクレアはできるだけ早くその人物と話をすべきだと言って、その提案に同意し、手帳をズボンの尻ポケットに突っ込んだ。〈レジスター〉の男性記者たちがしばしばそうするのを眼にしていたのだ。

市長の車の後部座席に乗り込むと、ジョーンが兄に、ソニーの携帯用テープレコーダーが家にあるけど、と囁いた。

「ありがとう」とシンクレアは固い声で言った。「でも、大丈夫だ」

彼はディメンシオとの面会でもまた颯爽《さっそう》と手帳を取り出すとペンを構えて、「お名前のスペルを教えてもらえますか?」と言った。

「あんた警官かね?」ディメンシオはそう言って、市長のほうを振り向いた。「この人は警官か何かなのかね?」

ジェリー・ウィクスはシンクレアの身元と、彼がはるばるグレンジまでやってきた理由を説明した。彼ら――市長、ロディ、ジョーン、シンクレアの四人はディメンシオの居間に通されていて、ディメンシオはお気に入りのテレビ用チェアに坐り、落ち着かない様子で、ロメインレタスを一方の手からもう一方の手へソフトボールのように投げていた。彼としてはこの見知らぬ男を警戒せずにはいられなかった。が、その一方で、聖堂がマスコミに取り上げられるチャンスを逃したくもないのだった。

シンクレアが尋ねた。「ジョレイン・ラックスと最後に会ったのはいつです?」

「このあいだの夜だ」とディメンシオは言った。「カメを預けにきたんだよ」

ロディとジョーンは外の堀にいる絵付けされたカメ同様、水槽のカメにも強い関心を示したが、どういうわけかシンクレアはそれについては追及せず、ディメンシオの答えを正確にメモしてからまた尋ねた。

「ミス・ラックスはある男性と一緒でしたか？」

「白人の男かね？」

「そう、三十代半ばの」とシンクレアは言った。「身長は百八十センチちょっと」

「そいつだね、きっと。うちの聖母マリア像を写真に撮っていったよ。彼女は本物の涙を流すんだ」

役に立とうと、ロディが脇から説明した。「涙を流す聖母像を拝みにあらゆるところから人が来るんです」

「参拝は毎朝受け付けてる」とディメンシオはつけ加えた。「あんたもぜひ寄ってくれ」

シンクレアはなんとも答えなかった。ディメンシオの答えの最初の部分にひっかかっていた。〝聖母〟という単語まで書いたところでロディが横から口をはさんだので、そこで気をそらされ、ディメンシオのコメントの残り部分とのつながりがよくわからなくなり、今は必死で立て直しを図っていたのだ。

「あなたはさっき〝それは〝本物の涙を流すって言ったんでしたっけ？　それとも〝彼女は〝本物の涙を流す、でしたっけ？」

「彼女は本物の涙を流す、だ」とディメンシオは言った。「それこそ酔っぱらった神父みたいに」

ロディにもジョーンにも、そんな下卑た言いまわしが一般家庭向けの新聞に印刷されるとは思えなかったが、シンクレアはそのことばまで書き取った。

「それにうちの十二匹のカメたちの背中には」とディメンシオは続けた。「十二使徒の顔が現われててね。こんなことはあんたも絶対見たことがないと思うよ。まあ、堀の中を見てみてくれよ」

「もっとゆっくり」シンクレアはもうすっかり疲れきっていた。指が痙攣を起こしはじめていた。「ミス・ラックスと一緒にいた男ですが……ふたりは一緒にいなくなったんですか?」

「ああ。男の車でね」

シンクレアがメモを取っているあいだ、ロディとジョーンと市長はずっと黙りこくっていた。気を散らすようなことを言えば、彼のペンをのろくさせるだけなので。一方、ディメンシオのほうは次第にそわそわしだし、レタスを一枚一枚剥いてサイズ別にオットマンの上に置きはじめた。新聞記者の質問がカメの世話に関する金の問題に及びはしまいかと、段々心配になってきたのだ。千ドルというのが一般的で妥当な額だなどという勘ちがいはディメンシオもしていなかった。が、その金額はジョレインのほうから言い出したものだということを新聞記者が信じてくれるとも思えなかったのだ。

しかし、シンクレアがついにノートから顔を上げて、口にしたのは次のような台詞だった。「ふたりはどこに行くのか言ってました?」

「マイアミだ」ディメンシオはほっとしてそう答えた。

情報提供者としての自分の実績が危機に瀕していることに気づいて、ジョーンが口をはさんだ。「わたしたちはバミューダ諸島って聞いたけど。バミューダ諸島については何か言ってませんでした?」

「おれにはマイアミと言ってたけどな。そっちのほうでジョレインにちょっと用があるってことだった」

「もっとゆっくり」とシンクレアが抗議の声を上げ、リューマチを患った宝石職人のように手帳に覆いかぶさった。「さあ、お願いします」

ディメンシオの忍耐ももはや限界に達していた。「M、I、A――」

「マイアミのスペルくらい知ってます」とシンクレアはぴしゃりと言った。

市長は笑いを押し殺そうと、口に拳を押しあてた。

彼らは農道を数キロ、トラックで進んだものの、結局、不審な車を見つけることはできなかった。ボードは酔いと疲れで、もうそれ以上運転できなくなった。が、チャブが代わろうと申し出ても、頑として聞き入れなかった。彼の新しいダッジ・ラムを運転することは誰にも許されなかった。トマト畑の脇にトラックを停めると、トレーラーのところで起きたライフル乱射事件のことで、チャブとシャイナーがつまらない口論をするのを聞きながら眠りに落ちた。チャブはシャイナーにあまりにも厳しすぎる。それがボードの意見だった。が、夜が明ける頃、トラックのクウォーター・パネルの二個所にぎざぎざの弾痕を見つけ、その考えを百八十度変えた。

ボードはチャブに言った。「こいつのタマを吹っ飛ばしてやれ」

「あんたたちだってわからなかったんだよ」とシャイナーは抗議した。

ボードは怒り狂ってチャブのベルトから銃を取ろうとした。「おい、そいつをよこせ」

チャブはその手を振り払った。「誰かに聞かれたらどうする」

「てっきりNATOだと思ったんだ！」とシャイナーは叫んだ。「悪かったって言ってるじゃないか」

「おれのトラックにおまえが何をしたか見てみろ」

「弁償するよ。約束する」

「あたりまえだ」とボード・ギャザーは怒鳴った。

シャイナーはすっかりちぢみ上がり、懇願するように言った。「もう一度だけチャンスをくれよ」

「チャンスだと？　馬鹿たれ」とチャブが言った。彼はもうすでに、この若僧は救いようのないドジだと――早いところ縁を切らなくてはいけないと――結論を出していた。ボードとふたりでコインを投げて、どちらが話を切り出すか決めなくては、と。

そんなことを思いながら、チャブは小便をしにトラックを降りた。錆だらけのペンキのスプレー缶が落ちていた。なんとトマト畑の真ん中に！　あまりにすばらしすぎて信じられないほどだった。チャブはさりげなくトラックに背を向けた。シンナーを吸うことについてはボードがあまりいい顔をしないのだ。ローム質の土に膝をつき、彼は興奮して缶を揺すった。かたかたという心地よい音がした。慣れ親しんだ古い歌のリズムのようだ。ノズルのまわりを手で囲い、顎でノズルを押し下げた。が、ペンキは一滴も出てこなかった。ノズルを鼻孔の下に据えて息を吸い込んでも、どんなにおいもしなかった。ほんのひと嗅ぎすらできなかった。チャブは悪態をついて立ち上がると、空《から》の缶を思いきり遠くまで放り投げた。

小便をしようとズボンのジッパーを下げると、虻《あぶ》がペニスの先端にとまった。これほど億万長者とほど遠い気分もなかった。彼は情けない思いで虻を追い払い、小用を終えた。コルト・パイソンをベルトから抜いて左の腋の下にはさみ、注意深くズボンの右脚の中を手探りしてたどり、絆創膏に触れた。少なくとも宝くじは無事だった。チャブは思った、おれが千四百万ドルを腿に絆創膏でとめてるなんて知ったら、親はなんと言うだろう？

ピックアップ・トラックに戻ったときには、ボードもすでに気持ちを落ち着かせていた。シャイナーがボードに、間近に迫っているというNATOのアメリカ侵略について、熱心に質問を浴びせていた。銃を手にすべき明らかな証拠、警戒しなければならない特別なまえぶれはほんとうにあるのか、と。

「たとえばヘリコプターとか。NATOの秘密の黒いヘリコプターだよ」とシャイナーは言っていた。「インターネットで見たんだけど」

ボードは答えた。「おれはもうヘリコプターの話はあんまり信用してないんだよ。やつらは飛行船に換えるんじゃないかな。状況次第で」

「なるほど」

「いいか、真夜中に音も立てず、侵略が始まったとしてもおれは驚かない。ある朝眼覚めたら、郵便配達人がブルーのヘルメットをかぶってたとしてもな」

シャイナーは身をちぢこまらせた。「それでやつらは……やつらはおれたち白人を皆殺しにするわけだ、だろ？」

チャブが言った。「女は別だがな。女はレイプされる。殺されるのは男だけだ」

「いや」とボードが言った。「最初にやつらがやるのは、食いものも薬も洋服も何も買えないよう、おれたちをひどく貧乏にすることだ」

「どうやって？」とシャイナーが訊いた。

「簡単だ。たとえばだな、やつらがおれたちの持ってる金はすべて違法だと決めたらどうなる？　おれたちが貯め込んだものはすべてトイレットペーパー同然の紙屑になる。そうしておいて、やつらは新しいドル紙幣を印刷して、百万単位で黒人やキューバ人にばら撒くのさ」

チャブはトラックのバンパーに腰かけ、二日酔いを覚まそうと額をこすった。ボードのその〝合衆国通貨陰謀説〟はもう聞いていた。ちょっとまえの夜、〈フーターズ〉で出た話で、そのときにもチャブは、足がつかないうちに黒んぼ女のクレジット・カードは処分したほうがいい、と提案したのだった。なのに、ボードは、〝新世界裁定委員会〟がすべての銀行を乗っ取って新しい通貨を発行する場合に備えて、カードは持っているべきだと言ったのだ。そういう事態になったら、苦労して稼いだ現金はまったく役に立たなくなるから、と。

現金？　とチャブはそのとき思ったものだ。おれたちはふたりともすっからかんだというのに。

「新しい紙幣には」とボードはシャイナーに言っていた。「ジョージ・ワシントンとU・S・グラント将軍のかわりに、ジェシー・ジャクソン（黒人公民権運動指導者）やフィデル・カストロの写真が載るかもしれない」

「冗談じゃない！　おれたちはどうすりゃいい？」

「クレジット・カードだ」とボードは答えた。「クレジット・カードを使えばいい。だろ、チャブ？」

「そのとおりだ」チャブは立ち上がって股を掻いた。最後に五十ドル紙幣を拝んでからあまりに長い時間が経つので、誰の顔が印刷されていたのかもう覚えていなかった。だから、それがジェームズ・ブラウンであろうと、チャブとしては少しもかまわなかった。

「何か食いにいこうぜ」と彼は言った。

フロリダ・シティへ向かうあいだ、シャイナーは野良犬のように歯を剥き出しにして眠りこけていた。ボードとチャブはその静かなひとときを利用して前夜の出来事を話し合った。自分たちはあとを尾けられたのか、それとも、彼らが耳にしたのはたまたま農場に迷い込んだ車の音だったのか。

ボードは後者に票を投じた。レストランから尾けられていたのなら気づいたはずだ、というのがその根拠だった。

「素面だったらな」とチャブは言った。

「誰にも尾けられちゃいなかった。それは保証する。くそガキの銃の乱射で、おれたちはちょっとビビっただけだ」

チャブは言った。「どうだか」

チャブ自身は自分たちの運が傾きかけていることを強く感じていた。その思いは、彼らが朝食をとった軽食堂のウェイトレスがすぐにクレジット・カードを返しにこなかったことで、さらに強められた。チャブはレジのところでウェイトレスが店長に何やら話しかけているのに気づいた。店長は片手に彼らのヴィザ・カードを持ち、もう一方の手に受話器を握っていた。

チャブはテーブル越しに囁いた。「おい、ばれたんじゃないか?」

ボードは身をこわばらせ、脱いでいたカウボーイ・ブーツを履き直そうとして、誤ってチャブの膝を蹴ってしまった。チャブはテーブルの下を苛立たしげに見て言った。

「気をつけろ」

紙ナプキンをねじっていたシャイナーが眼をまんまるに見開いて言った。「どうする?」

「逃げるのさ、坊主。ほかに何ができる?」チャブはシャイナーのまだら模様のスキンヘッドを拳で叩いた。「逃げるんだ。風みたいにな」

13

ボード・ギャザーが、盗んだクレジット・カードにことのほか眼がないことは、彼の警察記録のクレジット・カード窃盗の項目が二桁になっていることから容易にわかった。記録には、有罪が確定した九件の手形偽造と五件の福祉基金を狙った詐欺、四件の電化製品窃盗、三件のロブスター密漁、さらに二件の器物損壊（パーキング・メーターと現金自動預払機）も含まれていた。

これらはすべて、ジョレイン・ラックスが自分を襲った男たちが乗っていた赤いピックアップ・トラックのナンバーを電話でモフィットに知らせたことで、判明したことだった。まず、モフィットはそのナンバーを一台のコンピューターにインプットして、ボディーン・ジェームズ・ギャザーの名前と生年月日を調べた。次に、その情報がまたもう一台のコンピューターにインプットされて、今度はミスター・ギャザーの逮捕記録が出てきたのだった。モフィットは自分が突き止めたそれらの事実に少しも驚かなかった。また、これほど多くの犯罪歴にもかかわらず、ボード・ギャザーがこれまでの価値のない人生で、鉄格子の向こう側で過ごした年月が合計しても二十三ヵ月に満たないという事実にさえ。

ボード・ギャザーが白人優越論者を自認していることや、立ち上げたばかりの右翼義勇軍の創始者であることまでは、さすがにコンピューターも教えてはくれなかったが、それを知ったとしても、モフィットは少しも驚かなかっただろう。一方、ボード・ギャザーのほうは、今自分が唾棄すべきアルコール・煙草・火器局《ATF》の捜査官の注意を惹いていることを知ったら、しかもその捜査官がいまいましい黒人だと知ったとら、仰天してそれこそ腰でも抜かしたことだろう。

ジョレイン・ラックスに会うというのは、モフィットに苦痛と喜びを同時にもたらすことだった。彼女が彼に秋波を送ったり、好意を持っているふりをしたりすることは一切ない。そんな必要などそもそもないのだ。ただ笑うか、振り返るか、部屋を歩くかするだけでよかった。そのどれかひとつだけで効果は覿面《てきめん》だった。

そんなモフィットの精神状態は決していいとは言えなかった。が、悲惨というほどでもなかった。ジョレインのことを考えないで数ヵ月が過ぎることもあれば、彼女のことを考えるときでも、眼をうっとりとさせて思い焦がれるというわけでもなかったから。ただ静かに考え込むだけのことで、それは長年かけて磨き上げた技だった。実際、彼は現実主義者だった。自分の感じるままを感じることのできる人間だった。彼女から電話があれば、いつでもかけ直し、彼女に何かを求められれば、淡々とその期待に応える。そうすることで何物にも替えがたい幸せな気分になれた。

三人が会ったのは、サウス・マイアミのハイウェイ一号線沿いにあるスペアリブのレストランで、ジョレインはピックアップ・トラックの所有者について尋ねるのに三十秒と待とうとしなかった。

「いったい何者なの？　どこに住んでるの？　トマト農場のそばなの？」

「ちがう」とモフィットは答えた。

「住所は？」

「それはもう忘れていい」

「どうして？　どうするつもり？」

「ガサを入れる」とモフィットは言った。

ジョレインにはどういう意味なのかよくわからなかった。

「家捜しのことだ」とトム・クロームが説明した。「それもとことん偏見に基づいた見込み捜査だ」

　モフィットはうなずいて言った。「そのあいだにきみはヴィザ・カードを解約するといい。もう名前はつかんだんだから。それだけわかれば充分だ」

　三人とも盛り合わせ料理とアイスティを注文していた。ジョレインはあまり食べなかった。狩りの仲間はずれにされた気分だった。

「ねえ、そいつの家に〝ガサ〟を入れるときには――」

「家じゃなくてアパートだ」とモフィットはナプキンを口にあてて言った。

「わかった。とにかくそのときには」とジョレインは言った。「わたしも一緒に行きたい」

　モフィットはきっぱりと首を横に振った。「おれ自身も現場には行かない。公には、という意味だが」そう言うと身分証を取り出して開き、テーブルの上に――トム・クロームのまえに置いて、スペアリブで指し示した。「彼女に説明してやってくれ」

　トム・クロームはATFのバッジを見て、納得した。ATFはテキサス州ウェイコーの手入れ（デイヴィッド・コレシュ率いるカルト教団への強制捜査のこと）で物笑いになったことがある。銃アレルギーの人たちが銃規制を声高に訴え、捜査官を高圧的なナチと非難した。その結果、議会は調査に乗り出し、上層部は苦境に立たされ、現場の捜査官の評判はがた落ちになったのだった。

「あれはまさに目茶苦茶な事件だった」とクロームはジョレインに言った。

「わたしだって新聞ぐらい取ってるんだけど、トム。字ぐらい読めるわよ」彼女はそう言ってモフィットに鋭い視線を向けた。「子供扱いするような話し方はやめて」

捜査官は言った。「もう二度と新聞の見出しをにぎわすな。これがワシントンからのきつい命令なのさ。だから、この押し込みはひとりでやるつもりだ」

ジョレイン・ラックスは、黙ってプラスティックのフォークでコールスローをつついた。あの反動主義者どもはいったい何者なのか、知りたくてならなかった。どんな暮らしをしているのか、これまで宝くじが当たった運のいい人々の中で、よりによってなぜこの自分に狙いをつけたのか。なぜマイアミかローダーデイルで誰かが宝くじを当てるまで待たずに——そういうことは始終起きているのに——わざわざグレンジまで当たり券を奪いにやってきたのか。

まるでわけがわからない。ジョレインはモフィットと一緒にその男の家に押し入りたくてたまらなかった。その男のクロゼットを引っ掻きまわし、ベッドの下をのぞき、郵便物に蒸気をあててこっそり開けたくてしようがなかった。なんらかの答えをどうしても得たかった。

「おれに約束できるのは」とモフィットは言った。「当たり券だ。そこにあるようなら、絶対に見つけてやる」

「せめて名前だけでも教えて」

「ジョー、どうして——そうか、電話帳で住所を調べて、私の鼻を明かそうってわけか？　駄目だ」

三人は沈黙のうちに食事を終えた。ジョレインはアップルパイをなんとかたいらげようと粘った。クロームは席を立ったモフィットを駐車場まで追った。

捜査官は言った。「彼女は宝くじを決してあきらめない。それはもちろんあんたもわかってると思うが」

「ああ」

モフィットは笑みを浮かべた。「いずれ彼女は何か思いついて、あんたをきりきり舞いさせるんじゃないかな。嘘じゃない」彼は車に乗り込むと——標準的なばかでかい官給車——携帯電話のプラグをライター用の差込口に差し込み、クロームに尋ねた。

「でも、あんたはなんでこんなことをしてるんだ？　あんたの理由のほうがおれの理由よりましなものだといいんだが」

「いや、たぶんそういうことはないだろう」クロームは、もしジョレイン・ラックスの身に何かあったら、ただじゃおかないとかなんとか、そんなことを警告されるのだろうか、と思った。

モフィットはそんなことは言わなかった。「ここだけの話だが、彼女とは二回デートしたことがある。映画とフットボールのドルフィンズの試合観戦。それで彼女はフットボールが嫌いになった」

「映画は?」

「ニコルソンが出てた何かだ。十年か十一年前の話だ。ドルフィンズはこてんぱんにやられた。覚えてるのはそれだけだ。いずれにしろ、それ以降はまた友達に戻った。彼女の選択だ、おれのじゃない」

クロームは言った。「おれは何も望んでない」

モフィットは忍び笑いを洩らした。「あんたはちゃんと話を聞いてないな。すべて彼女が選ぶのさ。いつだって」そう言って、車のエンジンをかけた。

クロームは言った。「アパートではくれぐれも気をつけてくれ」

「気をつけなくちゃならないのはあんたのほうだ」モフィットはそう言って片眼をつぶってみせた。

クロームがレストランに戻ると、ジョレインは、すばらしいパイだったと言い、駐車場でモフィットと何を話したのか尋ねた。

「フットボールの話だ」

「そう聞いても驚かない」

「わかってると思うけど、彼はとてつもない危険を冒そうとしてる」

「そして、わたしはそのことに感謝してる。ほんとに」

「だったら、きみは妙なやり方で感謝の気持ちを表すんだな」

ジョレインは居心地が悪そうに体をもぞもぞさせた。「ねえ、わたしとしては、こっちからモフィットに言うことばには慎重にならざるをえない。もしあまり感謝してないみたいに聞こえたなら、それはたぶん必要以上に感謝してるみたいに思われたくないからよ。わたしとしては、よけいなことを彼に思わせたく……ねえ、わかるでしょ？　あの人はまだわたしに強い感情を持ってる」

「そういうのを、やりたくてしかたがない感情とも言う」

ジョレインは眼を伏せた。「やめて」彼女はモフィットを今度のことに引きずり込んだことに罪悪感を覚えた。「彼が許可を取るべきなのはわかってる。見つかったら職を失うかもしれないことも――」

「刑務所に行くというのもある」

「トム、彼は力を貸したがってるのよ」

「最悪のやり方でね。彼はきみを幸せにするためならどんなことでもするだろう。まあ、それが狂おしいほどの恋に落ちた人間の性《さが》と言えば言えるけど。ひとつ訊きたいことがある。きみは宝くじの金が欲しいのか？　それとも復讐がしたいのか？」

「両方」

「もしどちらか選ばなきゃならないとしたら」

「お金ね、だったら」ジョレインはシモンズ・ウッドのことを考えた。「お金を取る」

「よし。だったらこのまま進めよう。きみはモフィット捜査官の力を大いに借りることだ」

それからこのおれの力も、と彼は内心思った。

チャンプ・パウエルは、アーサー・バトゥンキル・ジュニア判事が採用した中で最も優秀な法律助手だった。最も機転が利き、最も勤勉で、最も野心的で、アーサー・バトゥンキルはそんな彼を非常に好ましく思っていた。チャンプ・パウエルには、忠誠心がいかに大切なものか、教える必要がなかった。なぜなら、チャンプはロースクールにはいるまえ五年間、警官をしていたからだ。ガズデン郡保安官補。だから世の中の道理というものを初めから心得ていた。善良な者たちは互いに団結し、助け合い、窮地に陥ったときにはかばい合って生きるものだということを。生き残り、出世するというのはそういうことだということを。

だから、バトゥンキル判事から微妙な個人的な問題について意見を求められたときには、彼はそれこそ天にも昇る気持ちになった。相手の名前はトム・クローム。著名な判事とその美しい妻、ケイティのあいだに割ってはいった男。それはチャンプ・パウエルが法律図書館で、コンドミニアムの抵当流れに関する曖昧な上訴決定について遅くまで調べものをしていたときのことだった。アーサー・バトゥンキル判事はパウエルの肩に手を置くと、椅子に腰をおろし、いかめしい顔でクロームをめぐる状況について説明した。そして、もし自分の妻がほかの男といちゃついていたら、きみならどうする？　とチャンプ・パウエルに意見を求めた。パウエルは（彼にはそうした不愉快な方程式の左辺も右辺も経験したことがあった）まずその男を脅して震え上がらせ、町から追い出そうとするだろう、と答えた。バトゥンキル判事は言った、それはすばらしい考えだ、もっとも、厄介な状況に自分の身をさらすことなくそうしたことができればの話だが、と。パウエルは、心配には及ばない、ぼくが個人的になんとかしましょう、と申し出た。すると、判事はそれに対して惜しみない感謝の念を表した。

パウエルは法曹界における自らのばら色の未来をはっきりと予見した。アーサー・バトゥンキルは電話一本でフロリダじゅうのどんな法律事務所の職でも彼に提供してくれるだろう。パウエルはそう思った。

まさにその夜のことだ。パウエルがトム・クロームの家まで車で赴き、鹿狩り用ライフルで家じゅうの窓を撃ち抜いたのは。翌朝、判事は判事室で、大学生が仲間にするようなウィンクをして両手の親指を突き上げ、彼の労に報いた。しかし、その二日後にはもう、クロームはまだケイティと連絡を取っており、涙を流す像のオカルト写真を彼女に送ってきた、と電話で腹立たしげにパウエルに伝えなければならなくなった。それを聞いていきり立ったパウエルは、判事の許可を得て早退すると、閉店前に金物屋にはいり、テレビン油十二ガロンとモップを買った。十二ガロンのテレビン油は多すぎ、においだけでゾウ一頭をひっくり返せるほどだと、経験豊富な放火魔ならきっと誰もが彼に忠告したことだろう。

が、彼には専門家の意見を聞いている余裕はなかった。決意を胸に、鼻をバンダナで覆い、張りきってトム・クロームの家にテレビン油をモップで塗りはじめた。そうして、ひとつひとつの部屋の床と壁に油を塗りたくり、キッチンまで来たときだ。ついに気を失い、ガス・ストーヴの上にくずおれ、遠のく意識の中でがむしゃらに何かを手探りした。当然のごとく彼の手はバーナーのつまみをつかみ、無意識のうちに〝点火〟の位置までまわしていた。爆発が起きたとき、その音は一キロ四方まで響き渡り、家は九十分で燃え落ち、土台だけになった。

チャンプ・パウエルの遺体は、鎮火して何時間も経ってから発見された。消防士が半分溶けた冷蔵庫をひっくり返し、黒焦げになった人間の顎とおぼしいものを発見したのだ。燃え残った遺骸の中から、大きめの骨の破片とゼリー状になった組織の塊が集められ、ヘフティ社製のゴミ袋に入れられ、検死医のところへまわされた。検死医は、被害者は身長百八十三センチ、三十代前半の白人男性だという結論を出した。それ以上の詳しい身元を知るには、歯科治療記録がなければほとんど不可能という所見を添えて。

火災捜査班は被害者の人種、身長、およその年齢から、遺体はおそらくトム・クロームで、家に侵入してきた放火魔を見つけたために、殺されたか殴られて気を失ったのだろうと推測した。

発見された死体の身の毛もよだつ状態、およびそれにまつわる推測が〈レジスター〉の警察まわりの記者に伝えられたのは翌朝のことで、記者は即座に編集局長に報告した。編集局長は厳しい面持ちでニュース編集室のスタッフを集め、放火班が発見した事実を伝えてから、トム・クロームのかかりつけの歯科医の名前がわかる者はいないかと尋ねた。（クロームの見事な笑顔について、あの歯並びは矯正のスペシャリストの手によるものにちがいない、といささか意地の悪い感想を述べた者は何人かいたが）誰も知らなかった。そこで、市《まち》じゅうの歯科医に電話をして、クロームの歯のレントゲン写真を探すという仕事が見習い記者に割り振られた。それと併行して、特集記事の記者には、万が一の場合に備えてクロームの死亡記事を書いておくようにという指示が出された。社としてその記事を載せるのはぎりぎりまで待つべきだが、最悪の事態には備えておくべきだ、というのが編集局長の意見だった。会議のあと、彼は自分のオフィスに急いで戻ると、すぐにグレンジのシンクレアと連絡を取った。シンクレアの妹と名乗る女が出て、兄は今〝カメの聖堂〟に行っているが、伝言は伝えておくと言った。編集局長は言った。「だったら、お兄さんにはこう伝えてください――十二時までにくそオフィスに電話しろ。それができなきゃ、新しい仕事を探せ、と」

　偶然にも、肌の色や体格に加えて、チャンプ・パウエルとトム・クロームにはもうひとつ共通点があった。二十七番の歯、つまり右下の犬歯の先端がひどく欠けているというものだ。チャンプ・パウエルのほうは、一九九三年のゲーターボウル（フロリダ州ジャクスンヴィルで催される全米大学フットボール選手権）観戦で酔っぱらい、ブッシュ・ビールの壜の蓋を歯で開けようとしたときのもので、トム・クロームのほうは、ブロンクスで起きた暴動の取材中、飛んできた煉瓦があたったのだ。

協力を申し出たクロームのまたいとこのひとりが、欠けた歯について（さらにその英雄譚めいた由来を）〈レジスター〉の記者に話し、記者はそれを検死医に報告し、検死医は職務を忠実に守って、クロームの家から回収された黒焦げの顎の骨を調べた。二十七番の犬歯はのみで削り取られたかのように欠けていた。検死医は確信を持って、焼け跡の遺体は現段階ではトム・クロームのものだと判断されると報告書に記した。

その結果、〈レジスター〉はその記事と補足的な死亡記事を第一面に載せることを決めた。トム・クロームの四段抜きのカラー写真の下に。写真は彼の記者身分証に使われている露出不足の顔写真で、髪は風に乱れ、眼は半分閉じられていた。それでも、ケイティは一目見て取り乱し、泣きながら寝室に駆け込むことになるはずだった。アーサー・バトゥンキル・ジュニア判事のほうは、朝食のテーブルに残り、記事を何度も読み返すことに。しかし、どれだけ思い出そうとしても、チャンプ・パウエルの歯並びを思い出すことはできない。

しかし、裁判所に登庁して、二日連続で彼の熱心な助手が職場に姿を現わさないことを知ることになる。秘書たちがパウエルのアパートメントを訪ねて様子をうかがってみると申し出る。が、判事はその必要はないと言い張り、パウエルがシーダー・キーに住む両親を訪ねると言っていたことを思い出したふりをして、ひとり判事室にはいってドアを閉める。黒い法服を身につけ、靴を脱いで腰を下ろして考える。非難を浴びるという点では、焼け焦げた遺体がチャンプ・パウエルのものかトム・クロームのものか、どちらのほうが自分にとってより悪い知らせか。

結論は、どちらにしても厄介だ、だ。しかし、生きているクロームのほうが死んだチャンプ・パウエルより数段面倒なのはまちがいない。だから、気がつくと、彼は新聞の記事が真実で、焼け跡から見つかったのがクロームの焼け焦げた骨であってくれと願っている。チャンプ・パウエルはどこかに身をひそめているのにちがいない。元警官らしく、ほとぼりが冷めるまで機をうかがっているのだ。おそらく一日か二日のうちには連絡してくるだろう。そうしたら、ふたりでもっともらしいアリバイをこしらえよう。物事というのはそういうものだ。一方、冷酷なやり方で元愛人を殺した夫を(すすり泣きの合間に)非難するケイティについても、なんらかの対処をしなくてはならないが、それについてはどんな手を打ったらいいのかわからない。それでも、新しいダイアモンドのペンダントなら、妻の苦悩を和らげることができるかもしれない。

昼休み、アーサー・バトゥンキル・ジュニア判事は妻にペンダントを買いに出かけることになる。

モーテルに戻ると、ジョレインはトレーニング・ウェアに着替えて散歩に出かけた。トム・クロームは何本か電話をかけた。〈レジスター〉の自分用の留守番電話にかけると、保険会社から、彼の住宅所有者総合保険に関するやけに緊急の伝言が残されていた。自宅の留守番電話にはどうしてもつながらなかった。弁護士のディック・ターンクウィストにかけると、(ワイオミングのジャクスン・ホールくんだりで)クロームの〝未来の前妻〟らしき人物が目撃されたという情報がはいったと言われた。

クロームはスポーツ・チャンネル《ESPN》でヨーロッパ・ゴルフ・トーナメントを見ながら居眠りをした。息苦しくなって喘ぎながら眼を覚ますと、ジョレイン・ラックスが彼の上にまたがり、ありえないようなブルーのマニキュアをした爪で彼の脇腹をつついていた。

「ねえ!」と彼女は言っていた。「ちょっと、聞きなさい!」

「降りろ――」

「いったい何が起きてるのか、話してくれるまで降りない」

「ジョレイン、息ができない――」

「〝彼はとてつもない危険を冒そうとしてる〟。あなたはそう言ったわよね。でも、あとでだんだんわかってきた。いったいどうして、連邦法の執行官がよりにもよって新聞記者のあなたに不法侵入を犯すなんて打ち明けるの？　それは危険なんてものじゃない。愚行以外の何物でもない」

「ジョレイン！」

彼女は膝に少し体重を移し、クロームが息をつけるようにした。

「助かった」と彼は言った。

「お礼はいいわ」

ジョレインは鼻と鼻が触れ合うほど顔を近づけて言った。「彼は頭のいい人よ、あのモフィットという人は。だから、記事にされないことがわかってなければ、マスコミのまえでそんな馬鹿げたことを迂闊にしゃべったりするわけがない。事実、記事にはならない。でしょ？　だから、あなたはわたしと一緒に動きまわってるあいだずっと、あのいまいましい手帳を出さなかったのよ」

クロームは新たな攻撃に備えて肋骨のあたりをかばった。「言っただろ？　いちいち些細なことまでメモを取ったりはしないって」

「トム・クローム、あなたの言ってることは嘘ばっかり」彼女は彼の胸に尻を強く押しつけた。「わたしが何をしたかわかる？　モフィットに電話したのよ、彼の携帯電話に。そうしたら、彼が何を教えてくれたかわかる？　あなたはもう新聞社で働いてない、傷病休暇を取ってる。実際、彼は確認したそうよ」

クロームは起き上がろうとした。傷病休暇？　あのぬけ作のシンクレアの仕業だ。あの馬鹿がおれの完璧で非の打ちどころない辞職を台無しにしようとしている。

「どうして言ってくれなかったの？」とジョレインは尋ねた。「いったいあなたは何を企んでるの？」

「わかった」クロームはジョレインの膝の下に腕をすべり込ませ、そっと彼女を仰向けにして倒し、自分の上から降ろした。彼女はベッドの上で体を伸ばし、それから肘をついて上体を起こした。

「待ってるんだけど、トム」

クロームは天井を見つめたまま言った。「実際に起きたのはこういうことだ。おれの部署の担当デスクが宝くじの記事をボツにした。で、おれは会社を辞めたんだ。〝傷病休暇〟というのは初耳だ。たぶんシンクレアがでっち上げて、上司に報告したんだろう」

ジョレイン・ラックスは耳を疑った。「わたしのせいで新聞社を辞めたの？」

「きみのせいじゃない。役立たずで弱虫で無能な担当デスクのせいだ」

「そう。それがただひとつの理由？」

「もちろん、きみに力を貸すと約束したこともある」

ジョレインはすばやく身を寄せた。「よく聞いて。あなたは新聞社を辞めたりしちゃいけない。絶対に駄目。いい？」

「どうにかなるさ。きみが心配することはない」

「まったく、男ときたら。信じられない。頭のおかしな男がここにもひとりいたなんて」

「約束を守ることがどうして頭がおかしいことになるんだ？」

「まったく」とジョレインは言って思った。どこまで朴念仁なの。どこまで野暮なロマンティストなの。「動かないで、いい？　これからちょっと無責任なことをするから」

クロームはジョレインのほうに顔を向けようとした。が、彼女はそれを制して、片手をそっとやり、彼に眼を閉じさせた。

「聞こえなかったの？　動かないでって言ったでしょ」

「なんなんだ?」

「わたしはあなたにキスの借りがある」と彼女は言った。「ゆうべの。さあ、じっとしてて。さもないと唇を食いちぎるわよ」

14

トム・クロームは不意を突かれて面食らった。

「ねえ、何か言ってよ」とジョレインが言った。

「ワオ！」

「もっと独創的なことを」

「きみはサーツの味がする」

ジョレインはまた彼にキスをした。「スペアミント味のね。わたし、これにはまっちゃってるの」

クロームは寝返りを打って横向きになった。どぎまぎしていた。彼女はそれを面白がっていた。彼にもそれがわかった。「こういうのはどうも苦手だ」と彼は言った。

「ことばを換えれば、それはつまりおしゃべりなんかすっ飛ばして、さっさとセックスに移りたいってこと？」

クロームは頬がかっとほてるのを感じた。「そういうことじゃ――」

「冗談よ」

彼はすばやく起きあがった。まったく。こいつには適わない。

「トム、仕事まで辞めたりしてくれて。あなたってやさしいのね。まるで見当ちがいなやり方だけど、でも、あなたがやさしい人であることに変わりはないわ。だから、あなたにはキスを受ける資格があると思ったのよ」

「まあ……よかったよ」

「でも、もう冷静になって」とジョレインは言った。「今からあなたがすることはこういうことよ。車に乗って家に帰り、仕事に戻る。あなたの人生に戻る。あなたはもうわたしに充分すぎるほどのことをしてくれた」

「嫌だ」

「ねえ、わたしは大丈夫だから。モフィットが当たり券を取り返してくれれば、こんなことはもうやめる」

「ああ、そうだろうとも」

「約束するわ、トム。グレンジに戻って、女領主になる」

クロームは言った。「おれは記事のことをあきらめたわけじゃないんだよ」

荷造りをして」

「モフィットが当たり券を見つけられなかったら？」

ジョレインは肩をすくめた。「だったら、そういう運命だったってことよ。さあ、

「いい加減にして」

「いや、しない。きみが金を取り戻すまでは」彼は枕に頭を戻した。「きみがまた濡れたTシャツ・コンテストなんかに出なきゃならない破目にでもなったら、おれは自分が赦せなくなる」

彼女は彼の胸に頭をのせた。「あなたの狙いは何？」

「サーツひとつで充分だ」

「この一連の出来事から何を得ようとしてるの？　このうんざりさせられるほど馬鹿げたことから」

「まずまず耐えられる結末。それだけだ」とクロームは言った。

「いい記事を書くため。そういうこと？」

「ただ単に、夜もっとぐっすり眠れるために」

ジョレインはうなった。「あなたって現実の人間じゃないみたい。ありえない人みたい」

クロームは自分の動機をいい加減に探ってみた。そして思った。もしかしたら、今の自分は盗まれた当たり券をモフィットに見つけてもらいたがっていないのではないか。そうなったら、そこで冒険が終わってしまうから。家に帰らなければならなくなるから。もしかしたら、自分はジョレイン・ラックスを喜ばせるために、ドラマティックで派手な方法で当たり券を取り戻したがっているのかもしれない。自分の手で。別に何か見上げた動機があるわけではない。単なる馬鹿げたプライドとホルモンのせいで。

そう思って彼は言った。「おれにいなくなってほしいのなら、そうするよ」

「あなたのお腹、鳴ってる。またお腹がすいたの？」

「ジョレイン、きみはおれの話を聞いてない」

彼女は顔を上げた。「しばらくこのままでいましょう。このままベッドの上に。そうやってなりゆきを見守るの」

「わかった」とトム・クロームは言った。まったく。こいつには適わない。

チャブは逃亡劇を思い返してほくそ笑んだ。ボードのピックアップ・トラックは例によって食堂の入口からほんの数歩のブルーのゾーンに停められていた。そうでなければ、これほどうまくはいかなかっただろう。カウンターの男としても、こんなに敏捷な身のこなしの四肢不自由者三人組を見たことは、生まれてこの方一度もなかっただろう。

トラックがホームステッドに向かうあいだずっと、シャイナーはずっとうしろを振り返り、追われていないかどうか確かめていた。ボード・ギャザーは全神経を集中させて運転していた。黒人女がクレジット・カードをキャンセルする日はいずれ来るだろうとは思っていたが、実際にそうなってみるとやけに狼狽した。今頃食堂の店長は警察に電話していることだろう。それはもうまちがいない。

「会議を開かなきゃいけない」とボードは言った。「できるだけ早く」

「誰と？」とシャイナーが尋ねた。

「おれたち三人でだ。〈ホワイト・クラリオン・アーリアンズ〉でだ」そろそろ統制の取れた義勇軍らしく振るまいはじめなければいけない。ボードは言った。「今日の午後開く」

チャブが身を乗り出して言った。「今じゃまずいのか？」

「トラックの中じゃ駄目だ。議長と運転手の両方は同時にこなせない」

「小便と口笛は同時にはできないってか」チャブは苔の生えたような舌で前歯を舐め

た。「会議なんて必要ない。必要なのは宝くじの賞金だ」

ボードは言った。「駄目だ。まだ早すぎる」

チャブは三五七口径を出して足元の床に置いた。「また厄介なことが起きるまえに受け取るんだ」

シャイナーは、前部座席でつまらない口論をしている犯罪者ふたりにはさまれ、不思議な安堵を覚えた。チャブはとにかく頼もしい。それは銃を持っているせいだけではない。ボードのほうは頑固すぎるところがあるが、何より頭がよくてアイディアの宝庫だ。シャイナーは、秩序と戦略を重んじる考え方同様、ちゃんとした軍事会議をしようという彼の提案も気に入った。だから、できれば〈ホワイト・クラリオン・アーリアンズ〉の会議が開かれるまえに、タトゥーを直したかった。WRBをWCAに変えるだけだから、そんなにむずかしくはないだろう。雄叫びをあげている鷲はこのままで完璧だ。

タトゥーの店で停まってくれ、とシャイナーが頼むと、チャブが笑って言った。「なんなんだ、そりゃ?」

「本気で言ってるんだ」

ボードは運転席で身をこわばらせた。「そんなくだらないところに寄ったりはしない」

「頼むよ。直したいんだ」

チャブが言った。「おまえのその腕をよく見ろ。まえのやつがまだ痣みたいになってる。まるで腐ったバナナだ」

「あんたは何もわかってない」シャイナーは頭を垂れ、ふくれっ面をした。もううんざりだ、とチャブは思った。で、コルトを拾い上げると、シャイナーの股間に銃身を突っ込んだ。「おまえみたいにうるせえガキは初めてだよ」

シャイナーは驚いて顔を上げた。「す、すみません」

「すみませんじゃすまねえ」

ボードが相棒に落ち着けと言った。「三人とも昨日の夜のまだ興奮がまだ治まってないだけだ。なあ、トレーラーに寄って、オートマティックを持ってこよう。人造湖へ行って、ストレス発散だ」

「それはすごい」とシャイナーが期待を込めて言った。

「で、そのあと会議を開く」

チャブが言った。「祭りだ、祭りだ！」そう言って、銃をベルトに差した。「だけど、人造湖はもういい。おれは動いてるものが撃ちたい。カメなんかより大きくてすばしこいやつだ」

「たとえば？」とシャイナーが尋ねた。

「見てりゃわかる」とチャブは言った。「ユダ公とか……ジャップとか」

「イタ公とか」とシャイナーは調子を合わせた。

「そうだ！」

ボード・ギャザーは、三人で危険なおもちゃを弄ぶときには相棒の不穏なムードが治まってくれていることを願った。

感情的になってはいけない。それぐらいモフィットにもわかっていた。自分はプロだ。低レヴェルの下衆野郎の相手などというのは始終していることではないか。

それでも、ボディーン・ジェームズ・ギャザーの狭苦しいアパートを嗅ぎまわるうち、彼の胸には言いようのない怒りが湧いてきた。

壁にはデイヴィッド・コレシュ——まさにウェイコーの変人その人のポスター。モフィットは大失敗に終わったその強制捜査の際、親しい同僚をひとり亡くしていた。壁の漆喰にあけられたいくつもの銃痕。空《から》の弾薬クリップ。銃の専門誌と〈ソルジャー・オヴ・フォーチュン〉誌の山。ポルノビデオ。『侵入者のバイブル』というタイトルのペーパーバック。ナチの腕章を巻いた胡椒挽き。化学肥料を使った爆弾の作り方の小冊子。大量虐殺を滑稽に描いた漫画の切り抜き。ごたまぜになった全米ライフル協会の記章とバンパー用ステッカー。クロゼットいっぱいの迷彩服。壁紙のめくれた便器のうしろの壁には、南部連合国の旗が立てかけてあり、寝室には更紗でクロスステッチされたデイヴィッド・デューク（KKK団および白人至上主義組織NAAWPの元リーダー）の肖像画が掛けられていた。

モフィットは思った。こいつらはジョレインを痛めつけて大いに愉しんだにちがいない。

玄関のドアには鍵をかけ、さらに椅子を置いて押さえてあった。ボディーン・ジェームズ・ギャザーが戻ってきたときの緊急の退路としては、アパートの裏窓を開け、網戸を拳で突き破っておいた。新鮮な空気が中にはいって悪いことは少しもない。部屋には汚れた洗濯物や煙草の灰や饐えたビールのにおいが充満していた。モフィットは順序よく家捜ししていた。とことんまぬけな悪党が密売品の隠し場所を考えつくことに関してだけは、すばらしい才能を発揮することがある。モフィットは経験からそのことを知っていた。それに、宝くじの当たり券などというものはAK47やキロ単位のマリファナよりずっと隠しやすい。

最初はキッチンだった。汚れたフォーク類を一目見たとたん、外科用手袋を持ってきてよかったと思った。太い前腕で、散らかったダイニングセットを一掃し、そこに戸棚から取り出した箱や缶を乱暴に置いていった。砂糖、小麦粉、インスタント・コーヒー、ケロッグのココア・クリスピー、クルトン、クエーカー・オーツのシリアル。

当たり券はなかった。

彼は深々とため息をついて、冷蔵庫を開けた。恐れていた悪臭は漂ってこなかった。食品棚はほとんど空《から》同然で、バドワイザーとマシュマロ入りクッキー、ケチャップ、かびで覆われたゴーダチーズくらいしかなかった。そこには何も隠されていなかったので、冷凍室に移った。初心者のヤク中や密売人のお気に入りの隠し場所だ。かなり古い半ガロンのファッジ入りアイスクリームの中身をボウルに移し、それをレンジにかけ、アイスが溶けると、穴あきボウルで漉《こ》した。それから、製氷皿の氷をカウンターに空けてひとつひとつ調べた。

当たり券はなかった。

彼はステーキ・ナイフを手に持って寝室に向かい、枕の中身を出し、マットレスの中身とスプリングを調べ、カーペットのかび臭い四隅をめくってのぞいた。箪笥《たんす》の中から見たことのないものが見つかった。迷彩柄の下着。ほかには、第二次世界大戦時代の銃剣、見るからに不潔そうな〈ペントハウス〉誌、全米ライフル協会から何度も送られてきている、会費未払いの督促状の束。モフィットは一番下の引き出しこそ有望な鉱脈にちがいないと確信しており、実際、ごちゃごちゃに入れられたぼろぼろのソックスの下から出てきた。フロリダ州宝くじ事務局発行の皺ひとつないチケットが五枚。

しかし、どれもジョレインが当てた番号とちがっていた。そもそも当選発表日がちがっている。十二月二日。

明日じゃないか、とモフィットは思った。信じられない。彼女から千四百万ドル盗んだだけでもまだ足りないらしい。クソ野郎どもはまだ欲しがっている。

彼はポケットにチケットを入れ、恐る恐るバスルームに移動した。案の定、丸々と肥ったオオアリの群れが洗面台を占拠し、ボディーン・ジェームズ・ギャザーの歯ブラシに特別な嗜好を示していた。モフィットは薬品棚を探り、錠剤の瓶の中身を次々に空けた。いくつかはミスター・ギャザーとは別人向けに処方されたもので、明らかに盗んだか、書類を捏造したか。クレスト（練り歯磨き）と痔の軟膏のチューブも念入りに調べた。靴で踏みつけてたいらにしてから、ワイヤカッターで切り開いた。

何もなかった。

洗面台のキャビネットの中から、トロージャンの潤滑ゼリーなしコンドームの空き箱が見つかった。モフィットはいささか興味を惹かれた。ボディーン・ジェームズ・ギャザーのアパートには女の存在を示唆するものは何も見あたらなかったからだ。病気をうつされることを心配している女の影など皆無だった。銃マニアの同性愛嫌悪の傾向を考えると、あまりありそうにないことに思われたが、もしかしたらギャザーはゲイなのだろうか。そう言えば、テレビのそばに積み上げられたポルノビデオには同性愛志向のタイトルがついていた。

たぶんこいつは、マスをかくときにゴムを使ってるんだろう。あるいは娼婦を相手にするときに使ってるのか。いずれにしろ、けっこう忙しい男のようだ。

トロージャンの謎の答えはプラスティックのごみの缶の中から見つかった。コンドームの袋が五つに剃刀の刃がひとつ。モフィットはそれらを便座の蓋の上に並べてみた。それらの袋の中にはまだコンドームがはいっていた。モフィットは注意深くピンセットで中から取り出した。どれにも刻み目や切れ目がついていた。捨てられたのはそのせいだろう。

モフィットはきらきら光る袋を念入りに調べた。性欲に駆られて急いで破るという、ごく普通の開け方でないのは明らかだった。鋭利なもので、きわめて丁寧に切られている。たぶん剃刀を使ったのだろう。しかし、それほど注意をしても、ボディーン・

ジェームズ・ギャザーは五つのコンドームを全部駄目にしていた。

しかし、六つ目のコンドームはうまくいったのにちがいない。モフィットは確信した。それはどこにあるのか。その中には何が隠されているのか。

「くそっ」と彼は声に出して言った。

ミスター・ギャザーはよほどの楽天家なのだろう。そうでなければ、宝くじのチケットを隠したコンドームがあとで使えるかどうかなど、どうして気にする？

アパートを出ようとして、モフィットは肥ったネズミがダイニングセットの上にぶちまけられた砂糖とシリアルを貪っているのに出くわした。最初に湧き起こった衝動は、そのネズミを撃ち殺すことだった。が、そこで考え直した。どうしてギャザーの手助けをしてやらなければならない？　うまくすれば、こいつは病気持ちかもしれないではないか。

モフィットは元来意地の悪い人間ではなかったが、今は憎しみという罠に囚われていた。ボディーン・ギャザーとそのサディスティックな相棒の影が執拗に頭にちらついていた。ひとりは下着姿でフトンの上に寝そべり、もうひとりはテーブルについてだらしなく坐っている。ふたりともバドワイザーを一気に飲み干すと、自分たちがジョレイン・ラックスにしたことを思い出して——誰が彼女のどこを殴ったか思い返して笑い合っている。彼女の眼の表情、彼女の声を思い起こして。モフィットにはこのままここをあとにするができなかった。ボディーン・ギャザーみたいなクソ野郎にこれまでどおり、勝手気ままな狂った生活を続けさせることなど許せなかった。これは長持ちのする打撃を偏執的なビョーキ野郎に与えられる絶好のチャンスだ。そういうチャンスが一生に何度訪れる？ 何度も訪れるわけがない。ボディーン・ジェームズ・ギャザーのような男はとことんコケにされなければいけない。モフィットはむしろ道義的責任さえ覚えた。その思いを実行に移すにはほんの数分しかよけいにかからなかった。それがすむと、ネズミさえ面白がっているように見えた。

子ガメに触れるや、シンクレアは少なからずショックを覚えた。熱い興奮が手のひらを異常な勢いで流れ、両腕を伝って背骨にまで達した。

彼はディメンシオの庭に造られた堀のへりにあぐらをかいて坐っていた。通常の参拝は終了し、巡礼者たちはもうすでに帰っていた。カメに触るというのは、シンクレアにとって生まれて初めての体験だった。手に取ってみてくれ、ディメンシオに言われたのだ。カメは嚙んだりも悪さをしたりもしないから、と。

シンクレアは絵付けされたカメのひとつを手に取り、そっと膝の上に置いた。溝のある甲羅から彼を見上げているひげ面のなんと気高いことか。また、カメそのものもすこぶる愛らしかった。きらきら輝く宝石のような眼、緑と金色と黄色が縞模様になったヴェルヴェットのような首。シンクレアは水の中に手を伸ばし、もう一匹つまみ上げた。さらにもう一匹。彼はそうやってしばらく子ガメと戯れた。上下に動くゴムのような脚、彼のズボンの生地を無邪気に引っ掻く小さな爪。まるで催眠術にかけられたのような、神聖と言ってもいいほどの感覚だった。カメが人を落ち着かせる何か柔らかなものを発しているようだった。

大丈夫か、と堀に〝聖水〟を足していたディメンシオがシンクレアに尋ねた。シンクレアは無意識のうちに体を震わせ、ハミングをしていたのだ。ディメンシオにはその歌がなんなのかわからなかったが、ラジオで聞きたいと思うような歌でないことだけは確かだった。ディメンシオはジョーンとロディのほうを向いて言った。「そろそろあの〝坊や〟を家に連れて帰る時間じゃないか?」

シンクレアは帰りたがらず、ロディを見上げた。「すばらしいと思わないか?」そう言って、彼は水をしたたらせているカメを両手一杯に抱えて、高く突き上げた。「ほら、見えるか?」

ディメンシオがぴしゃりと言った。「気をつけてくれよ。おれのものじゃないんだから」都会からやってきた妙な男に、ジョレインの貴重な子供たちが何かの拍子に押しつぶされでもしたらかなわない。そうなったら、千ドルにさよならを言わなければならなくなる。

ディメンシオはシンクレアにホースを向けてやりたくなった。それはトリッシュの雄猫には魔法のような効果があったが。シンクレアの顔がゆがみ、何かに一心に集中しているような表情になった。そして、頭が前後にゆらゆらと揺れはじめた。まるで首がゴムにでもなってしまったかのように。

「ニャー、ヌーハ、ニミー、ドゥーディ！」とシンクレアはつぶやいた。

ロディは妻を見やった。「なんだ、あれは？　スペイン語か何かか？」

「そうは思えないけど」

またもやシンクレアは叫んだ。「ニャー、ヌーハ、ドゥーディ！」それはかつて彼が考えた見出しの中で、個人的に一番気に入っている見出しの断片だった。〃緊張の《ナーヴァス・》ヌレーエフ《ヌレーエフ・》が見事に《ニンブル・》ディズニー《ディズニー・》初出演《デビュー》〃。

しかし、その意味がわかったところで、ディメンシオの不安が治まることはなかっただろう。「さあ、おしまいだ」と彼はそっけなく言った。「もう店じまいだ」

ロディに急き立てられ、シンクレアは絵付けされた十二匹のカメを水の中に戻した。ロディが彼を車まで連れていき、ジョーンが家まで運転した。ロディは庭に置いたグリルに練炭を入れた。が、シンクレアは、あまり腹はへってないと言って、寝てしまった。そして、ジョーンが翌朝眼を覚ましても彼の姿はどこにも見えなかった。砂糖壺の下に、彼の取材用の手帳の新しいページが開かれて置かれていた。

私は聖堂に戻った。

実際、ジョーンが兄を見つけたのはそこだった。シンクレアは開いた眼をうっとりとさせていた。

ディメンシオが彼女を脇に引っぱって囁いた。「気を悪くしないでほしいんだが、おれもここで商売をしてるもんでね」

「わかってます」とジョーンは言い、堀のところまで行って兄の横にしゃがみ込んだ。「これからどうするの?」

「あれを見てごらん」シンクレアは指差した。「彼女が泣いてる」

ディメンシオが聖母像の配水管を修理したので、グラスファイバーの頬に涙が光っていた。ジョーンはシンクレアのその感動ぶりに面食らって言った。

「兄さんの上司から電話があったんだけど」

「そりゃよかった」

「すごく大事な用件みたいだった」

シンクレアはため息をついた。まるくした両の手のひらにはカメが一匹ずつのっていた。「これはバルトロマイ。こっちはたぶんシモンだろう」

「ええ、可愛いわね」

「おいおい、ジョーン、われわれは十二使徒のことを話してるんだぞ」

「兄さん、新聞社に電話したほうがいい」

ディメンシオが家の電話を使ってくれと申し出た。キリスト教徒の旅行者の第一団がやってくるまえにこの変人を聖堂から追い払うためなら、なんでも申し出ただろう。

編集局長の秘書はシンクレアの電話を即座にボスにつないだ。シンクレアは抑揚のない声音で、約束どおりに昨日電話をしなくて申しわけなかったと言った。

「そのことはもういい」と編集局長は言った。「悲惨な知らせがある。トム・クロームが死んだ」

「そんな馬鹿な」

「少なくとも、そんな状況だ。放火捜査班が彼の家で死体を見つけた」

「嘘でしょ!」とシンクレアは食い下がった。「ありえない」

「確認ができないほど焼け焦げてるんだ」

「でも、トムは宝くじの女とマイアミへ行ったんですよ!」

「誰がそんなことを?」

「カメを飼ってる男です」

「なるほど」と編集局長は言った。「それじゃ、キリンを飼ってる男は? 彼はなんと言ってる? ペンギンを飼ってるひげづらの婦人は? 彼女には訊いたのか?」

シンクレアは体を回転させながらよろめいた。電話のコードが体に巻きついた。ジョーンが彼の尻の下に椅子をすかさず置いた。息もたえだえに彼は言った。「トムが死ぬなんてありえない」

「警察は今、DNA鑑定をしてる」と編集局長は言った。「でも、トムにまちがいないと九十九パーセント確信してるようだ。われわれも明日の一面に載せる記事を準備してるところだ」

「なんてこった」とシンクレアは言った。部下の記者を亡くす。そんなことがほんとうに起こりうるものなのか。

上司の声が聞こえた。「戻ってこなくていい」

「ええ？」

「まだいい。どういう発表をするか、こちらの考えがまとまるまでは」

「誰に発表するんです？」とシンクレアは尋ねた。

「ラジオやテレビにだ。記者が殺されるなんていうのは近頃きわめて珍しいことだ」と編集局長は言った。「特に特集記事の記者なんかが殺されるなんて。これはおおごとだ」

「そうですよね、でも——」

「いろいろと厄介なことを訊かれる。彼をどこに取材に遣ったのかとか。何を取材してたのかとか。危険な取材だったのか。そういうことについては、おれが対処するのが一番いい。こういうときのためにこそ、おれはそれなりの高給をもらってるんだからな、だろ？」

シンクレアは冷たい霧に包まれたようにぞくっとした。「こんなこと、信じられません」

「たぶん仕事とは関係のないことだろう。強盗とか、嫉妬に狂ったボーイフレンドの仕業とか」と編集局長は言った。「あるいはキャセロール鍋が爆発したとか。そんなこと誰にわかる？　肝心なのはとにもかくにもトムを英雄に祭り上げることだ。記者が殺されるというのはそういうことだ。いいか、アメリア・ロイドを見てみろ。彼女は買いものリストすら書けない女だった。なのに、まわりにどんどん持ち上げられ、とうとう彼女に因んだ大きな賞までできてしまった」

シンクレアは言った。「気分が悪くなってきました」

「みんなそうさ。ほんとに。みんなそうさ」と編集局長は言った。「きみは四、五日ゆっくりしてればいい。気を楽にして、妹と愉しく過ごしててくれ。また連絡する」

しばらくシンクレアはそのままじっとしていた。ジョーンが彼の手から受話器を取り、肩と首に巻きついたコードを慎重に解いた。それから、ティッシュで彼の額の汗を拭き、もう一枚ティッシュを湿らせて、カメの糞で汚れている腕を拭いてやった。

「なんて言ってた？」と彼女は尋ねた。「何があったの？」

「トムのことだ。マイアミにはいない。死んだんだ」

「ええ！　嘘でしょ」

シンクレアは立ち上がって言った。「やっとわかった」

妹は神経質に兄を見た。

「どうして自分がここに来たのか、ついにわかった。何が私をこの場所に連れてきたのか」と彼は言った。「今までは確信が持てなかったんだが。カメに触れて、何か不思議なものに捕えられたんだけど、それがなんなのか、なぜなのか、わからなかった。それが今はわかる。今ははっきりとわかる」

ジョーンは言った。「ねえ、ソーダでも飲んだら?」

シンクレアは胸を叩いた。「おれはここに送られたのさ。生まれ変わるために」

「生まれ変わるため?」

「ほかには説明がつかない」シンクレアはそう言うと、急ぎ足でドアを抜け、聖堂に向かった。そこで服を脱ぐと、泥水の中にカメたちと一緒に身を浸した。

「ニミー、ドゥーディ、ニミー、ニャー!」

Tシャツを並べていたトリッシュがひとつを膝の上に思わず取り落として言った。

「まちがいない。あの人、悪魔に取りつかれてるのよ!」

「ああ、とことんな」とディメンシオは言った。「クーカ、ルーカ、チュー」

不機嫌そうにそう言って、マグロ用のギャフを探しにガレージに向かった。

彼は呆然としている。満ち足りてもいるけれど、呆然ともしている。ジョレインはそう思って言った。

「あなたはテストに合格した」

「白人テストに?」

「そう。ものの見事に」

クロームは笑った。耳に快い笑い声だった。もっとこんなふうに笑ってくれたらいいのに。ジョレインはそう思った。わたしが冗談を言ったときだけでなく。

彼は言った。「こんなふうになるんじゃないかっていつ頃思った?」

ふたりはベッドカヴァーの下で互いに抱き合っていた。まるで外が気温二十二度ではなく、凍えるような寒さででもあるみたいだ、とジョレインは思った。

「キスをするまえ?　それともあと?」とクロームは尋ねた。

「あと」と彼女は答えた。

「嘘だろ?」

「いいえ。ほんとにふとした思いつき」

「このセックスが?」

「そう」とジョレインは言った。

ジョレインは思った。それは必ずしも真実ではない。でも、どうして彼にすべてを話さなければならない?　わたしが心に決めた正確な時間にしろ理由にしろ、どうして彼に教えなければならない？　でも、面白いことに、男というものは永遠に知りたがる。自分はどうやって女をものにできたのか。自分のどんな気の利いたことば、誠実さや繊細さにあふれたどんな当意即妙の台詞が効を奏したのか。まるで誘惑の力を働かせる方法さえ知っていれば、自分が望むときにいつでもその力を意のままにできるとでもいうかのように。

ジョレイン・ラックスにしてみれば、今起きたことにもなんら深い謎はなかった。クロームは感じのいい男で、いろいろと気づかいを示してくれる。強くて頼りになって、馬鹿ではない。そういったことが彼女には重要なのだった。クロームのほうはそのことにまるで気づいていないようだが。

わたしは怯えている、とジョレインは思った。それは言うまでもない。否定できない。凶悪なふたりの強盗を追ってフロリダじゅうを駆けずりまわる。正気の沙汰とは思えない。自分もトムも神経をすり減らされて当然というものだ。きっとそのこととも関係があるのだろう。それもティーンエイジャーのように抱き合った理由のひとつなのだろう。

ジョレインは月並みな寝物語に話題を変えた。

「何を考えてるの？」

「モフィットのことだ」

「あらあら、あなたってなんてロマンティストなの」

「彼が犯人の部屋をたっぷり時間をかけて調べてくれたらいいって考えてた。一週間くらい時間をかけてくれたら申し分ないって。そうすればそのあいだ、ずっとこうしてふたりでいられるから」

「泣けることを言ってくれるじゃないの」ジョレインはそう言って、彼の脚をつねった。「当たり券は彼が見つけてくれると思う?」

「そこにあったらきっと見つけるだろう。彼は見るからに有能そうだったからね」

「そこになかったら?」

「その場合は作戦が必要だ。それと運も」

「モフィットはわたしが何か馬鹿な真似をすると思ってる」

「無理もない」

「真面目に聞いて。だから、犯人の名前も教えてくれないのよ」

「名前ならわかってる」とクロームは言った。「それと住所も」

ジョレインはいきなりベッドカヴァーを跳ね飛ばして上体を起こした。「今なんて言ったの?」

「きみの友達にはもちろん大いに敬意を払ってるけど、車のナンバー・プレートを照会するのにシャーロック・ホームズは要らない。ただ、ハイウェイ・パトロールに友達がひとりいればすむことだ」クロームは無邪気さを装って肩をすくめた。「ピックアップ・トラックのこそ泥の名前はボディーン・ジェームズ・ギャザー。さらに、恐れを知らぬモフィット捜査官の助けがあろうとなかろうと、おれたちにも彼を見つけ出すことができる」

「なんてこと」とジョレインはつぶやいた。この男は思っていたよりずっと如才のない男のようだ。

「きみにはいずれ話すつもりだった」と彼は言った。「でも、ふたりともほかのことに気を取られてたから」

「真面目に」

電話のベルが鳴り、ふたりは飛び上がった。クロームが受話器に手を伸ばした。ジョレインはさっとそばに寄ると、声には出さず、唇だけで訊いた。「モフィット?」

クロームは首を振った。ジョレインはベッドから飛び降りると、シャワーを浴びにバスルームに向かった。彼女がシャワーを終えて出てくると、彼は窓辺に立ってメトロレイル鉄道の線路が延びる広大な景色をじっと眺めていた。彼女が爪をネオン・グリーンに塗り直したことにも、タオルを頭に巻いているだけの姿だということにも気づいていないようだった。

「誰だったの?」と彼女は尋ねた。

「またおれの弁護士からだ」

あらあら、と彼女は思い、ローブに手を伸ばした。「悪い知らせ?」

「まあね。どうやらおれは死んだことになってるらしい」彼はそう言って振り向いた。動揺しているというより、もの思いにひたっているような顔をしていた。「明日の〈レジスター〉の一面に載る」

「死んだ」ジョレインは唇をすぼめた。「からかってるのね」

「自宅で黒焦げになったんだそうだ。新聞に載るんだから、事実にちがいない」

ジョレインはこのトムという男のことが――見かけは落ち着いた好人物のこの男のことが――ほんとうによくわかっているのだろうか、と疑問に思わないわけにはいかなかった。自宅を放火されたというのに、この男は……

彼女は言った。「それで、あなたはどうするつもり?」

「しばらく死んだままでいるように」とクロームは言った。「おれの弁護士はそう言ってる」

15

トラックから銃を乱射しているチャブにボード・ギャザーが言った。もうやめるように。

「だって、あれはやつじゃないか！」

「やつじゃない」とボードは言った。「とにかくやめろ」

「まだやめられねえ」

シャイナーが叫んだ。「鼓膜が！　鼓膜が！」

「このくそったれが」チャブは黒のムスタングがタイヤをなくし、リムだけになって高速道路をスリップするまで撃ちつづけた。ボードは苛立たしげにピックアップ・トラックのブレーキを踏んで路肩に寄せて思った。おれはチャブとシャイナーに対する支配力を失いかけている。セミ・オートマティックがふたりの中の最悪の部分を引き出してしまった。

チャブはトラックから飛び降りると、今にも人を殺さんばかりの勢いで、動かなくなった車に向かって暗闇の中をゆっくりと歩いていった。ボードは上下に動くオレンジ色の煙草の光を目印に、相棒の動きを見守った。チャブはシャイナーに最悪の手本を示していた。フロリダ・ターンパイクでほかの車を狙撃するなど、統制からはほど遠い。

シャイナーが言った。「これからどうする?」

「降りろ、坊主」ボードはグラヴボックスの中から懐中電灯を取り出すと、チャブのあとを急いで追った。チャブは若いラテン系の男に銃を突きつけていた。そのラテン系の男は今まさに、キム・ベイシンガーに似ていなくもない〈フーターズ〉のウェイトレスのくそボーイフレンドに似ていなくもない不運をたどろうとしていた。

ボードが言った。「見事だ、チャブ名人」

チャブは煙草の吸い差しを吐き出した。ムスタングに乗っていたのはトニーではなかった。

シャイナーが尋ねた。「同じ男? それともちがう?」

「全然ちがう。やつじゃない。おまえの名前は?」とボードは尋ねた。

「ボブ」若い男はライフルの弾丸《たま》がかすめたぶよぶよの右腕を左手でつかんでいた。

チャブがコブレイの銃口で男をこづいた。「ボブだと？　おまえはボブって面《つら》じゃねえ」

若い男は自ら進んで免許証を差し出した。そこに載っている名前を見て、チャブはにやりとした。ロベルト・ロペス。

「おれの思ったとおりだ。こいつは嘘つき野郎のくそキューバ人だ！」とチャブは得意そうに言った。

若い男は恐れおののいた。「ちがう。コロンビア出身だ」

「言うのはただだ」

「ロバート《ボブ》とロベルトは同じ名前じゃないか！」

チャブは言った。「へえ、そうかい？　それはどこの惑星の話だ？」

ボードは懐中電灯を消した。高速道路をひっきりなしに行き交う車にひやひやしていた。いくらデイド郡でも弾丸《たま》の穴だらけの車は人目を惹く。

「明かりをこっちによこしな」チャブは若い男の財布を漁っていた。「これだけの労力と弾薬を使ったんだからな」

彼は意気揚々と四枚の百ドル紙幣を掲げ、ボードに見せた。シャイナーが鬨《とき》の声をあげた。

「これを見てみろ。アメリカン・エキスプレス」チャブはそう言って、金色のクレジット・カードをひらひらさせた。「おまえみたいなサボテン野郎がアメリカ人ぶってどうしようってんだ?」

ロベルト・ロペスは言った。「欲しいものはなんでも持ってってくれ。殺さないでくれ」

チャブはシャイナーにトランクの中を漁れと命じた。ボードはまったくの無力だった。今にも警察のブルーのライトが点滅しはじめるのではないかと気が気ではなかった。コロンビア人を撃ったことについて、フロリダ州ハイウェイ・パトロール警官が納得してくれるような、すじの通った弁解などできるわけもなかった。

「急げ! ふたりとも」と彼は声を荒げた。

ふたりはブリーフケースと、ホルスターに収められた三八口径のベレッタ・モデル84と、ツートンカラーの新しいゴルフシューズを見つけた。シャイナーが言った。「サイズは10。おれと同じだ」

「持ってってくれ!」とロベルト・ロペスが運転席から声を張り上げた。

ボードはブリーフケースの中に懐中電灯の光をあてた。棒グラフ、コンピューターのプリントアウト、経済に関する文書。名刺から、ロベルト・ロペスが〈サロモン・

スミス・バーニー証券〉に勤める株の仲買人であることがわかった。

これはおれたちの目的に適った行為だ、とチャブは思った。車の男はアンバーのくそボーイフレンドではなかったが、それでも、洒落た服を着て、金をあり余るほど持っているくそ外国人であることには変わりないのだから。ライフルを撃ったのがまったくの時間の無駄ではなかったことは、ボードも認めざるをえないはずだ。

真面目くさった憤りを声音に込めて、チャブは怯えている若いコロンビア人に呼びかけた。「おまえらはこの国にこそこそ忍び込み、おれたちの職を奪い、おれたちのゴルフ・コースを乗っ取りやがった。さあ、聞かせてもらおうか、株屋のロベルトさんよ。次はなんだ？ 大統領にでも立候補するつもりか？」

興奮したシャイナーが愛国心に燃えて車を蹴った。ゴルフシューズのスパイクが車体に見事な穴を開けた。ボード・ギャザーの顔には、しかし、怒りの色は少しも表れていなかった。

ライフルを脇に置き、チャブがロベルト・ロペスの襟首をつかんで言った。「よし、お利口さんよ」彼はボードが道路脇で移民労働者に手厳しい尋問をしたときのことを思い出していた。「アメリカ合衆国の第十四代大統領は？」

若いコロンビア人は緊張した声で答えた。「フランクリン・ピース」

「ふん！　フランキー誰だと？」

「ピース」ボードの苦々しい声がした。「フランクリン・ピース大統領でいいんだ。この男の答えで合ってる」

チャブは急にしょげ返ってうしろに下がった。「くそっ」

「さあ、行くぞ」ボードはそう言って、ピックアップ・トラックのほうに歩き出した。

チャブは不運な株式仲買人の鼻にパンチを浴びせて、やるせなさを発散させ、シャイナーはムスタングの車体に全エネルギーを注ぎ込んだ。


メアリー・アンドレア・フィンリー・クロームは、昔からのお気に入りのふたりのブロードウェイ俳優に少しばかり敬意を表して、ジュリー・チャニングと名乗ることにした。もちろん、別居中の夫に雇われた令状配達人から逃れるためだ。離婚裁判所に抵抗する彼女の意志はきわめて固く、その行動は常に配達人の一歩さきを行っていた。ワイオミング州ジャクスン・ホール郊外の高速道路のサーヴィス・エリアで豊かな赤い髪を切り、まるみを帯びた眉を新しく描き直すと、その日の午後のうちに、彼女は市街にはいり、荒削りながら活気のある『オリヴァー・ツイスト』の舞台のオーディションを受けた。結局、採用はされなかったが。

一方、ブルックリンでは、機略縦横のディック・ターンクウィストが西部諸州の田舎の劇場興行主のリストをワールドワイドウェブから引き出していた。そして、それぞれの劇場にメアリー・アンドレア・フィンリー・クロームの最近の宣伝写真を――東部の彼女の近親者に緊急事態が発生したことをほのめかす、〝この人を見かけませんでしたか?〟という一文を添えて――ファックスで送った。ジャクスン・ホールの演出家がそれに眼をとめ、電話で連絡をくれた。その演出家の話では、写真の女性は、つい昨日フェーギン役と巧みなかわし屋役のオーディションで、台詞を読んだ女優ととてもよく似ているということだった。ミス・ジュリア・チャニングの歌声は実に役に適していたのだが、ロンドン訛りについては改善の余地があった。演出家はそう言った。「リチャード二世なら申し分なかったでしょうが、私が欲しかったのはスリ役なんです」

しかし、ディック・ターンクウィストが地元の私立探偵を雇って現場に急行させた頃には、メアリー・アンドレア・フィンリー・クロームはすでに山間の町をあとにしていた。

舞台生活にこだわる彼女のしぶとさにターンクウィストはつくづく感心した。追われていることを承知で、メアリー・アンドレアは自分に脚光を浴びせようとしつづけている。芸名を変えるというのは隠れ蓑としても貧弱なら、芸歴にもプラスにならないだろうが。それでも、メアリー・アンドレアとしては、どこかの都会にまぎれ込み、女優をしていたときよりほんのわずかだけ低い給料で、個人を特定できないような仕事――ウェイトレスとか受付係とかバーテンダーとか――に就くこともできなくはないのに、見つかって召喚状を突きつけられる危険を承知で、女優でありつづけることを選んでいる。おそらく自分の持てる技能に強いこだわりあるのだろう。ただ、タークウィストはほかにも必ず理由があると思っていたが。メアリー・アンドレアは人の注目を求めているのだ。世間の注目を浴びたくてたまらないのだ。たとえそれがどんなに実現の望みの薄いものでも、さらに束の間のものであったとしても。

もちろんそうとも、とタークウィストは思った。そう思わない人間がどこにいる？

名乗りたければいくらでも好きな名前を名乗ればいい。ジュリー・チャニングでもライザ・バコールでもなんでも。タークウィストにはわかっていた。最後には、未来の元クローム夫人を捕まえて、裁きの場に連れ出すことができることが。

だから、〈レジスター〉から電話をもらい、トム・クロームがおそらく火事で死んだらしいと伝えられても少しも嘆きはしなかった。トム・クロームとは、つい一時間前に話したばかりだったから。クロームは黒焦げになることもなく、コーラル・ゲイブルズのモーテルでぴんぴんしていた。新聞社がとてつもない過ちを犯そうとしているのだ。〈レジスター〉は死んでもいない故人のために一面全部を割こうとしているのだ。

が、ターンクウィストは電話の向こうの若い記者に、過ちを正すようなことは何も言わず、ただ大きな嘘だけはつかないように気をつけた。結局、そんな必要はなかったが。都合のいいことに、若い記者はターンクウィストに、その日トム・クロームと話したかとも、トム・クロームが死んでいないと信じる理由があるかとも尋ねてこなかった。

かわりに記者はこんなことを言った。「知り合ってからどれくらいになります？　あなたの一番心に残っている思い出は？　彼は人々の記憶に残りたいと思ってるでしょうか？」

どれもディック・ターンクウィストにとっては答えるのに苦労しない質問だった。もちろん口に出しては言わなかったが、メアリー・アンドレア・フィンリー・クロームを追跡することに伴うストレスを和らげてくれたことについて、彼はむしろ〈レジスター〉に感謝した。彼女がこのニュースを耳にすれば、当然もう逃亡する必要はないと考えるだろう。トムの死は彼女を窮地から救い、訴訟から解放し、逃げなければならない理由をなくしてくれるものだ。メアリー・アンドレアはこれまでずっと、結婚を続けることで離婚の不名誉を避けようとしてきた。別居中の彼女の夫のことばを借りれば、最後の筋金入りのカトリックだった。

同時に、彼女はまたドサまわりの役者でもあった。ディック・ターンクウィストには、メアリー・アンドレアが一番早く乗れる飛行機に乗り、フロリダに戻り、悲しみに打ちひしがれた魅惑的な未亡人になりきり、情け容赦ないテレビのインタヴューに答え、キャンドルを灯した涙の追悼式に出席して、毅然とした態度で、殉教した彼女の配偶者の名前に因んでジャーナリズム奨学金を設立する、と発表する姿が眼に浮かんだ。

とにかく彼女が現われるのを待てばいい、とディック・ターンクウィストは思った。

受話器の向こうでは、〈レジスター〉の記者のインタヴューが終わりに近づいていた。

「こんな大変なときにお話を聞かせてくださり、ありがとうございました。最後にもうひとつお聞かせ願えませんか。トムの仲のいい友人として、今回のことをどのようにお感じですか？」

弁護士は嘘偽りなく真実味のこもった声音で言った。「とてもほんとうのこととは思えません」

十二月二日の朝、投資マネージャーのバーナード・スカイアーズは、グレンジの不動産業者、クララ・マーカムに電話で、こちらの寛大な買い値はシモンズ・ウッドの売り主に伝わったのかどうか尋ねた。

「まだ三日しか経ってないじゃありませんか」とクララは言った。

「まだ話もしてないのか?」

「電話で連絡はしました」とクララはごまかした。「ミスター・シモンズはラスヴェガスへ行っていて、妹さんは南の島で休暇中とのことです」

バーナード・スカイアーズは言った。「ラスヴェガスにだって電話はあるだろうが。それくらい私も事実として知ってるんだがね」

普段ならスカイアーズもこれほど気短かではないのだが、リチャード・〝アイスピック〟・ターボーンが労働組合年金の口座から極秘の払い出しを早急にしたがっている、という事情があった。家族の緊急事態というのがどういうものなのかはバーナード・スカイアーズには明かされず、彼のほうもそういう問題については興味のないことをはっきりと示していた。それでも、フロリダのこの不動産の買い入れは今回のマネー・ローンダリングに不可欠なので、アイスピックは契約の迅速な取りまとめを個人的に急いでいた。これらのことはもちろん何ひとつクララ・マーカムに伝えられることはない。彼女は言った。

「今日の午前中にもう一度連絡を取ってみます。必ず」

「それから、ほかには申し込みはないんだね?」とスカイアーズは尋ねた。

「ええ、ひとつも」とクララは言った。これは事実だった。

彼女は、シカゴからのその電話を切ると、すぐにジョレインから教えられていたコーラル・ゲイブルズの番号に電話をした。が、モーテルの受付係が出て、ミス・ラックスとその友達はチェックアウトしたと告げられた。

クララ・マーカムは重苦しい思いで不承不承、故ライトホース・シモンズの不動産管理をしている弁護士に電話をした。グレンジ郊外の十八ヘクタールの土地に対する年金基金からの申し出を伝えると、弁護士は三百万ドルならまずまず適正な額だろうと言った。相続人たちもその金額にすぐに飛びつくだろう、そう確信している、と。

クララも確信していた。友達には申しわけないが、仕事は仕事だ。ジョレイン・ラックスに奇跡でも起こらないかぎり、シモンズ・ウッドは失われる。

一時間後、バーナード・スカイアーズのオフィスの電話が鳴った。クララ・マーカムがいい知らせを伝えるためにかけてきたのだ、と彼のほうも確信した。が、そうではなかった。アイスピックからだった。

「もう待たされるのはうんざりだ」と彼はスカイアーズに言った。「すぐにフロリダに行ってこい」

スカイアーズはフロリダに向かった。

クロームとジョレインは、モフィットの訪問を受けるとすぐ〈コンフォート・イン〉をあとにした。モフィット捜査官は反動主義者のアパートからまっすぐやってきており、真一文字に結ばれた唇がすべてを物語っていた。宝くじの当たり券は見つからなかったのだ。

「残念」とジョレインが言った。

「だけど、どこにあるかはわかると思う」

「どこ？」

「あいつはコンドームの中に隠した。迷彩服の男のほうだ」

「コンドーム」ジョレインは額に拳を押しつけ、怒りをどうにか抑えた。

「トロージャンの」とモフィットはつけ加えた。

「ありがとう。すごくイメージしやすい」

「あいつはそれをどこかに入れて持ち歩いてるんだろう」

「財布の中だ」とトム・クロームが言った。

「ああ、かもしれない」モフィットは事務的な口調で、ボディーン・ジェームズ・ギャザーのアパートの家宅捜索について話した。反政府ポスターのこと、バンパー用ステッカーのこと、銃専門誌のこと、ネズミのこと、ゴミ箱のコンドームのことなどなど。

「これからどうする？　どうやって当たり券を見つける？」とクロームは尋ねた。

「一週間くれ」

「駄目」とジョレインが首を振って言った。「そんなのは無理。時間はどんどんなくなってる」

　モフィットは、サン・ファン（プエルトリコの首都）から戻り次第、またこの問題に取りかかると請け合った。押収品——ハイチ経由で密輸された中国製のマシンガン——がらみの訴訟で証言台に立たなくてはならないということだった。

「戻ってきたら、連中のことはなんとかする。交通違反で車を停めさせて、徹底的にボディチェックをしてやる。もちろんピックアップ・トラックも調べる」

「そこにもなかったら、その場合は……くそっ、わからん」モフィットは顎をこすって窓の外を眺めた。

「でも、もし――」

「どれくらい行ってるの？」

「三日だ。長くても四日」

モフィットはジョレイン・ラックスに、ボード・ギャザーのソックスの引き出しの中から持ってきた宝くじを差し出して言った。「土曜の夜のために。万が一ってこともあるだろ？」

「それってすごく可笑しい」

「いや、これだけ妙なことが起きてるんだからな」

ジョレインは宝くじのチケットをハンドバッグにしまった。「ところで、トムは死んだんだそうよ。明日の新聞に出るんだって」

モフィットは訝しげにクロームを見た。クロームは肩をすくめて言った。「話が長くなる」

「殺されたのか？」

「たぶん。しばらくはそのままにしておきたいと思ってる。それでかまわないかな？」

「おれはあんたに会ったこともない」とモフィットは言った。「あんたもおれに会ってない」

　戸口のところで、ジョレインはATFの捜査官を温かく抱擁した。「いろいろとありがとう。あなたがすごい危険を冒してくれたことはよくわかってる」

「いいんだ」

「面倒なことは何もなかったのね？　それは確かかね？」

「ちょろいものさ。でも、部屋はめちゃくちゃになっていて、ギャザーにはそれがケチなこそ泥の仕業じゃないことがわかるはずだ」

　モフィットが出ていくと、ふたりはすぐに荷造りを始めた。クロームの意見だった。彼の手帳には強盗の住所が書かれていた。ジョレインには、全然使ってない、と言われてしまった手帳ではあったが。


〈ホワイト・クラリオン・アーリアンズ〉の第一回目の正式な会議は、角灯の明かりのもと、誰もいない闘鶏場のリングで開催された。会議はまず肩書きについての口論で幕を開けた。きちんとそれぞれの階級を定めなくては軍事訓練は不可能だとボードが言い、これからは自分を〝大佐〟と呼ぶようにと公言したことにチャブが噛みついた。

「おれたちは同等だ。やつは別だが」それはもちろん若造のシャイナーのことだ。ボードはチャブに少佐の地位を与え、大佐と同等の階級だと請け合った。チャブは若いコロンビア人の株式仲買人から巻き上げた現金で（ビール、ガソリン、煙草、Tボーン・ステーキ、オニオンリング、冷凍チーズケーキなどと一緒に）買ったジャック・ダニエルを呷りながらしばらく考え込んだ。

チャブ少佐というのは響きにあまり威厳がない。ガレスピー少佐なら全然悪くないが、チャブはもう一度苗字を名乗る気にはどうしてもなれないのだった。

「だいたいこういうやり方がばかばかしいってんだよ」と彼はもごもごと言った。

シャイナーが手を上げた。「おれは軍曹でもいい？」

ボードはうなずいた。「坊主、おまえはおれの気持ちがよくわかってる」

チャブが酒壜を掲げて言った。「だったら、おれはクリンゴン星人でいいか？　頼むよ、ギャザー大佐さんよ、お願いだ」

ボードは彼を無視し、西モンタナに本部を置く、悪名高い白人優越論者の組織、第一愛国者同盟のパンフレットをふたりに配った。第一愛国者同盟のメンバーはコンクリートのトーチカで寝起きし、黒人とユダヤ人は悪魔の子で、ローマ法王は自分たちの従兄弟《いとこ》か又従兄弟だと信じていた。〝始まり〟という簡潔なタイトルがつけられたその組織のパンフレットには、市民部隊組織のつくり方や資金調達、税金対策、命令系統、新兵の規則、服装規定、マスコミとの連携、軍需物資などについて役立ちそうな項目がいくつも載っており、シャイナーは一刻も早く読みたがった。

「八ページを見ろ」とボードは言った。「分別ある行動。この意味はみんなわかってるか？　これは高速道路なんかでライフルをぶっ放したりしちゃいかんという意味だ」

チャブが馬鹿にしたように鼻を鳴らした。「ふん」

シャイナーは驚いた。軍隊とは大ちがいだ。腕がべったりと肩にまわされ、顔を向けると、ウィスキーのにおいをぷんぷんさせた息をチャブに吹きかけられた。

「ちゃんちゃらおかしいぜ」とチャブはポニーテールを弄びながら言った。「たった八ドルのためにふたりづれを締め上げるのはいいってのかよ。こっちは哀れな〝ボブ〟・ロペスから百ドル札を四枚も巻き上げたんだぜ。なのに、いきなり下っ端の兵隊扱いだ。なあ、坊主、大佐殿におれのチンポをしゃぶってもいいぜって言ってやれ」

怒声があがり、シャイナーが次に気づいたときには、ボード・ギャザーとチャブはもう取っ組み合って、闘鶏場の乾いた土の上を転げまわっていた。強烈なパンチの応酬などというものはなかったので、これが深刻な喧嘩なのかどうか、シャイナーにはよくわからなかったが。それでも、ぶざまな引っ掻き合いや髪の引っぱり合いには面食らった。地面に転がるふたりの男はとても戦争をひかえた兵士には見えず、ただの酒場の酔っぱらいだった。シャイナーはどこかしら恥ずかしさを覚え、〈ホワイト・クラリオン・アーリアンズ〉がNATOの精鋭部隊を倒す見込みは、万にひとつもないのではないか、と思わずにはいられなかった。

ただの疲労がこの取っ組み合いに幕を下ろした。ボードはシャツが破れ、鼻から血を流していた。チャブは眼帯をどこかへやってしまっていた。これからみんなでおれのアパートへ行ってステーキを焼く、と大佐が宣言した。シャイナーはアパートまでの道中があまりにおだやかなのに驚いた。喧嘩のことは誰も口にしなかった。ボードがモンタナとアイダホにあまたいる義勇軍の話をあれこれして、冬さえなければそっちのほうに行ってもいいんだが、と言った。ただ、寒い気候は肘の痛風を悪化させるということだった。ボードがそんな話をしているあいだ、チャブはバックミラーを調節して裂けたまぶたを点検していた。空気を通さない自転車用のパッチをしていたせいで、眼全体がじくじくと膿《う》んできていた。シャイナーが抗生物質をチャブに勧めると、それを制してボードが言った。自宅の薬品戸棚にオレンジ色の強力な軟膏のチューブがあるから心配するな、と。

アパートのある建物に着くと、ボード・ギャザーは一列めの障害者用駐車スペースにダッジ・ラムをものすごいスピードで器用に駐車させた。不眠症の隣人の咎める視線も彼にはなんの効果もなかった。ボードは仲間の〈ホワイト・ブラザーズ〉に、自分が食料を中へ運んでいるあいだ銃を見張っているように言った。

チャブとシャイナーはトラックの尾板に腰をかけてビールを飲んだ。ふたりがちょうど飲みおえた頃、それが聞こえてきた。悲鳴というよりうなり声に近かった。それでも、首すじの毛が逆立つような、恐怖に引き裂かれた声に変わりなかった。ふたりはボードのアパートに慌てて向かい、チャブは走りながら三五七口径を抜いた。

シャイナーは大佐が床に落とした食料品に気づかず、家の中に飛び込むなりオニオンリングですべり、頭からつんのめった。チャブはチーズケーキを踏んづけ、テレビのところまでこれまたすべり、その衝撃でテレビが横ざまに倒れた。

ボード・ギャザーはそれでも振り返らなかった。居間で身じろぎひとつせず、突っ立っていた。その青白い顔が汗で光っていた。両手で迷彩柄の帽子をつかみ、腹に押しあてていた。

家の中はキッチンからトイレまで徹底的に荒らされていた。明らかに悪意の感じられる、容赦のない手口だった。

チャブは唖然としてコルトをベルトに差すと、「なんてこった」とつぶやいた。そこでやっとボードが見つめているものに眼がいった。ネズミの糞で片頬を汚したシャイナーもそのままの姿勢で、キッチンのタイルの床から見上げた。

侵入者はデイヴィッド・コレシュやそのほかの愛国者たちのポスターを引き剝がし、剝き出しの壁には、一メートルほどの高さのところに赤い文字で殴り書きがしてあった。一行目にはこう書かれていた。

われわれは何もかも知っている

二行目はこうだ。

〈ブラック・タイド〉を恐れよ

〈ホワイト・クラリオン・アーリアンズ〉がピックアップ・トラックに荷物——銃、道具、寝具、水、大量の迷彩服——を積みおえるのには、十五分とかからなかった。いつものようにシャイナーを真ん中にはさんで、三人は無言で前部座席に乗り込んだ。

チャブはサイド・ウィンドウに頭をあずけていたが、動転して、ボード・ギャザーに得意の理論を尋ねる気にもなれないようだった。

シャイナーの眼には、大佐はどこに向かっているのかちゃんとわかっているように映った。決意をみなぎらせて運転席に坐っているように。実際、まっすぐハイウェイ一号線にはいると、鋭く直角に左折した。

シャイナーの予想どおり南だった。エヴァーグレーズ湿原だろう。あるいはキー・ラーゴか。

ルームライトをつけて、ボードが言った。「座席の下に地図がある」

シャイナーは膝の上に地図を広げた。

「裏だ」とボードは命じた。

しかし、ボードは地図よりバックミラーに注意を払うべきだった。そうすれば、アパートから彼らを尾《つ》けている小型車のヘッドライトに気づいたかもしれないのだから。

そのホンダの中では、ジョレイン・ラックスがラジオを消して尋ねていた。「彼らは逃げるってどうしてわかった?」

トム・クロームは言った。「それは勇敢なやつらじゃないからさ。女を痛めつけるような連中だ。逃げ出すというのはそういうやつらの第二の天性とも言うべきだな」

「しかも〈ブラック・タイド〉に追われてるとなればね」ジョレインはひとり忍び笑いを洩らした。彼女とクロームは一時間ほど早くアパートに到着し、窓からアパートの中をのぞいて、そのアパートにまちがいないことを確認しており、そのとき壁に書かれたモフィットの脅し文句を見たのだ。

まえを走るトラックを指差してジョレインが言った。「やつらはわたしの当たり券を持ってると思う？」

「ああ」

「まだ作戦は立たない？」

「まだだ」

「正直な人は好きよ」とジョレインは言った。

「よかった。それからもうひとつ。おれは自分がそんなに勇敢だとは思ってない」

「いいわ。オズの国に着いたら、あなたに少し勇気をくださいって魔法使いにお願いしましょう」

クロームは言った。「トトももらえる？」

「ええ、ダーリン。トトも」

ジョレインは身を寄せると、彼の口にレモン・ドロップを放り込んだ。彼が何か言いかけると、すかさずもう一粒放り込んだ。クロームはなすすべもなく、ただ顔をしかめた。ピックアップ・トラックがどこに向かっているのかはわからなかったが、もはやあと戻りできないことだけはわかった。現代のやもめ暮らし、と彼は思った。シンクレアならどんな見出しをつけるだろう――

〝死んだ男、凶暴なならず者を追跡《デッドマン・ドッグズ・デインジャラス・デスペラードズ》〟。

16

ココナツ・グローヴから遠ざかるにつれ、チャブの思いはいよいよ強くなった——もう二度とあの可愛いアンバーには会えない。その悲しみにチャブは鷲の鉤爪に心臓をぎゅっとつかまれたような気分で、ほとんどパニック寸前になっていた。

が、ほかのふたりはそれに気づいていなかった。シャイナーには謎の〈ブラック・タイド〉のことしか考えられず、ボード・ギャザーのほうは得意の理論を展開するので手一杯だった。要するに、ふたりとも荒らされたアパートのありさまに震え上がっていたのだ。が、黒人と共産主義者の話をしていれば、落ち着かない気分が少しは和らいだ。ただことばをよどみなく並べていれば、それだけで秩序だった平穏な状態が保たれているという錯覚がもたらされた。実際には、死にものぐるいで逃げること以外どんな計画もなかったのだが。自分たちは追われている。正体のわからない悪魔に。ボードの本能は、追跡者の手の届かないところへ逃げて隠れろと、できるだけ早く遠くへ行け、と告げていた。だから、普段は辛辣な皮肉しかボードから惹き出さないシャイナーの矢継ぎ早の無邪気な質問も、今は強壮剤のような役目を果たしていた。義勇軍のまぎれもないリーダーとして、ボードに自信を深めさせていた。〈ブラック・タイド〉とは何者なのか。それを解く手がかりはないに等しかったが、ボードは自らの優位を利用して、荒唐無稽な推理を次々に展開した。頭をフル回転させ、意識を高揚させて。シャイナーはそんな彼の一言一言に熱心に耳を傾けていた。チャブが会話に参加していないことは問題にはならなかった。こういう話になるとだいたいチャブはすぐに舟を漕ぎ出す。そのことにはボードももうとっくに慣れていた。

だから、首すじに銃口の感触を感じたときには、腰が抜けるほど驚いた。シャイナーは（チャブが手を座席のうしろにすべらせたのには気づいていたのだが、ただ伸びでもしたのだろうと思ったのだ）左の耳元で聞こえた鋭い音――撃鉄が起こされた音――に身をすくませた。ほんのわずかだけ体を横に向けると、コルト・パイソンが大佐を狙っていた。

「車を脇に寄せろ」とチャブは言った。

「なんのために？」とボードは尋ねた。

「おまえのためだ」

相棒がトラックを停車させると、チャブは起こした銃の撃鉄を戻して、「坊主」とシャイナーに言った。「おまえにはもうひとつ任務がある。同盟に残りたいのなら」シャイナーは叱られた子犬のようにびくっとした。〈ホワイト・クラリオン・アーリアンズ〉での自分の地位は安泰だと思い込んでいたのだ。

「大したことじゃない」とチャブは言った。「すぐにわかる」彼はピックアップ・トラックから降りると、シャイナーも降りるよう銃で示した。

ほろ酔い加減で疲れていても、こらえ性のないボードにとって、迷惑はあくまで迷惑だった。義勇軍の命令系統など、チャブにはなんの意味もない。この愚か者は一時的な衝動と無鉄砲な感情だけで行動する。こんなことがいつまでも続けば、最後にはみんなレイフォードの重警備刑務所――白人至上主義運動にとっておよそ理想的とは言えない場所――行きになるのが落ちだ。

チャブがまたトラックに乗り込んでくると、ボードは言った。「こんなことはやめろ。坊主はどこだ？」

「ちょっと使いにやった」

「なんのために？」

「ちょっとした用事をさせるためだ。さあ、行こうぜ」チャブはリヴォルヴァーを自分とボードのあいだのシート――シャイナーが坐っていたところに置いた。「くそっ」歩道を歩くシャイナーのゴルフシューズのスパイクの音がボードにも聞こえた。

「さあ、車を出せよ」とチャブは言った。

「行きたいところは？」

「おまえが行こうとしてたところでいいよ。ジュウフィッシュ・クリークから離れすぎなきゃ」チャブは窓から茶色の唾を吐いた。「でも、いいぜ。なんでも訊いてくれ」

ボード・ギャザーは言った。「ああ。なんでジュウフィッシュ・クリークなんだ？」

「名前が気に入ってるんだ」

「なるほど」それはおまえが混じりけなしの馬鹿だからだ、とボードは胸につぶやいた。

夜明けには彼らはキー・ラーゴのマリーナに着いていた。そのときにはもう盗むボートも決めていた。

〈レジスター〉は、まるでこの世の終わりを暗示するかのような見出しとともにトム・クロームの死を公表した。が、そのニュースがアメリカのジャーナリズムを根底から揺るがすようなことはまるでなかった。〈ニューヨーク・タイムズ〉は記事自体を掲載せず、AP通信は〈レジスター〉のメロドラマ風の第一面全面記事を地味な二十八センチ記事にまとめ、検死医は当初の所見に確信を持ってはいるものの、トム・クロームの自宅の焼け跡で見つかった遺体の身元はまだ断定されてはいない、というリライト・デスクの慎重な見解を伝えた。同時に、〈レジスター〉の編集局長は最悪の事態を確信しているらしいことにも触れ、クロームは微妙な問題をはらんだ記事の取材中に殺された可能性が〝きわめて高い〟という彼のコメントも伝えていた。そのことに関する詳細を求められた編集局長が、〝捜査に関わることを話す自由は自分には許されていない〟と述べたことも。

全国の多くの新聞がAP通信の記事を採用し、それを四つか五つのパラグラフにちぢめて載せた。〈ミズーリアン〉紙には幾分長めの記事が載った。〈ミズーリアン〉というのは、ミズーラ（モンタナ州西部の小都市）と、モンタナの広大なビタールート渓谷に点在するいくつかの小さな町に配られている日刊紙で、折りしもメアリー・アンドレア・フィンリー・クロームが小劇場で公演される『ガラスの動物園』のために滞在していたのが、そのあたりだった。テネシー・ウィリアムズが格別好きというわけでもなかったのだが（彼女はそもそも芝居よりミュージカルのほうが好きだった）、彼女としても仕事が必要だったのだ。ドサまわりの芝居にも出ないわけにはいかない状況はメアリー・アンドレアを憂鬱にさせたが、同じ出演者のひとりの女優と仲よくなったあとは、そんな憂鬱も吹き飛んだ。その女優は州立大学でダンスを専攻する学生で、名前はロリといった。いや、ロレッタだったか。プログラムを見て確認しなくては。メアリー・アンドレアにとってその町での二日目の朝。ロリだかロレッタは、新しい町営のメリーゴーランドの近くにある、学生や地元の芸術家たちのたまり場——居心地のいいコーヒーショップに彼女を連れていった。ふたりは、独特の雰囲気を醸し出している重厚な古いソファに、カプチーノとクロワッサンをまえに満足げに腰を下ろし、ともに新聞を広げた。

毎朝、娯楽欄と有名人の最新情報欄から眼を通すのがメアリー・アンドレアの習慣だったが、〈ミズーリアン〉ではそのうちいくつかが省略された記事になっていた。六時間にも及ぶ恋人の移植手術をしなくてはならない発作性睡眠の心臓外科医の映画に、トム・クルーズが二千二百万ドルで主演しようとしていた（メアリー・アンドレアは、どの拒食症のフェラチオ女優がその恋人役を射止めるのだろうと思った）。また、メアリー・アンドレアの一番嫌いなテレビ番組、『サグ・ハーバー物語』が、三年をもって放映打ち切りになると書かれていた（それでも残念ながら、横柄な生地問屋の女相続人、ダリエン役を彼女から奪った、あのいまいましいアイルランド人の魔女、シヴォーン・デイヴィスの見納めにはならないのではないか)。シェイクスピア劇の野外劇で共演したことのある麻薬常用者の俳優が、トランプ・タワーのロビーで服を脱がせられた挙句、ついに逮捕されていた。逃亡の途中、彼は五番街側の出入口で警備員に頭突きを食らわせていた(その俳優の哀れな末路を知っても、メアリー・アンドレアは少しも嬉しくなかった。『ヴェニスの商人』の公演中、トチ狂ったコガネムシが彼女の右耳に飛び込んで、ポーシャの有名な慈悲深い長台詞を遮り、ぎこちない数秒ができたにもかかわらず、彼は実に思いやりのある態度を示してくれたのだ)。

〝ピープル〟欄のコラムに載っている記事をひとつひとつじっくり読み、賢明なコメントを添えると、メアリー・アンドレア・フィンリー・クロームは〈ミズーリアン〉のより生真面目なページに移った。そして、初めのほうの第三面の見出しに注意を惹かれた。〝新聞記者、謎の火事で焼死〟。メアリー・アンドレアは興味深い謎が大好きだった。だから、彼女の心を捕えたのは、記者が焼死したという事実ではなく、むしろ〝謎の火事〟という表現だった。が、ふたつ目のパラグラフの中に別居中の夫の名前を見つけ、すさまじいショックを覚えた。指先から新聞を取り落とすと、震えながら、まわりでコーヒーを飲んでいる人々がニューエイジの瞑想法かと勘ちがいするようなうめき声を洩らした。

「ジュリー、大丈夫？」とロリだかロレッタだかが訊いた。

「いえ、ちょっと」とメアリー・アンドレアはざらついた声で言った。

「どうしたの？」

メアリー・アンドレアは拳を両眼にあてた。その手にほんものの涙が感じられた。

「医者に行く？」と新しい友達は尋ねた。

「いいえ」とメアリー・アンドレアは答えた。「それより旅行社に連れてって」


ジョーンとロディは〈グラブ＆ゴー〉で〈レジスター〉を一部買って、シンクレアに見せるために聖堂へ向かった。が、シンクレアはどうしても読もうとしなかった。

「兄さんの名前も出てるわよ」とジョーンが食い下がり、よく見えるように新聞を掲げた。

ロディが言った。「トム・クロームの上司として」「義兄《にい》さんは今主張中なので、コメントは載せられないって書いてある」

「ニャー、ニミー、ドゥーディ！」それがシンクレアの答えだった。

彼のそのさえずりは、狭い堀に沿って集まっていたキリスト教徒の旅行者たちのあいだにつぶやきのさざ波を広げた。ある者はひざまずき、ある者は日傘をさして立ち、ある者は折りたたみ椅子やイグルー社製のクーラーの上に坐っていたが、シンクレア自身はグラスファイバーの聖母像の足元にひれ伏していた。

ジョーンは兄の行動が心配でならなかった。やはり両親に知らせたほうがいいだろうか？ ヘビを異様に可愛がる狂信者のことは何かで読んだことがある。カメにこれほど執着するのは異常者の一歩手前という気がする。ロディもそんなのは聞いたことがないと言った。「でも、個人的には」と彼はつけ加えた。「ヒシモンガラガラヘビじゃなくて、カメでよかったよ。さもなきゃ、今頃はもう棺桶を買いにいってる頃だよ」

シンクレアは淡い色のシーツをトーガのようにして、その中にすっぽりとくるまっていた。シーツの上には新鮮なレタスの葉が紙吹雪のように散っていた。その光り輝くビュッフェ・テーブルに、十二使徒のカメたちが陽射しを浴びた石の上からびっくりするほどのすばやさで這い登っていた。シンクレアはそのカメの群れに向かってやさしく咽喉を鳴らし、おだやかに眼をしばたたいていた。カメたちがそんな彼の頭のてっぺんから爪先まで一心不乱に縦断すると、カメラのシャッターが切られ、ビデオテープがまわされる音がした。

トリッシュとディメンシオはそうした観光客の様子を居間の窓から見ていた。トリッシュが言った。「あの人、大したものだわ。それはあんたも認めるでしょ?」

「ああ。とことんいかれてる」

「でも、彼をここに引き止めてよかったと思わない?」

ディメンシオは言った。「金は金だからな」

「あの人、頭がおかしくなったのよ。歯車がはずれちゃったのよ」

「かもしれん」ディメンシオは巡礼者たちに無節操につきまとっているドミニク・アマドーに気を取られていた。

「あの野郎。松葉杖をついてやがる!」

トリッシュは言った。「どうしてだか知ってる?」

「想像はつく」

「そう、ついに足に穴をあけたのよ。オートバイの部品屋の男の子に三十ドルばかりお金を払って頼んだんだって」

「あのいかれ頭」

ちょうどそのとき、ドミニク・アマドーが窓の向こうから彼を見つけ、クリスコ・ショートニングを詰めたミトンの手をおずおずと振った。ディメンシオは挨拶を返さなかった。

トリッシュが言った。「追い払ってくる？」

ディメンシオは腕組みをした。「今度はなんだ——ありゃいったい誰なんだ？」彼はフードつきの白いローブをまとったほっそりした人物を指差した。その人物はクリップボードを抱え、事務員のようにてきぱきと旅行者から旅行者に話しかけていた。

「セブリング通りの女よ」とトリッシュが説明した。「道路のしみのキリストの。彼女は高速道路管理局に出す嘆願書の署名を集めてるのよ」

「まったく。あの女はおれたちの客を横取りするつもりなんじゃないか？」

「いいえ、ダーリン、州が彼女の聖堂を舗装し直したがってるから——」

「そんなのはおれの知ったことか。こっちはここでビジネスをしてるんだ」

「ええ、わかってる」トリッシュはそう言うと、〝キリストじみ〟の女と話をつけるために外へ出ていった。ディメンシオは競争相手に対して決して心を許さない、常に集団から一歩抜きん出ていたいと思っている男だった。だから、ドミニクやほかの人間が自分の縄張りをこそこそうろついていると、どうしても落ち着かなくなるのだ。そのことはトリッシュもちろんよく心得ていた。奇跡を商売にするのはピクニックとはわけがちがう。

だから、突然やってきた新聞記者の芝居がかった奇妙な行動が、いつも以上にディメンシオを警戒させたことは言うまでもない。涙を流す像の排水の不備なら対処はできても、生身の変人となると話は別だ。さしあたって、ひれ伏して支離滅裂な行動を取っているシンクレアは多くの観光客を呼び寄せている。が、万一彼が突然錯乱したら？　彼のわけのわからないちんぷんかんぷんなつぶやきがいきなり暴力的な演説に変わったら？

つまるところ、ディメンシオは自分の聖堂を自ら取り仕切れなくなるのではないかとやきもきしているのだった。深々と椅子に腰を下ろし、彼は絵付けされていない子ガメたちが今か今かと朝食を待っている水槽を見つめた。ジョレイン・ラックスはくさいチビどもの様子を確かめに何度か電話をかけてきていた。ディメンシオはそのたびに四十五匹ともみんなつつがなく元気だと報告していた。十二使徒の詐欺のことは言わなかった。ジョレインは四、五日したら〝大切な赤ちゃん〟たちを迎えに帰るからと言っていた。

大切なのはこっちもご同様、とディメンシオは思った。大切だからこそ、こうして世話を焼いてるんだ。

トリッシュが戻ると、彼は言った。「ほかのにもやってみよう」

「何を？」

「あれだよ」彼は水槽のほうを顎で示した。

「どうして？」

「もっと絵付けしてもっと儲ける。ミスター・ボーン・アゲインもどんなに喜ぶか。考えてみるこった」ディメンシオは正面の窓をちらりと見た。「もっと絵付けをして、あのいかれ頭をどっぷりカメに浸からせてやろう」

トリッシュは言った。「でも、ダーリン、使徒は十二人しかいない」

「誰が使徒だけだなんて言った？　あの聖書を探してきてくれ。聖人っぽいのがあと三十三人いればいい。ほとんど誰でも用は足りる。新約聖書でも、旧約聖書でも」

トリッシュにどうしてノーと言えるだろう？　こうした問題に関して、彼女の夫の勘は常に信頼できた。絵筆や絵の具の壜を集めると、彼女はディメンシオにジョーンとロディからもらった〈レジスター〉の第一面を見せた。「その人、ジョレインとマイアミに行った人よね？」

「ああ。ただ、やつは死んでないけどな」ディメンシオは馬鹿にしたように人差し指で新聞を弾いた。「今朝、彼女が電話をかけてきたとき、このトムっていう男も一緒だった。フロリダ・キーズ（フロリダ州南岸沖の小島やさんご礁群）のどこかの電話ボックスからだった」

「フロリダ・キーズ！」

「ああ、でも、カメの坊やにはそのことは言うなよ。まだ今のところは」

「そうね」とトリッシュは言った。

「部下がまだ生きてるって知ったら、祈るのをやめちまうかもしれない。それはまずい」

「ええ」

「あるいは、あの天使のような声を出すのをやめるかもしれない」

「舌よ。舌で声を出してるの」とトリッシュが訂正した。

「なんでもいいさ。おれは嘘は言いたくない」とディメンシオは言った。「だけど、あのいかれ頭は今のところ、うちの商売を盛り立ててくれてるからな」

「わたしも何も言わない。ねえ、見て。同じ記事に彼のコメントが載ってる」

ディメンシオは絵の具の薄め液の壜の蓋を開けるのに格闘しながら、最初の数パラグラフにざっと眼を通した。「これを見たか？〝特集記事及びファッション部門編集局次長補佐〟だとさ。どえらい仕事じゃないか、ええ？ふん、あいつが泥の中で転げまわるのも不思議はない」

トリッシュは絵筆の束を彼に渡した。「聖なるカメTシャツっていうのはどう？それとキーホルダーもできるかもね」

ディメンシオは顔を上げた。「いいね、いいね」その日初めて笑顔になった。

公衆電話の順番がまわってくると、トム・クロームはニューヨークのロング・アイランドの両親に電話をし、新聞で見たことは信じないようにと言った。

「おれは生きてる」

「誰がおまえは生きてないなんて言ってるんだ？」と父親は言った。

〈ニューズデイ（ニューヨーク市郊外で発行されているタブロイド紙）〉はスポーツ欄以外のどこかに例の記事を載せているはずだった。クロームは放火事件について父親はおそらくそれを見逃したのだろう。

クロームは放火事件についてざっと説明し、マスコミからそのうち取材が来ても、うまく対処するように言った。それからケイティに電話をした。彼女は涙声になっていた。それにはクロームも実際に胸が熱くなった。

「新聞の一面を見て、トミー！」

「ああ、あれはまちがいだ。おれは生きてる」

「ああ、よかった」ケイティは鼻をすすった。「アーサーもあなたが死んだって言って、それでダイアモンドのアクセサリーまで買ってくれたの」

「葬式用に？」

「あなたの件には彼がからんでる。彼はわたしにそんなふうに疑われてると思ってるのよ。実際、わたしはそう思ってたわけだけど。今の今まで」

クロームは言った。「おれは今でもおれの家に火をつけたのは彼だと思ってる」

「本人が直接じゃないけど」

「わかるだろ？　キッチンで見つかった遺体というのはたぶん彼の助手だ。忠実で、おっちょこちょいの」

「チャンプ・パウエル。きっとそうだわ」とケイティは言った。「トム、わたし、どうしたらいい？　もうアーサーの顔なんて見たくもない。でも、彼が誰かをひどい目にあわせようとしたなんて、やっぱり信じられなくて……」

「荷物をまとめておふくろさんのところへ行くといい」

「それにこのダイア、とてもきれいなの。いったいいくらするのか。だからね、誠実でありたいっていう気持ちも彼には――」

「ケイティ、もう切らなくちゃ。おれと話したことは誰にも言わないでくれ。いいね？　しばらく秘密にしていてくれ。これはとても大事なことだ」

「あなたが無事でほんとうによかった。ずっとずっと祈ってたのよ」

「だったら、まだやめないでくれ」とトム・クロームは言った。

そよ風の吹く明るい秋の朝だった。空には雲ひとつなく、カモメやアジサシが何羽も舞っていた。マリーナはその日の活動を始めてはいたが、活気はなかった。感謝祭と新年の狭間の典型的な閑散期で、旅行者はまだ北のほうに集中しており、収入減を別にすれば、地元の人々にとって喜ばしい特別な時期だった。ふりの客を捕まえられるなどということはめったにないので、チャーター船の船長たちも誰ひとり桟橋に降りようともしていなかった。

ジョレイン・ラックスは車の中でまどろんでいた。クロームに腕を触れられ、眼を開けた。口の中が酸っぱく、咽喉がいがらっぽかった。

「うううう」彼女は欠伸をした。

クロームは彼女にコーヒーカップを差し出した。「長い夜だった」

「わたしたちの坊やたちは？」

「まだトラックの中だ」

ジョレインは言った。「どう思う？　誰かを待ってるのかな？」

「さあ。さっきから行ったり来たりして船を調べてる」

フロントガラスのきらめきに眼をすがめるようにして、ジョレインはサングラスを手探りした。赤いダッジのピックアップ・トラックは、マリーナの反対側——釣具店の正面入口脇に停まっていた。

「また障害者用スペース？」

「ああ」

「くそったれ」

ふたりはトラックを運転しているのがボディーン・ギャザーだろうと見当をつけていた。ハイウェイ・パトロール局に勤めているクロームの知り合いの情報によれば、トラックはその名前で登録さていた。弾丸《たま》のあとがあちこちにできていたが、車そのものは新車で、逃亡中の重罪犯などに気軽に貸したりはしそうにない持ち主を連想させた。クロームとジョレインにはまだボディーン・ギャザーの相棒の名前はわかっていなかった。片眼を怪我したポニーテールの男のほうは。

新たな謎がひとつあった。第三の男、夜の真っ暗闇の中、いきなりトラックから降ろされた男だ。ジョレインとクロームは車をビデオ・ショップの駐車場に入れて、その様子を見ていたのだが、ジョレインは第三の男の身のこなしにどこか見覚えがあった。が、灰青色の闇の中では顔の見分けはつかなかった。通り過ぎる車のヘッドライトが、陰気にとぼとぼと歩く小肥りのうしろ姿と、オーストラリア軍の軍帽のようなブッシュ・ハットを時折浮かび上がらせるだけでは無理だった。

マリーナで朝を迎えたときには、その第三の男の姿はなかった。それをどう解釈すればいいのか、クロームにはわからなかった。

両親には電話をしたのか、とジョレインが尋ねた。

「ふたりともおれが死んだことさえ知らなかった。だからかえってすごく混乱してる」とクロームは言った。「次のラジオの順番はどっちだっけ?」

「わたし」ジョレインはダイヤルに手を伸ばした。

車の中で長時間を過ごすあいだに、ふたりは音楽の好みがちがうという、深刻になりかねない問題にぶちあたっていた。クロームは南フロリダをドライヴするならBGMは一貫してハードロックだと信じており、ジョレインのほうは陽気で心の安らぐ歌が好きだということが判明したのだ。そこで公正を期すために、ラジオのチャンネル権を交代で取り合うことにしたのだが、彼女がシャーデーに運よく出会えば、彼はトム・ペティをつかまえた。彼がキンクスを聞けば、彼女はアニー・レノックス。そんな具合だった。時折、共通の好みも見つかった。ヴァン・モリソン、ダイアー・ストレイツなど。ローリング・ストーンズの『ファーラウェイ・アイズ』はフロリダ・シティを走りまわりながら一緒に歌った。ふたりして大嫌いというのもあり、(たとえば、ポール・マッカートニーとマイケル・ジャクソンのデュエットなど)そんなときにはふたり同時にチューニング・ボタンに手を伸ばした。

「気づいたことがあるの」とジョレインがヴォリュームを調節しながら言った。

「これ、誰？」

「セリーヌ・ディオン」

「まいったね。今日は土曜の朝だぜ。少しは慈悲の心というものを持ってほしいね」

「すぐあなたの番になるでしょうが」ジョレインは小学校の教師のような抜け目のない笑みを浮かべた。「それより、トム、気づいたことを言うわね。あなたは黒人ミュージシャンがあまり好きじゃない」

「ばかばかしい」彼としても黙ってはいられなかった。

「だったら、名前を挙げてみて」

「マーヴィン・ゲイ、ジミ・ヘンドリックス――」

「生きてるミュージシャンで」

「B・B・キング、アル・グリーン、ビリー・プレストン。それとあのフーティ＆ブロウフィッシュのメンバー、なんて名前だったっけ――」

「ちょっと強引すぎるんじゃない？」とジョレインは言った。

「それにプリンス！」

「嘘でしょ?」

クロームは言った。「嘘じゃないよ。『リトル・レッド・コルヴェット』なんて最高だね」

「かもね」

「おいおい、おれがもしきみに同じような質問をしたらどういうことになる?」

「あなたの言うとおりね」とジョレインは言った。「前言はすべて撤回するわ」

「生きてるやつだなんて。勘弁してくれよ」

彼女は薄いピンクがかったサングラスのへりから彼を見つめた。「でも、あなたはこの問題になると妙に神経質になる。白人の責任ってやつ? 少なくともリベラルな白人の」

「おれがリベラルだなんて誰が言った?」

「守勢にまわったときのあなたって可愛い。わたしのコーヒーの残り、飲む? おしっこがしたくなっちゃった」

「今は駄目だ」とトム・クロームは言った。「帽子を脱いで屈むんだ」

赤いピックアップ・トラックがバックで彼らのほうに近づいてきて、全長六メートルのモーターボートが係留されているところへ後部を寄せた。そのボートには二基の船外モーターがついており、船体はブルーとグレーのまだら模様に仕上げられ、折りたたみ式のビミニ・トップが備えてあった。高くそびえるハッテラス（豪華で高価なエンジン付きヨット）と箱形のハウスボートのあいだに係留されていたので、釣具店からでは見えないはずだった。

　ダッシュボード越しにクロームが見ていると、無精ひげを生やした背の高い男がトラックから降りてきた。ポニーテールの男だ。ビール壜と道具をいくつか抱えていた。ドライヴァー、ワイア・カッター、ソケット・レンチ。男はいくらかよろつきながらボートに乗り移ると、操縦席の中に姿を消した。

「どんな具合？」ジョレインがシートから少しずつ体を起こして言った。

　クロームは伏せているようにと繰り返した。青い煙が見え、船外モーターが動き出す音が聞こえた。ポニーテールの男が立ち上がり、ピックアップ・トラックの運転手にぶっきらぼうに合図した。そして、舫《もや》い綱を解くと、両手で杭を押してボートを岸から出した。

「ボートを盗もうとしてる」とクロームは報告した。

　ジョレインは言った。「首が痛い。起きてもいい？」

「もうちょっと待て」

桟橋からどうにか五十メートルほど離れるのを待って、ポニーテールの男は盗んだボートのスロットルをまえに倒した。一瞬、ボートの舳先《へさき》が派手なストライプ柄のミサイルのように上を向いた。が、すぐに泡立つ波の中で水平に戻り、フロリダ湾の浅瀬を進みはじめた。と同時に、タイヤが軋る音がした。見ると、赤いピックアップ・トラックがマリーナの出口に猛然と向かっていた。

「もういい?」とジョレインは尋ねた。

「ああ、もう大丈夫だ」

彼女は起きあがって、まず走り去っていくトラック、次に海上を遠ざかっていくグレーの点を見つめた。「それで、賢いお兄さん。どっちがわたしの当たり券を持ってるの?」

「くそ、知るもんか」とクロームは言った。

(上巻　終わり)

⊙訳者略歴　田口俊樹（たぐち　としき）
早稲田大学文学部英文科卒。英米文学翻訳家。主訳書：ジャクボヴスキー編『ロンドン・ノワール』（扶桑社海外文庫）、マクファーレン『リリーへの手紙』（ソフトバンククリエイティブ）、テラン『凶器の貴公子』（文藝春秋）他、多数。

幸運は誰に？（上）

発行日　2005年12月30日　第1刷

著　者　カール・ハイアセン
訳　者　田口俊樹

発行者　片桐松樹
発行所　株式会社 扶桑社
東京都港区海岸1-15-1　〒105-8070
Tel.(03)5403-8859(販売)　Tel.(03)5403-8869(編集)
http://www.fusosha.co.jp/

印刷・製本　図書印刷株式会社
万一、乱丁落丁(頁の抜け落ちや順序の間違い)
の場合はお取り替えいたします。

ISBN4-594-05078-6 C0197
Printed in Japan(検印省略)
定価はカバーに表示してあります。

扶桑社海外文庫

5分間ミステリー トリックを見やぶれ
ケン・ウェバー 上條ひろみ／訳 本体価格619円

シリーズ50万部を突破した、大好評推理クイズ！ 砂浜に残された死体。犯人がしかけた足跡トリックとは？……今回は、トリビアもまじえて、あなたに挑戦。

海辺の街トリロジー2
心やすらぐ緑の宿
ノーラ・ロバーツ 清水はるか／訳 本体価格1048円

民宿を経営するブリアンナは屋根裏部屋で謎の株券を見つけ、亡き父の秘密を探る。調査に協力する宿泊客のグレイに惹かれる女主人の恋を描いた、連作第二弾。

究極のライフル
ハイパーショット
トレヴァー・スコット 棚橋志行／訳 本体価格933円

ドイツの銃器メーカーが開発した驚異の新型銃。莫大な富を生む究極のライフルをめぐり、各国の兵器産業が動きだす！ 銃器のプロの戦いを描く謀略アクション。

バビロン・ライジング
ノアの箱舟の秘密(上・下)
T・ラヘイ&G・フィリップス 公手成幸／訳 本体価格各857円

聖書考古学者マーフィーのもとに送られてきた、謎の木片は「ノアの箱舟」の一部なのか？ トルコのアララト山を舞台に繰り広げられる冒険伝奇活劇第二弾！

＊この価格に消費税が入ります。